講談社文庫

スカーフェイスⅣ　デストラップ

警視庁特別捜査第三係・淵神律子

富樫倫太郎

講談社

目次

プロローグ

もう死ぬつもりだ。

生きている意味がないことは、とうにわかっている。この世にいても仕方がないのだ。

早く死んでしまいたい、あの世に逝《い》きたい、そうすれば、もしかすると、芙美子《ふみこ》と俊也《としや》に会えるかもしれないからだ。この世で会うことはできないのだから、再び会える可能性があるとすれば、あの世だけではないか。

たとえ会えないとしても、この世から消え去ってしまうことで、少なくとも、この苦しみからは解放されるはずである。

どんなに辛《つら》い苦しみや悲しみも時間が経《た》てば少しずつ癒やされる、生々しい傷も乾いたかさぶたとなり、いつかは痛みも感じなくなる……何度となく受けたカウンセリングで、そう諭《さと》された。

だが、駄目《だめ》だった。

宗教に救いを求めようとしたこともある。自分で抱えきれない苦しみや痛みは神が代わりに引き受けてくれる。だから、神の愛に身を委ねればいい……もちろん、試してみた。

これも駄目だった。

それは、あなたの信仰が足りないからだ、心のどこかで神の愛を疑っているからだ、と責められた。

そうかもしれない。必要なのは神の愛ではなく、芙美子と俊也なのだから、信仰で救われることはないのだ。

いろいろ試した揚げ句、結局、何をしても、痛みが消えることはないし、悲しみが癒やされることもないと悟った。

毎朝、線香を上げて、仏壇に手を合わせ、写真の中の芙美子と俊也の笑顔を見るたびに涙が出る。夜も同じだ。二人に手を合わせて、おやすみ、と声をかける。また涙が出てくる。夢の中で二人に会うこともある。楽しかった日々、幸せだった日々が甦《よみがえ》る。

しかし、そんな夢は長くは続かない。

最後には事件現場となったリビングの映像が出てくるからだ。荒らされたリビングの中央に、手足が不自然にねじ曲がった芙美子が仰向けに横たわり、台所のフローリングには、自分の流した血の中に顔を沈め、うつぶせに倒れた俊也がいる。

俊也は一歳の誕生日を迎えたばかりだった。

三人で過ごすことができたのは、俊也が芙美子のお腹《なか》の中にいた一〇ヵ月と、俊也が生まれてからの一年ばかりに過ぎない。芙美子と二人で過ごした結婚生活も幸せだったが、俊也を授かってからは、その幸せが二倍に、いや、三倍にも四倍にもなった気がした。その幸せが呆気《あっけ》なく打ち砕かれた。幸せと不幸の落差が大きすぎて、現実を受け止めることができなかった。

半年くらい、廃人のように過ごした。その間、どうやって生きていたのか、まったく記憶がない。飯を食っていたのだろうし、風呂にも入ったのだろうし、トイレにも入っただろうし、歯も磨いたのだろうが、何も覚えていない。来る日も来る日もリビングのソファにぼんやり坐り込んでいただけのような気がする。

おれの両親はとうに亡くなっていたから、芙美子のご両親が世話をしてくれた。おれもひどい男だ。

ご両親だって辛かっただろうに、おれなんかの世話までしなければならなかったとは……。

おれが普通の生活に戻ることができたのは、義父の何気ないひと言だった。

「事件のことだけど、何もわからないものなんだね。警察も何も教えてくれないし、犯人がどこにいて、どんな扱いをされていて、どんな裁きを受けるのか、とにかく、ひとつもわからないんだよ。誰も教えてくれない。犯人の人権を守ることばかりに熱心で、被害者には、これっぽっちも気を遣ってくれやしない。芙美子も俊也も殺され損だよ」

芙美子と俊也を手にかけたのは四人の少年たちだ。当時、一三歳で、刑事責任を問われることのない年齢だった。裁判もなく、審判が開かれただけだ。彼らを処罰するために開かれるのではなく、彼らをいかにして更生させるか、という目的で開かれる。そこには義父の言うように、被害者やその遺族を思いやるという視点が決定的に欠けている。

加害者に関する情報は非公開で、被害者や、その遺族にも何も知らされない。少年たちの素性もわからないし、どういう処分を受けたのかもわからないということである。

保護者の監督責任を問うことはできるから、民事訴訟を起こして慰謝料を請求すれば、少年たちの親については、ある程度のことはわかるものの、本人たちの情報は、やはり、わからないままだ。

しかし、少しでも情報を手に入れたいと思えば、民事訴訟を起こす以外に道はない。

義父は、その道を選んだ。慰謝料がほしかったわけではない。芙美子と俊也に何が起こったのか、どういう最期を遂《と》げたのか、そもそも、なぜ、そんな酷《ひど》い事件が起こったのか、それを知りたかったのである。

その上で、加害者に謝ってほしかったのだ。

もちろん、今更《いまさら》、謝ってもらったところで芙美子と俊也が戻ってくるわけではないが、それでも心からの反省と悔悟の思いがこちらに伝わってくれば、いくらか悲しみを癒やす効果はあるだろう。何もないよりは、ましという程度に過ぎないとしても。

実際には、何もなかった。

加害者の四人は施設に収容されていたから仕方ないにしろ、加害者の保護者たちは、その気にさえなれば、どんなことでもできたはずだ。

しかし、誰一人として芙美子と俊也の葬儀に現れなかった。謝罪の電話もなく、手紙が届いたこともない。自分たちは何の関係もないという顔をして、息子たちがしたことに責任を持とうとしなかったのだ。

時間が経つにつれ、義父は顔色が悪くなり、元気がなくなってきた。民事訴訟でも、期待したようなことは何もわからず、それどころか、金がほしくて裁判を起こしたのだろうと誹謗《ひぼう》中傷する馬鹿《ばか》までいる。加害者からはお詫びの手紙が来ることはなかったが、無記名の嫌がらせの手紙はたくさん来た。無言電話もかかってきたし、中には無言ではなく、電話の向こうから罵声を浴びせる者までいた。

わたしたちは加害者ではない。被害者の遺族である。そのわたしたちに、家族の死を利用して金儲けするつもりかと罵《ののし》る者がいるのだ。

そういう手紙や電話がボディーブローのように義父を弱らせ、気持ちを落ち込ませ、絶望の淵《ふち》に追いやった。

弁護士は頼りになる人だったが、ボランティアではないから、弁護士費用もかさんだ。三年ほどで裁判は終わり、加害者たちの保護者から二二〇〇万円の慰謝料を得た。

だが、加害者たちに関する情報や事件の詳細は何もわからないままだった。暗闇の中で、相手が誰なのかも知らずにダンスしているような、そんな不気味で曖昧模糊《あいまいもこ》とした空《むな》しさだけが残った。

　裁判が終わって間もなく、義父が亡くなった。心労が祟《たた》ったのであろう。それを追うように一周忌を待たずして義母も亡くなった。

　義母は亡くなる前、病院のベッドに横たわり、涙を流しながら、

「犯人が憎い、犯人が憎い」

　と繰り返した。

　犯人の少年たちは芙美子と俊也の命を奪っただけではない。義父の寿命まで縮めたのだ。そして、義母の命も奪おうとしていた。

　義母は預金通帳と実印の在処をおれに教え、自分が生きているうちに銀行からお金を引き出しておきなさいと言った。そうしないと、普段ろくに付き合いのない親戚たちに財産を奪われてしまうから、と。

　裁判が終わった後、義父から慰謝料を半分もらっていたので、もう金はいりません、と最初は断った。

「俊数《としかず》さん、わたしが若くて元気だったら、犯人たちを捜し出して、この手で復讐してやりたいのよ。名前も顔もわからないような連中に芙美子と俊也は殺されて……。お父さんだって、あの事件がなければ、今も元気でいたでしょうし、わたしだって、もう少し元気でいたかもしれない。あなたが悲しんでいることはよくわかっていたから黙っていたけ

ど、わたしたちも毎日泣いてばかりいたのよ。お父さん、お酒に酔うと、犯人を見つけ出して殺してやりたい、大切な娘と孫を手にかけながら、なぜ、ひと言の詫びもないのか、と泣きながら怒っていたわ」

義母の告白に、おれは驚いた。

温厚な義父が、まさか、そんなことを口走っていたとは……。

復讐……。

今にして思えば不思議だが、そのときまで、おれは四人に復讐しようなどとは考えていなかった。

たぶん、悲しみが深すぎて、復讐を考える気力もなかったからだろう。

義母の葬儀を済ませると、おれは仕事を辞めた。事件の後、ずっと休職していたのである。いかに事件の被害者遺族だとしても、民間企業では、何年も休職させてもらうことなどできなかったであろう。公務員だったから許された。

もちろん、仮病だったわけではなく、精神科の医師の診断書もあった。不安定な状態で復帰して、やっていけるような仕事でもなかった。

退職するとき、仕事で知り得た機密を決して外部に洩らさないという誓約書を何通も書かされた。自衛隊の特殊部隊に何年も所属し、時には法に触れるような任務もこなしてきたから、どうしても、そういう誓約書が必要なのだ。

もっとも、そのおかげで、退職金はかなりの金額になった。

退職金に義父や義母からもらった金を合わせれば、優に五千万を超えた。自分の貯金と合わせれば、六千万以上になる。

その金を使って、おれは犯人たちの情報を手に入れようとした。

言うまでもなく復讐するためである。

少年法の壁は厚く、いくら時間と金を使っても、なかなか情報を手に入れることはできなかった。

事件から七年が経った今、おれが知っていることはあまりにも少ない。

二〇歳になった四人は、とうに少年院を出て社会復帰している。

四人の家族は、隣近所に事件のことを知られてしまったので、今では他の土地で暮らしている。

四人は家族とは一緒に暮らしていない。今どこにいて、どんな生活をしているのか、働いているのか学校に通っているのか、そういうことは、まったくわからない。

もっと時間と金をかければいいのだろうが、生憎《あいにく》、もう金を使い果たしてしまった。

今では、日々の生活のためにガソリンスタンドでバイトしている始末である。

こんな状態では四人の行方《ゆくえ》を追うことはできない。

アパートの家賃を払って、飯を食えば、あとには何も残らないような暮らしなのだ。自分なりにがんばってきたつもりだが、もうどうにもならない。

芙美子と俊也、義父と義母の無念を自分の手で晴らすつもりだったが、どうやら無理そうだ。

生きていることにも疲れた。

だから、もう死のうと思う。

いつ、どういうやり方で死ぬか、はっきり決めているわけではない。

ただ漠然と、もう死のう、こんな生活を続けることに意味はない、と考えている。

バイトも辞めた。

金は必要ない。生きるつもりがないのだから、金のために働く必要などない。

一日中、アパートに籠もっている。

金はないし、食べるものもない。水を飲むだけだ。

餓死することになりそうだが、それでも構わない。自分の死に方について選《よ》り好みはない。芙美子や俊也と過ごした幸せだった日々の夢を見ながら眠り、そのまま二度と目覚めないとしたら自分にとっては最高の死に方ではないかと思う。

そんなときに携帯が鳴った。最後に携帯料金を払ったのがいつだったか覚えていないが、まだ通話は停められていなかったらしい。

電話に出ると、ザーッというノイズ音がした。

「四人の居場所を知りたいか？」

という機械的な声が聞こえた。本当の声がわからないように何らかのデジタル処理をしてあるのだな、とわかった。

「あんた、誰だ？」

「誰でもいい。そちらの知りたいことを知っている者だ。もう一度、訊《き》こう。四人の居場所を知りたいか？」

「知りたい」

おれは、そう答えた。

それがオペレイターとの出会いだ。

第一部・消えた少女

一

平成二四年（二〇一二）一〇月一五日（月曜日）

携帯が鳴る。

「はい、淵神《ふちがみ》です」

その途端、ザーッというノイズ音が聞こえる。

淵神律子《りつこ》の体が緊張する。

オペレイターからの電話だとわかった。

「君にはいつも失望させられる。川名部《かわなべ》省吾《しょうご》は殺すべきだった。あの男を殺していれば、少しは君を見直したかもしれない」

「ふざけるな」

「人の命を奪った者は自分の命で償《つぐな》わなければならない。川名部省吾は何人もの命を奪ったのだから、本当なら何回も死ななければならなかった。それくらい、川名部の犯した罪は重いのだ。君が助けたおかげで、刑務所で生き長らえることになった」

「死刑になるわ」

「何年も先だ。延々と裁判が続くから、死刑になるのは、一〇年も二〇年も先だろう。時間の無駄だ。税金の無駄だ。君と藤平《ふじひら》は余計なことをした」

「あんたの正体を暴いてやる」

「そうするといい。だが、急ぐことだ。間に合わなくなってしまうからな」

「何のこと？」

「君と町田《まちだ》景子《けいこ》は、もう処刑リストに載っている。藤平保《たもつ》も載せた。君たち三人が死ぬ前に、わたしを見付ければいい」

電話が切れる。

「……わたしを見付ければいい」

藤平がパソコンを操作して、音声の再生を止める。

警視庁の地下にある第一七保管庫である。

この保管庫を、捜査一課特別捜査第三係に所属する淵神律子、藤平保、円浩爾《まどかこうじ》たち三人は本来の仕事とは違うことをするときに利用している。

別に秘密ではなく、第三係の責任者である森繁《もりしげ》海老蔵《えびぞう》係長の了解を取ってある。

「どう、何かわかりそう?」

律子が訊く。

「駄目ですね」

藤平が首を振る。

「テレビや映画なんかで使う音声変換とはレベルが違いすぎます。本来の音声を一度デジタル信号に変換してから、改めて組み立てるという手間のかかることをやっています。元々の声がどんなものだったのか追跡することは不可能ですね。男なのか、女なのか、大人なのか子供なのか、まったくわかりません。そもそも人間の声ではなく、デジタル信号を組み合わせて作り出された音声なのかもしれません。それくらい複雑なことをやっているという意味ですが」

「そうか」

律子が肩を落とす。オペレイターからの電話だとわかると、すぐに会話を録音した。何か手がかりが得られるのではないかと期待したからだ。

しかし、無駄だったようだ。

律子が考えることなど、とうにオペレイターはお見通しだということなのであろう。

「電話番号からの追跡も無理なのかね? たとえ非表示であっても、携帯の会社に開示請求すれば何とかならないのかな?」

円が訊く。

「やってみたんですが、それも駄目でした。国内から発信されていますが、直《じか》に淵神さんの携帯に電波が届いたのではなく、海外の中継地を何ヵ所か経由してます。中国の東北部とタジキスタン西部を経由したのは確かです。ぼくの力では、そこまでが限界です」

「専門家ならできる？　科警研《かけいけん》とか警察庁の」

律子が身を乗り出して訊く。

「たぶん、無理ですね。絶対に無理とは言えないかもしれませんが、膨大《ぼうだい》な時間と手間がかかります。それでわかるのは、オペレイターが電話してきたのが、例えば、水道橋《すいどうばし》駅の近くだったとか、としまえんの観覧車のそばだったとか、その程度のことです」

「アジトから電話するような馬鹿じゃないってことか……」

律子がうなずく。

「手強《てごわ》い相手だねえ」

円がつぶやく。

ドアが開き、

「おお～っ、やっとるなあ。また三人で油を売っとるわあ。それでも、きちんと給料がもらえるんやから、公務員は辞められんわなあ」

板東雄治《ばんどうゆうじ》が大きな声を出しながら入ってくる。来春、定年退職する予定の、第三係の古株だ。関西弁を使っているが、板東は関西人ではない。関西で生まれたわけでもなく、関西に住んだこともない。生粋《きっすい》の江戸っ子のくせに、なぜか、テレビで覚えた嘘臭《うそくさ》い関西弁しか使わない。

「ふんっ、あんたにだけは言われたくない台詞《せりふ》だな」

円が鼻で嗤《わら》う。板東は仕事中も常にイヤホンを付けているが、それで株やＦＸの市況を聞いていることを円は知っているのだ。

「何や、その言い方は？　癪《しゃく》に障《さわ》るなあ。人がせっかく使いに来てやったいうのに」

「何の使いですか？」

藤平が訊く。

「面会や」

「誰にですか？」

「そやから、第三係の暇な人たちにやがな」

「あんたが会えばいいだろう。わたしの目から見ると、あんたが一番暇そうだよ」

円が遠慮なく言う。

「まあ、面会というか、相談ごとなんやな。実は、わしの知り合いやから、おおよその事情はわかっとるんや」

「それなら、なぜ、わざわざ、ぼくたちに？」

「それを、わしの口から言わせるんかい？」

板東が藤平を睨《にら》む。

「ああ……」

すいません、と藤平が首をすくめる。何か相談されたとしても、板東には対応する力がないということなのである。捜査一課に籍はあるものの、普段の仕事は捜査資料の整理で、現場を離れてからかなりの年月が経っている。今の板東には捜査能力など皆無であろう。藤平だけでなく、律子と円にもわかった。

だから、律子も表情を和らげ、

「どういう相談なんですか？」

と訊いた。

「わしが説明すると二度手間になるやろ。本人が受付に来とるし、直に話を聞いてあげてもらえんかなあ……」

「アポなしにいきなり来られても困るんだけどね」

円が顔を顰《しか》める。

「わしも驚いとる。でも、それだけ切羽《せっぱ》詰まっとるいうことなんやと思う。なあ、意地悪言わんと頼むわ。ものすごく立派な人なんや。何かできることがあれば、わしも手を貸してあげたいんやけど、恥ずかしながら、どうしてええかわからんのや」

珍しく板東が困惑顔になる。

三人は顔を見合わせる。

「話だけでも聞いてあげますか？」

藤平が言うと、

「何ができるかわからないけどね」

律子がうなずく。

「君たちがそう言うのなら、わたしは反対しない」

円も承知する。

「感謝しまっせ」

板東が両手を合わせて大袈裟《おおげさ》に三人を拝む。

「ここに通すわけにもいかないから、上のラウンジにでも行こうか？　休憩も兼ねて。板東さんの奢《おご》りだぞ」

「ああ、ええとも。好きなものをじゃんじゃん頼んでくれ。ビールでも飲みたいなあ」

わはははっ、と板東が機嫌よさそうに笑う。

二

律子は正面に坐った女性の顔をじっと見つめる。

（真面目《まじめ》そうな人だな）

というのが第一印象である。

身長は一六〇センチくらいで、ほっそりしている。背筋をぴんと伸ばして椅子に浅く腰掛けているせいか、姿勢がよく見える。普段からきちっとした人なのだろう、と思う。

かなりくたびれたチャコールグレイの地味なスーツを着て、年季の入ったヒールの低い靴をはいている。スーツや靴だけでなく、バッグも古いし、アクセサリー類は何も身に付けていない。小綺麗《こぎれい》な身なりはしているものの、あまり裕福そうには見えない。

髪も染めていないのか白髪《しらが》が目立つし、骨張った手も荒れている。化粧もほとんどしておらず、薄い口紅をつけているだけだ。きりっと引き結ばれた口許や顔に刻まれている何本もの深い皺《しわ》に意思の強さが表れている。

特に印象的なのは目だ。眼鏡《めがね》の奥から大きな黒い目で、相手の目を見つめ返してくる。何の迷いもなさそうな深みのある目だ。自分にも他人にも厳しそうな人に見えるのに、目には強さだけでなく、優しさも滲《にじ》んでいるように思われる。

（なるほど、確かに弥勒菩薩《みろくぼさつ》さまという感じがするわね）

律子は板東の言葉を思い出した。ラウンジで本人に会う前に、板東から、その人物について、簡単な説明を聞いたのである。石峰薫子《いしみねかおるこ》。五六歳。千葉県船橋《ふなばし》市にある児童養護施設・下総室町《しもうさむろまち》学園の園長を務めている。

下総室町学園では、様々な事情で家族と共に暮らすことのできない子供たちが三〇人ほど共同生活を送っている。

この学園の創設者は薫子の祖父である。戦後、子供たちがまともな教育も受けられず、食べることすらできずに飢えて死んでいく姿に心を痛め、私財をなげうって学園を設立した。当初は孤児院という位置づけだった。

日本が復興して豊かになり、教育制度が完備し、子供が飢える心配もなくなってきたので、運営方針を変更し、家族に頼ることのできない子供たちを受け入れることにした。共同生活を送りながら学校に通わせ、社会に巣立っていくのをサポートするという役割を担っている。

学園の運営費用は、薫子の祖父の私財を元本とする基金、支援者からの寄付、国と自治体からの補助などで賄《まかな》われている。

子供たちが学園にいられるのは原則として一八歳までだが、学園を出てからも、成人するまでは職員がサポートするという形を取っている。頼ることのできる身内のいない子供たちを社会の荒波にいきなり放り出しても、そう簡単に独り立ちできないからである。

「石峰先生は、本当に立派な人なんや。自分のことなんか二の次、三の次で子供のことばかり考えとる。わしなんか大したこともでけんのやけど、まあ、細々と寄付だけは続けとる。学園主催の行事でボランティアを募集することがあるから、そんなときには出かけていって、テントの設営やパイプ椅子を並べたりするのを手伝う。子供たちとも仲良くなれるから、わしにとっても楽しみでな」

板東はそんな話をした後、

「以前、京都に旅したとき、広隆寺《こうりゅうじ》で弥勒菩薩さまを見た。そのとき、あっ、石峰先生によう似とる、と驚いた。優しさと厳しさの滲む、とても美しいお顔なんやな」

石峰薫子を広隆寺にある国宝・木造弥勒菩薩半跏《はんか》像に喩《たと》えた。

それを聞いたときは、何と大袈裟な喩えをするのかと律子は呆《あき》れたが、実際に薫子に会ってみると、その喩えは決して大袈裟ではない気がした。

人間は中年を過ぎると、生まれつきの顔が変貌していくと言われる。人間性が表に表れてくるのである。強欲《ごうよく》な者は強欲な顔になり、意地の悪い者は意地の悪い顔になる。謙虚な者は謙虚な顔になり、思い遣り深い者は思い遣り深い顔になる。石峰薫子の顔には、強さと優しさがはっきりと表れている。恐らく、他人には優しいが、芯は強く、決して信念を曲げないという性格なのではないかと律子は想像する。

「板東さん、見直しました。仕事中はふざけてばかりいるのに、陰でこっそりそんなことをしていたんですね。尊敬します」

藤平が感心したように板東を見遣る。

「嫌やなあ、藤平君。ふざけてばかりいるというのは余計やで。あれは、わしの仮の姿なんや。こう見えても、わしには君たちの知らん秘密があるんやでえ〜。ああ、喉が渇いてきた。ビールが飲みたいわ」

板東が掌《てのひら》で顔を扇《あお》ぐ。汗が出てきたらしい。

「まあまあ、それくらいで黙っておくことだ。板東さんを見直したところだからな」

円が言う。

「板東さんにはいつもお世話になりっぱなしで、本当に感謝しています。うちで預かっている子供たちは、誰もが心に深い傷を負っています。健気に明るく振る舞っていますが、本当は辛いことや悲しいことを我慢しているんです。それをずっと抱え込んでいると、不意に爆発してしまうことがあります。そんなことにならないように、時々、一人一人と真剣に向き合って話を聞いてやらなければなりません。と言っても、職員だけでは、とても手が回りませんから、信頼できる支援者やボランティアの助けが必要なんです。板東さんは支援者の皆さんやボランティアのまとめ役を引き受けて下さっていますし、時間があれば、いつでも子供たちの話を聞いて下さいます。本当に頼りになる、ありがたい方です。心から感謝しています」

薫子が板東に深く頭を下げる。

「もう勘弁してや〜」

板東が両手で顔を隠す。

「板東さんが見かけによらず善人だということがわかったところで、そろそろ本題に入りましょうか。どういうご相談なのでしょうか？」

律子が訊く。

「去年の春、当学園を巣立った鷺沢鈴音《さぎさわすずね》という子がおります。今月になって、鷺沢と連絡が取れなくなり、行き先がわからないのです。携帯も通じませんし、自宅アパートを訪ねても留守です。仕事も無断で欠勤を続けています」

薫子が説明する。

「何かの事件に巻き込まれた可能性があるとお考えなのでしょうか？」

「そこまでは考えていません」

薫子が首を振る。

「ただ気になることがあります」

「と、おっしゃいますと？」

「これです……」

薫子がバッグから封筒を取り出して、律子に差し出す。封は切ってある。

「読んでも構わないんですか？」

「どうぞ」

「…………」

律子が手紙を取り出して広げる。ごくありふれた便箋《びんせん》に、黒のサインペンで書かれた手書きの手紙である。あまり上手な字ではない。

園長先生

しばらく友達と旅行に行きます。

心配しないで下さい。

面談をすっぽかしてごめんなさい。

鷺沢鈴音

その手紙を円と藤平にも見せる。

「内容そのものに不自然な点はないようですが」

律子が怪訝《けげん》な顔になる。

「少なくとも、その手紙は鷺沢が自分で書いたものではありません」

「本人の筆跡と違っていますか？」

「そういうことではなく、漢字を使っているからです」

「は？」

「鷺沢は漢字が書けないんです。鷺沢が学園に来たのは、たぶん、一五歳くらいだったでしょうが、そのときは、ひらがなもろくに書けなかったんです。それから三年かけて、何とか、ひらがなとカタカナは覚えましたが、漢字はまだまだ未熟で、自分の名前以外には、ほんのわずかの漢字しか書くことができません」

「学校に通わなかったということですか？」

「親が役所に出生届を出さなかったので、就学児童名簿から洩《も》れていたんです。鷺沢には戸籍がないんです。だから、いつ生まれたのかも正確にはわかりません。生年月日がわからないだけでなく、名前もつけてもらえませんでした」

「そんなことがあるんですか？」

藤平が驚いた顔になる。

「子供が無戸籍になる事情はいろいろあって、必ずしも親を責められない場合もありますが、鷺沢の場合は明らかにネグレクトです。虐待の一種に分類されます」

「学校に行かずに、ずっと何をしていたんですか？」

律子が訊く。

「うちにいたそうです。外出もさせてもらえなかったと聞いています。鷺沢が生まれたとき、父親、母親、父方の祖母の四人暮らしだったそうです。祖母はほとんど寝たきりで、自宅で介護していたので、物心ついてからは鷺沢が世話をしていたようです。弟と妹がいて、二人が小さかったときは、彼らの世話もしていたようですね」

「みんな無戸籍なんですか？」

「いいえ、鷺沢だけです。弟と妹は普通に学校に通っていました」

「なぜ、鷺沢さんだけがそんな目に？」

「詳しい事情はわからないんですが、母親が鷺沢を妊娠したとき、父親が失業していたことと関係があるのかもしれません。経済的な事情で出生届を出さない親もいるらしいですから。もっとも、それはわたしの憶測で、実際の事情というのは、個々の家庭によって違っています」

「それで親が罪に問われることはないんですか？」

「少なくとも逮捕されたりはしないようです」

薫子が首を振る。

「何かしら刑罰があるとしても、生まれてから一五年も経っているのでは時効になってしまうんじゃないでしょうか」

藤平が言う。

「名前もつけてもらえなかった、とおっしゃいましたが、『鈴音』という名前は誰がつけたんですか」

「わたしです。彼女が市の児童養護施設からうちに移ってくることになったとき、戸籍を作ることになり、名前をつけなければならなくなったんです。彼女は鈴の音が好きで、いつも小さな鈴を持ち歩いていました。養護施設の職員からは、すずちゃんと呼ばれていたと聞いたので、それなら『鈴音』がいいかな、と考えました」

「親や弟妹と暮らしていたときは、どう呼ばれていたんですか？」

「う〜ん、はっきりしない点もあるんですが、『おまえ』とか『あいつ』とか『あれ』とか『それ』とか、そんな感じだったみたいです」

「ひどいですね……」

藤平の表情が険しくなる。珍しく怒りが表情に表れている。

「この手紙の字だが……」

円が便箋に顔を近付けて丹念に眺める。

「漢字のことは別にしても、筆圧も強いし、女性の字というより男性の字のように見えますね。鷺沢さんは体格のいい女性ですか？」

「いいえ、どちらかというと華奢《きゃしゃ》な子です。小柄でほっそりしています。保護されたときは、がりがりに痩《や》せていたそうです。身長や体重が同世代の子の平均値より低いのは、ちゃんと食べさせてもらっていなかったせいではないか、と聞きました」

「そうだとすると、やはり、この手紙は鷺沢さん本人ではなく、誰か他の人が書いたと考えるのが妥当でしょうね。恐らく、男性だと思われますが、鷺沢さんの友達や知り合いで手紙を代筆してくれるような人に心当たりはありますか？」

円が薫子に訊く。

「思い当たりません」

「どういう状況で、いつ頃から連絡が取れなくなったのか教えてもらえますか」

律子が言う。

「市川《いちかわ》のパン屋さんで働いていますが、月曜日が定休日なので、毎週月曜日に学園で職員が面談をしていました。仕事や生活の様子を訊《たず》ねて、何か困ったことがあれば相談に乗るという形です。特に問題がなければ、三〇分くらいで終わります。九月二四日の面談には来ましたが、一〇月一日の面談には来ませんでした。連絡もなくすっぽかすというのは初めてのことでした。職員が連絡を取ろうとしましたが、何度電話しても出なかったそうです。気になったので、次の日に職員をアパートに行かせましたが留守でした。時間帯をかえて、その週に何度か訪問させましたが、やはり留守でした」

「居留守ということは考えられませんか？」

「夜に訪ねさせたこともありますが、部屋は真っ暗だったそうです。そこまでして居留守を使うとは思えません」

「仕事の方はどうだったんですか？」

「九月二九日の土曜日は普通に出勤していますが、日曜日は無断欠勤しています。やはり、携帯にも出ないし、もしや病気でもしているのかとオーナーさんが心配してアパートを訪ねても留守だったそうです。月曜日は定休日で、火曜日以降、無断欠勤を続けています。普通なら解雇されるのでしょうが、オーナーさんが以前から学園の運営に協力して下さっている方なので、事情がわかるまで休職ということにしてもらっています」

「九月二九日の土曜日は出勤しているわけですから、仕事が終わってから、翌朝までの間に行方がわからなくなったことになりますね。手紙が届いたのは、いつですか？」

「一〇月三日です」

「面談予定日の翌々日ですね」

「はい」

「九月二四日の面談で、何か変わった様子はなかったのでしょうか？」

律子が訊く。

「特に報告を受けていませんが、ただ……」

「何ですか？」

「鈴ちゃん、最近、ちょっと派手になった気がする、彼氏でもできたのかしら、と職員が笑いながら話していました。まだ一九歳の若い子ですし、お洒落《しゃれ》に興味があるのは当然だと思うので、大して気にも留めませんでしたが」

「派手になったというのは、どういうところがですか？」

「髪を染めたのは、わたしも気付いてました。茶髪という、あれです。それ以外には、何でしょう……ちょっとお化粧が濃くなったとか、そんな程度です」

「失礼ながら……」

円が口を開く。

「この手紙に書いてある通り、本当に友達と旅行に出かけたということは考えられませんか？　若い頃は後先を考えずに無茶をすることもありますよ」

「そんないい加減な子ではありません。おっしゃる通り、まだ若いですし、これまで苦労してきていますから、羽を伸ばして遊びたいと思うことがあるかもしれません。だからといって、そのために仕事を無断で休んだり、約束していた面談を連絡もなしにすっぽかしたり、そんなことをする子ではないんです。まともな教育を受けていませんし、普通では考えられないようなひどい環境で育ったのは確かですが、鷺沢本人は正直で真っ直ぐな子です。だからこそ、わたしも心配しています」

「わしも何度か鈴音ちゃんに会《お》うたことがあるけど、きれいな目をした子なんや。受け答えもしっかりしとるし、頭の回転も速い。どういう事情で学園に来たか、後から知って腰を抜かすほど驚いた。石峰先生の言うように、決していい加減な子ではないんや。わしが保証する。どうか信じてほしい」

板東が真剣な口調で言う。

「地元の警察には相談に行かれましたか？」

律子が訊く。

「はい。話は聞いて下さいましたが、行方不明者届は受理してもらえませんでした」

「手紙が届いたからですか？」

「そうです」

「現実問題として、たとえ行方不明者届が受理されたとしても、事件に巻き込まれた可能性が高くなければ、警察が捜索活動をすることもないわけだしねぇ」

円がつぶやく。

「そんなこと言うたら、身も蓋《ふた》もないやないか」

板東がムッとする。

「そう気を悪くしなさんな。つまりだね、地元の警察がちゃんと仕事をしていないわけではなく、今までお話を伺った限りでは、警察が乗り出すことはないと言いたいんだよ。事件に巻き込まれたという確かな疑いでもあれば話は違うが、面談をすっぽかしたとか仕事を無断欠勤したとか、それだけではねえ。手紙が届いたことも大きいよ」

なあ、淵神君、と円が律子に顔を向ける。

「そう思います」

律子がうなずく。

「冷たい人たちやなあ……」

板東が顔を顰める。

「皆さんのおっしゃることはよくわかります。普通であれば、もう少し様子を見よう、本人からの連絡を待とうということになるのかもしれません。これが鷺沢でなければ、わたしもそう考えたかもしれませんが、わたしは鷺沢のことが気になって仕方ないんです」

「特殊な環境で育った不幸な女性だからですか？」

律子が訊く。

「先程、大雑把《おおざっぱ》な説明をしましたが、実際は、不幸などというありきたりの言葉で済ませられるような、そんなものではないんです。保護施設から送られてきた報告書を読み、鷺沢のケアを担当した専門家から話を聞いて、わたしは大きなショックを受けました。うちの学園に来る子供たちは幸せではありません。不幸だからこそ、家族と離れて暮らさなければならないんです。赤の他人と暮らして幸せかどうかわかりませんが、家族といると、もっと不幸になるとわかっているから学園で暮らすことを選ぶんです。これまでひどい話をたくさん見たり聞いたりしてきましたが、その中でも鷺沢は最もひどい部類になると思います。そういう環境で暮らした子供たちは親を憎んだり恨んだりしていますし、大人というものをまったく信用していません。心を開いてくれるまでに長い時間が必要です。それが当たり前なんです。誰だって、ひどい目に遭《あ》わされれば、そうなります。わたしが不思議に思うのは、鷺沢はまったく違っていたからです」

「どう違っていたんですか？」

「鷺沢は親を恨んでいませんでした。それどころか親や弟妹を懐《なつ》かしがっていました。自分が不幸だと思っていないみたいでした。誰よりも不幸だったにもかかわらず、自分が不幸だったと認識していない。それが不思議で、わたしは鷺沢とたくさん話しました。少しずつ鷺沢のことがわかるにつれて、鷺沢が親を恨まないのは、優しさのせいだと確信しました。もちろん、当たり前の優しさではありませんよ。ものすごく大きな優しさです。大袈裟な言い方をすれば、天使のような子なんです。それほど純粋で優しさに溢《あふ》れた子なんです。一八歳になったら学園を出て自立する決まりですが、鷺沢を一人で世間に放り出したら、すぐに誰かに騙《だま》されてしまうのではないかと心配で、それで学園からもそれほど遠くない、知り合いのパン屋さんに就職させました。いつもは、そこまで肩入れしないのですが、どうにも放っておけなかったのです」

「…………」

律子も藤平も円も薫子の言葉に真剣に耳を傾けている。

「図々《ずうずう》しいお願いだとは承知していますが、居ても立ってもいられず、板東さんに無理なお願いをしました。できることなら自分で捜したいのですが、どうすればいいか素人《しろうと》には見当もつきません。途方に暮れて悩んでいます」

薫子が溜息《ためいき》をつく。

「淵神さん」

藤平が律子を見つめる。口に出さなくても、この人に手を貸してあげましょう、鷺沢さんを捜してあげましょう、という思いは律子に伝わる。

「わかりました。どれほどお役に立てるかわかりませんが、できるだけのことはしてみます。通常の業務に支障のない範囲で始めるしかないので、日中はほとんど動くことができません。仕事が終わってからの調査になります」

「感謝するでえ」

板東が両手を合わせ、律子を拝む真似をする。

「鷺沢さんに関する基本的な情報を教えていただけますか？　住所や勤務先、携帯の番号など……」

「ざっと書き出してきました」

薫子がプリントアウトされたＡ４サイズの用紙を差し出す。鈴音の住所、携帯の番号、勤務先、友人、知人の連絡先、鈴音の両親と弟妹の名前と住所などが列記されている。

「思いつくままに書きましたが、他にも必要なことがあれば、何でも訊いて下さい。念のために鷺沢の家族について書きましたが、鷺沢本人が知らないことばかりです。相手側にも鷺沢の個人情報は教えていません。ですから……」

「どうしても必要だと判断しない限り、ご家族には接触しませんし、たとえ接触したとしても、鷺沢さんに関する情報を洩らすようなことはしません。それでいいですか？」

「よろしくお願いします」

薫子が深々と頭を下げる。


薫子が帰ると、四人は保管庫に戻った。

「面倒なことを頼んで申し訳ないなあ。ほんまに感謝しとるでぇ」

板東が三人を拝む。

「あんたに頼まれたからやるわけじゃないさ。なあ？」

円が律子と藤平を見る。

「石峰先生が心配するのは、すごくわかります。事件に巻き込まれてなければいいのですが……。実は、友達と羽目を外してどこかに遊びに行っていた、という結末が一番いいですよね」

藤平が言う。

「そうね。事件に巻き込まれるより、その方がずっといい。とは言え、今はまだ何もわからない状態だから少し調べてみるしかないわね。石峰先生から伺ったことをもう一度整理して、明日から調べましょうか」

「よろしく頼む。その代わり、第三係の仕事はわしに任せてくれ」

板東が自分の胸を拳《こぶし》でどんと叩く。

三

一〇月一六日（火曜日）

退庁時間になると、律子と藤平は第三係の部屋を出た。鈴音が勤めている古川《ふるかわ》ベーカリーというパン屋を訪ねるのである。部屋を出るとき、板東が二人に向かって、ぐっと親指を立てた。二人の仕事をカバーするために、珍しく残業するらしい。

古川ベーカリーは千葉県の市川市にある。丸ノ内線で霞ケ関《かすみがせき》から東京に行き、総武線の快速に乗り換えれば、三〇分そこそこで着く。但し、夕方の六時前後というのは猛烈な帰宅ラッシュの時間帯である。丸ノ内線も総武線も超満員で、律子と藤平は電車の中では話もできなかった。

ようやく市川駅に着くと、

「ぎゅうぎゅう詰めの電車にだけは、いつまで経っても慣れることができません」

ハンカチで顔の汗を拭《ぬぐ》いながら、藤平が溜息をつく。顔が火照《ほて》って赤くなっている。

「贅沢《ぜいたく》を言わないの。現場でバリバリ活躍してる刑事は、そもそも、こんな時間に帰ることなんかできないんだから」

「一課の刑事は月に何度も講堂に泊まり込むのが普通なんですよね。泊まり込みよりは、満員電車で早上がりする方がいいのかなあ」

「一応、わたしたちも一課の刑事だけどさ」

律子が肩をすくめる。

「今更こんなことを言うのも何ですが……」

駅を出ながら、藤平が言う。

「何？」

「千葉県警に話を通しておかなくてよかったんですかね？　せめて、係長には話しておくべきだったかも」

「だって、捜査じゃないもん。ただの調査だよ。興信所の探偵と同じ」

「でも、警察手帳を提示して、警視庁の刑事だと名乗れば、ただの調査では済まないかもしれませんよ。管轄を超えた捜査なら、広域捜査ということで、きちんと手順を踏んでおかないと、後々、厄介《やっかい》なことになるかもしれません」

「事件性があると判断できた時点で強行犯に引き継げばいいんじゃない？　仕事をさぼっ

てどこかに遊びに行っただけかもしれないし」

「いいんですかね、それで？」

「じゃあ、やめる？」

「…………」

「わたしは行くから」

律子が先になって、すたすた歩いて行く。

その後を藤平が慌《あわ》てて追いかける。


薫子が連絡しておいてくれたおかげで、古川ベーカリーのオーナー・古川道夫《みちお》は律子と藤平を快く迎えてくれた。事務所の隅にある応接セットで、話を聞くことになった。

「石峰先生から聞いているかもしれませんが、別に捜査というわけではないんです。鷺沢さんの行方がわからなくなったことを石峰先生がとても心配しているので、できる範囲で調べてみる、と約束したのです」

律子が説明する。

「聞いていますよ。石峰先生が板東さんに相談して、板東さんが皆さんに無理なお願いをした……そんなところでしょう？」

「板東をご存じなんですか？」

「学園の催事でよくお目にかかります。いつも雑用を積極的に引き受けてくれています。面白い冗談ばかり言って、みんなの気分を盛り上げてくれるムードメーカーでもあります。定期的に寄付も続けていらっしゃるようですし、素晴らしいボランティア精神の持ち主として尊敬しています」

「そうなんですか……」

律子と藤平が思わず顔を見合わせる。今まで知らなかった板東の一面を垣間見《かいま》て、驚きを隠すことができないのであろう。

「では、鷺沢さんについて質問させて下さい。無断欠勤して連絡もつかなくなったわけですが、このことについて、どうお考えですか？」

律子が質問する。

「いやあ、驚きのひと言ですよ。絶対に何かあったに決まってます。わたしも石峰先生と同じ気持ちです。心配でたまりません。なぜ、警察が動いてくれないのか不思議で仕方なかったんです」

「なぜ、そう思うんでしょうか？」

「なぜって……。鈴音ちゃんが、とてもいい子だからですよ。真面目だし素直だし、よく働くし、お客さんからも大人気でしたよ」

「失礼ですが、鈴音さんがどういう事情で学園に来たか、ご存じですか？」

「うちで働くことになったとき、石峰先生からおおよその話は聞きました。ひどい虐待を受けて育ったんですよね。それもまた、びっくりですよ。暗い影なんかどこにも見えなくて、何も事情を知らなければ、よほど幸せな家庭で育ったんだな、と思いますよ」

「石峰先生に手紙が届いたことは、ご存じですか？」

「ああ、旅行に行くとか、そんなことが書いてあったんですよね？　信じられませんね」

古川が首を振る。

「鷺沢さんの様子に何か変わったことはありませんでしたか？」

「気が付きませんでしたけどねえ」

「どんな些細《ささい》なことでも結構なんですが」

「そうだなあ……」

古川が腕組みして考え込む。

「敢《あ》えて言えば、先月あたりから、たまに疲れた顔をしているなあ、と感じることがありました。朝から夕方まで、ずっと立ち仕事ですから疲れるのは当たり前だから、他の子たちも疲れが顔に出ることはありますが、鈴音ちゃんはあまりそういうことがなかったから……」

「なるほど、疲れですか。他には何かありませんか？」

「先月は遅刻もあったかな。二度か三度なんですが、それまでは無遅刻無欠勤だったんですよ。眠そうな顔をしていることもありましたね。若いから、夜更《よふ》かしして遊び疲れているのかなくらいに考えて、あまり深刻に受け止めませんでしたが」

「注意しましたか？」

「いいえ、しませんよ。それくらいしか思い出さないので話しましたが、そんなことは誰にでもありますよ。いちいち叱っていたら、今どきの若い子はすぐに辞めてしまいますからね。仕事に支障が出るようでは困りますが、そんなこともありませんでしたし」

「鷺沢さんの交友関係について教えていただきたいのですが。仲のよい友達とか、ボーイフレンドとか……」

「全然わかりません。鈴音ちゃんと親しかった従業員を呼びましょうか？」

「お願いします」

「お待ち下さい」

古川が腰を上げ、事務所を出て、店舗の方に行く。

すぐに制服姿の若い女の子を連れて戻ってくる。二人がソファに坐る。

「鶴田《つるた》です。たぶん、鈴音ちゃんと一番仲がいいと思うんですよね。そうだよな、美奈子《みなこ》ちゃん？」

「はい」

古川が顔を向けると、

と小さな声で鶴田美奈子がうなずく。

それから律子は、古川にしたのと同じような質問をしたが、美奈子は、

「わたし、わかりません」

「さあ、どうでしょうか」

「どこに行ったか見当も付きません」

「別に悩みがあるようには見えませんでした」

「こんなことになって、とても驚いています」

というように、何を質問しても当たり障りのない短い返事をするばかりで、何ら役に立つ情報を得ることができなかった。

(オーナーの前では話しにくいのかな)

そう律子は察し、

「どうもありがとうございました。何か思い出したら知らせて下さい」

と質問を打ち切った。

四

律子と藤平は、古川ベーカリーを出た後、店の外で一時間弱、待った。

やがて、裏手から私服に着替えた女性店員たちが順繰りに出てくる。鶴田美奈子も出てきた。同じ年頃の女性と連れ立って駅の方に向かう。

律子と藤平は、その後ろからついていく。

駅前のバス停近くで美奈子は連れと別れ、一人でＪＲの駅に向かっていく。

律子は足早に近付き、

「鶴田さん」

と声をかける。

「……………」

美奈子がハッとしたような表情で振り返り、声をかけてきたのが律子だとわかると怪訝な表情になる。

「さっきの刑事さんですよね。何か？」

「鈴音さんについて、もう少し話を聞かせてもらえませんか？」

「話なら、もう……」

「社長さんの前では話しにくいこともあったと思います。秘密は守るので、知っていることを教えてもらえませんか」

「そう言われても……」

美奈子が困惑する。

「みんなが鷺沢さんを心配しています。園長の石峰先生も、学園の職員の皆さんも、古川社長もです。何らかの事情で、鷺沢さんが皆さんの前に姿を見せたくないのであれば、それはそれで構わないんです。ただ安全な場所で元気にしていることがわかれば、それでいいんです。そうすれば、石峰先生たちも少しは安心できるだろうと思うんですよ」

「鈴音がどこにいるかなんて本当に知りません。わたしも心配しているんです。電話も繋《つな》がらないし、メールを送っても返信が来ないし……」

「でも、古川社長の前で話してくれたより多くのことをご存じですね？」

「……………」

「お願いできませんか」

「少しだけなら」

美奈子がうなずく。

三人は駅の近くにある古びた喫茶店に入った。

注文したコーヒーが出て、店主がテーブルから離れていくと、

「鈴音ですけど、本当に何か事件に巻き込まれているとか、そういうことではないんですよね？」

美奈子が上目遣いに訊く。

「どういう意味ですか？」

「刑事さんが二人もやって来るなんて普通じゃないと思って……」

「もしかしたら、事件に巻き込まれているかもしれない、と心配していらっしゃるわけですか？」

「そうじゃないけど……」

美奈子が目を伏せる。

「何かご存じなら、ぜひ、教えて下さい。無事でいてくれればいいですが、トラブルに巻き込まれて困っているかもしれません。助けを必要としているかもしれません。そうだとしたら、少しでも早く見付けてあげないと……。そう思いませんか？」

藤平が横から口を挟む。

「何から話せばいいのか……」

「改めて伺いますが、鷺沢さんがどこにいるか、ご存じないんですね？」

「知りません」

「旅行に行ったと思いますか？」

「思いません」

「なぜですか？　鷺沢さんから、しばらく旅行に行くという内容の手紙が石峰先生に届いたんですよ」

「今はそんな余裕なんかないと思います。お金だってないだろうし、気持ち的にも……」

「鷺沢さんに親しい男友達はいましたか？」

「彼氏ということですか？」

「はい」

「いないと思います。少なくとも、わたしの知る限りでは。隠し事をするような子じゃないし、彼氏ができたら、ちゃんと話してくれたと思います」

「古川社長は、先月あたりから鷺沢さんが疲れているように見えることがあり、たまに遅刻もするようになった、と話していました。何か思い当たりませんか？」

律子が訊く。

「それは……それは仕事のせいです」

「パン屋さんの仕事が大変だということですか」

「そうじゃなくて、夜の仕事……」

「夜の仕事？　鷺沢さんはパン屋さん以外にも他の場所で働いていたんですか」

「そうなんです……」

美奈子がふーっと溜息をつく。

「鈴音、悩みがあったんです」

「どんな悩みですか？」

「お金です。と言っても、自分が贅沢したいとか浪費しているとか、そんなことじゃないんです。家族のためなんです」

「家族……。失礼ですが、鶴田さんは鷺沢さんが学園で生活するようになった事情は、ご存じですか？」

「詳しくは知りませんけど、昔、家族から虐待されていて、それで学校にも通えなかったと聞いたことがあります」

「石峰先生のお話だと、今現在、ご家族とは音信不通で、互いの居場所も知らない、ということですが」

「でも、向こうから連絡が来たらしいんです」

「ご両親からですか？」

「いいえ、弟と妹が二人で会いに来たみたいです。弟が中学生で、妹が小学生だったかな。お金に困っているから助けてほしい、と言われたそうです。うちの店、社長もいい人だし、働きやすい職場だと思いますが、給料は普通です。わたしは実家から通ってるから家賃の苦労はありませんけど、自分で部屋を借りたら、火の車でやっていけないと思います。鈴音はアパート暮らしだったから、かなり生活は苦しかったはずです。それでも、きちんとした子だから、少しずつ貯金してたみたいですけど、その貯金を弟妹に全部渡したそうです。でも、それでは足りないって……」

「なるほど、自分のためではないけれど、お金に困っていたわけですね」

「自分を虐待した家族なんか放っておけばいいじゃないって忠告したんですけど、そんなことはできない、何とかしてやりたいって……。だけど、わたしも、どうしていいかわからなくて、それで、沙緒里《さおり》のことを思い出して……」

「どういう方ですか？」

「以前、うちの店で働いていた子です。でも、パン屋の仕事なんかじゃお金にならない、もっと稼《かせ》ぎたいという理由で辞めました。石川《いしかわ》沙緒里という子です。長く勤めたわけではないし、そんなに親しいわけでもなかったんですけど、年齢《とし》が同じだったたから、たまに一緒にごはんを食べたりして、連絡先も交換してました」

「鷺沢さんを石川さんに紹介したわけですか？」

「沙緒里の話をしたら、会って相談したい、ぜひ紹介してほしいと言うので、二人で沙緒里に会いに行きました。沙緒里に会ったのは一年振りくらいでしたけど、すごく派手な感じで、水商売をすると、人は変わるんだなあと思いました。鈴音の話を聞くと、いいわよ、どこかに紹介してあげる、と沙緒里は簡単に承知しました。実際、その次の週くらいから、週末だけバイトを始めたみたいです。日払いで現金がもらえるって喜んでました。ただ体力的にきつかったみたいで、そのせいで疲れが顔に出たり、遅刻したりしたんだと思います」

「石川さんのように仕事そのものを移ろうとはしなかったんですか？」

「鈴音はパン屋の仕事が気に入っていたし、園長先生が紹介してくれた仕事だから、店を辞めるつもりはないと言ってました。お金の問題が片付けば、夜のバイトを続けるつもりはなかったはずです」

「鷺沢さんが働いた店の名前や住所をご存じですか？」

「知りません」

美奈子が首を振る。

「何度か訊いたんですけど、どうしても教えてくれませんでした」

「石川さんに訊かなかったんですか？」

「訊きませんでした。どんなところで働いているのか興味もあったけど、ちょっと怖《こわ》かったというか、もし風俗なんかで働いていたら、鈴音を見る目が変わってしまうかもしれないと思って……。だから、鈴音の方から話してくれるのを待とうと決めたんです」

「石川さんの連絡先を教えてもらえますか？」

「やっぱり教えないといけませんよね」

「どういう意味ですか？」

「鈴音と二人で沙緒里に会ったとき、ああ、この人、わたしなんかとは違う世界で生きてるんだなと感じたんです。高そうなブランド物をたくさん身に付けていて、金回りもよさそうだったけど、向こうの世界に行ってはいけない、もう沙緒里とは会わない方がいいな、と思いました。だから……」

だから、できれば沙緒里とは関わり合いになりたくない、自分が連絡先を教えたと沙緒里に知られたくない、と言いたいらしい。

「鶴田さんにご迷惑がかかるようなことにはなりませんよ。信用して下さい」

「もしかしたら鈴音が危ない目に遭っているのかもしれないのに、わたしが尻込みしてる場合じゃないですよね」

ふーっと息を吐いてうなずくと、美奈子は沙緒里の連絡先を律子に教えた。

五

美奈子を見送ると、

「ぼくたちも帰りますか？　それとも、食事でもしますか」

藤平が言う。

「せっかく、ここまで来たことだし、鷺沢さんのアパートを見ていかない？　電車ですぐでしょう」

「ああ、そうですね。部屋に鷺沢さんがいたら一件落着ですしね」

「そう願いたいわよね」

律子と藤平は総武線の各駅停車に乗り、市川から本八幡《もとやわた》に向かった。ほんの数分だ。

鈴音の住所は薫子から聞いていたものの、夜道を歩いたせいか道がわかりにくく、しかも、細い道をくねくねと歩かなければならなかったので、アパートに辿《たど》り着くのに三〇分もかかった。

「駅から離れてるのね」

「迷わずに歩いたとしても、一五分以上はかかりそうです。あまり人通りもなかったし、夜道を若い女性が一人で歩くのは物騒ですね」

「その分、家賃が安いのかしら」

「アパートを借りると生活が苦しくなると鶴田さんが話してましたよね」

「駅に近付くほど家賃が高くなるから、安い部屋を探すと、どうしても駅から離れた不便な部屋を借りざるを得なくなる……そういうことね」

「このあたりのはずですが……」

藤平が手帳にメモした住所を確認しながら、周囲を見回す。

「あれじゃないかな、壁にフラワーハイツと書いてある」

「そうです、あれです」

二人がその建物に近付いていく。名前は洒落ているが、実際には安普請《やすぶしん》の古ぼけたアパートである。かなりの築年数であろう。少なくとも三〇年くらいは経っていそうだ。

アパートには一階と二階にそれぞれ四部屋ずつある。明かりが灯っているのは四部屋だけで、残りの四部屋は暗い。住人が留守なのか、それとも部屋が空いているのか、律子たちには判断できない。

「部屋は二階だよね」

「はい。二〇三号室です」

「…………」

律子がアパートを見上げる。手前の二部屋には明かりが灯っているが、奥の二部屋は暗い。外付け階段を上る。最も手前の部屋が二〇一号室だから、鈴音の部屋は奥からふたつ目だ。暗い部屋のひとつである。

その部屋の前で、律子が足を止める。横に藤平が立つ。

「…………」

二人がじっと耳を澄ます。何も聞こえない。部屋の中は、しんと静まり返っている。

物音がしないから留守だとは限らない。居留守を使って息を潜めている場合もある。

だが、そういうときでも、人の気配というのは何となく感じられるものだ。この部屋からは、そういう気配が何も感じられなかった。

「いないみたいだね」

律子がふーっと息を吐く。

「そうですね」

二人が外付け階段を降りる。階段の下、陰になっている壁に八つの郵便受けが並んで取り付けられている。二〇三号の郵便受けにはチラシの類いが溢れている。そういう郵便受けは他にもふたつある。

「もう何日も、アパートには戻っていない……そんな感じがするね」

「鷺沢さん、どこに行ってしまったんでしょうね？」

「さあ……」

律子が首を捻《ひね》りながら顔を上げたとき、暗がりに停車している車に気が付いた。たまま通り過ぎた原付バイクのライトがその車を照らしたのだ。運転席と助手席に人が坐っており、律子と藤平の方をじっと見つめている。二人はスキンヘッドのようだ。

(警察……？)

律子がその車の方に歩き出すと、突然、その車が急発進する。ヘッドライトをつけずに、律子の傍《かたわ》らを走りすぎる。

「何ですか、あれ？　危ないなあ」

「ナンバー、見た？」

「ナンバー？　いいえ……」

「わざと汚してあったね」

ナンバープレートをわざと汚して、ナンバーを読み取りにくくしてあった。

「警察じゃないな……」

律子がつぶやく。ナンバープレートをわざと汚すようなことを警察関係者がするはずがない。

「何か気になるんですか？」

「いや、別に」

あの二人が鈴音のアパートを見張っていたとは限らない。まったく違う用件で、たまたま、ここにいただけかもしれない。確かなことは何もわからない。

しかし、二人は堅気《かたぎ》ではなさそうだった。堅気ではない男たちが鈴音の部屋を見張っていたとすれば、鈴音の失踪にはかなり深刻な理由があるに違いなかった。

六

一〇月一八日（木曜日）
律子と藤平は定時に退庁し、四谷《よつや》に向かった。石川沙緒里に会うためだ。沙緒里の方から四ツ谷駅近くにある喫茶店を指定されたのである。

藤平はアポを取るのに苦労した。沙緒里が渋ったからだ。昼休みに保管庫から電話したのだが、最初の電話では、鷺沢鈴音さんに関することでお目にかかってお話を伺いたいのですが、と事情を説明している途中で、

「忙しいから無理」

と、寝惚《ねぼ》け声の沙緒里に一方的に電話を切られた。

二度目の電話でも、

「わたし、何も知らないから。とにかく、無理なの」

と、苛立《いらだ》った声で、また切られた。

三度目の電話では、沙緒里が何か言い出す前に、

「勤務先のお店に伺います」

と、藤平の方から切り出した。

「いやだもう、お店になんか来ないでよ。警察なんかがお店に来たら周りから変な目で見られるじゃないの」

「それなら他の場所で話を聞かせて下さい」

「だから、わたしは……」

「店に行きますよ」

「…………」

仕事中に店に来られるのがよほど嫌なのか、渋々、沙緒里は会うことを承知した。

そのやり取りを傍らで聞いていた律子は、

「あんたも図々しくなってきたね」

と笑った。

何しろ、店に行くとは言ったものの、沙緒里の勤務先を知らないのである。鶴田美奈子が教えてくれたのは携帯の番号だけで、勤務先どころか自宅の住所も知らないのだ。

四ツ谷駅を出て、指定された喫茶店に向かいながら、

「自宅が四谷で、勤務先が新宿、仕事は、恐らく、キャバ嬢……違うかな?」

律子が言う。

「そんなところだと思います」

藤平がうなずく。

約束した時間の一〇分前に、二人は喫茶店に着いた。落ち着いた雰囲気の静かな店で、BGMにはクラシックが流れている。席は半分くらい埋まっている。周りに客のいない席を選んだ。ウェイトレスには連れが来てから注文しますと断った。

「遅いね」

すでに約束の時間を一五分過ぎている。

「ぶっちされたかな」

「それだと困りますね。たぶん、もう電話にも出てくれないでしょうから。鶴田さんも勤務先は知らないと言ってましたしね」

「古川さんなら実家を知ってるだろうから、そっちから辿るしかないかな」

「そうなると、なかなか大変ですね」

「仕方ないよ。何事も、そうスムーズにはいかないものだから」

何か頼もうか……と律子がメニューを手にしたとき、派手な格好をした若い女が慌ただしく店に入ってきて、店内を見回す。

「どうやら、あの人みたいですよ」

藤平が腰を浮かせると、その女が小走りに近付いてくる。

「藤平さんですか?」

「はい。石川さんですね」

「時間ないんですよ。本当に時間がないの」

沙緒里が溜息をつきながら、椅子に坐る。

「何になさいますか?」

「あ……アイスティーで」

律子と藤平はコーヒー、沙緒里にはアイスティーを注文する。

「美容院が混んでて予定が狂っちゃった」

二〇分も遅刻したのに、詫びのひと言もなく、沙緒里は勝手にタバコを吸い始める。最近は禁煙の店も多いが、この店は、そうではない。

飲み物が運ばれてくると、ずるずると音を立てて、沙緒里がアイスティーを勢いよく飲む。喉が渇いているらしい。一服して喉の渇きを癒やしたことで落ち着いたのか、ふーっと大きく息を吐くと、

「あ、すいません。本当に時間ないんで。お客さんと待ち合わせだから。あと一〇分くらいで行かないと遅刻しちゃう。鈴音ちゃんのことを訊きたいということでしたけど、わたし、あの子がどうしてるか知りませんよ」

「鷺沢さんに仕事を紹介したんですよね？」

「ええ、美奈ちゃんに頼まれたから」

そこで、沙緒里はハッとしたように声を潜め、

「あの子、どうにかなっちゃったんですか？」

「どうにかとは、どういう意味ですか？」

「つまり、その……警察が捜してるわけだから、何か悪いことをしたとか、逆に悪いことをされたとか……。何もないのに、警察が調べたりしないだろうと思って」

「何か思い当たることがあるんですか？」

律子が訊く。

「別にありませんけど……」

沙緒里が目を逸《そ》らす。

「鷺沢さんがどうしているか知らないというのは、どういうことですか？　仕事を紹介したんですよね」

藤平が訊く。

「紹介はしたけど、すぐに辞めちゃったから。ひと月もいなかったんじゃないかな」

「石川さんと同じ店ですか？」

「違いますよ。別のお店。せっかく紹介してあげたのに、すぐに辞めたから、こっちは、その店のマネジャーに文句を言われて大変でした。ほんと、すごい大迷惑」

二本目のタバコに火をつけながら、沙緒里が顔を顰める。

「辞めた後のことは知らないということですか？」

「知りません」

「紹介した店を教えて下さい」

藤平が手帳とペンを取り出す。

「どうしても教えないといけませんか？」

「お願いします」

「ああ、マジで大迷惑だなあ。こんなことになるのなら最初から紹介しなければよかった……」

ぶつくさ言いながら、沙緒里が店の所在地と電話番号を教える。歌舞伎町《かぶきちょう》にある「キャットウォーク」というキャバクラである。マネジャーの名前も教えてくれた。

「もう行っていいですか？　他に知ってることなんかないし」

沙緒里が灰皿にタバコを押しつけて火を消す。

「名刺をいただけませんか？」

律子が言う。

「わたしの？」

「はい」

「…………」

どうしようか迷う様子だったが、これ以上引き留められたくないという気持ちが勝ったらしく、バッグから名刺を取り出し、投げるように律子の前に置く。「スーパーガールズ」というキャバクラだ。

「じゃあ、これで」

店に入ったときと同じように小走りに出て行く。

「忙《せわ》しない人ですね」

「時間に追われてるんでしょう」

律子が肩をすくめ、コーヒーを飲みながら、何やら思案を始める。

「店を替わったことが気になりますか？」

「鶴田さんは、鷺沢さんが店を替わったことを知らなかったみたいだよね」

「何も言ってませんでしたからね」

「たぶん、石川さんが紹介した店でずっと働いていると思っていたんでしょう」

「パン屋さんでは、週末になると鷺沢さんはずっと疲れた様子だったみたいですから、最初の店を辞めて、すぐに次の店で働き始めたんでしょうね」

「どうして、ひと月足らずで辞めたんだろうね。やっぱり、お金なのかなあ」

「より多くの収入を得られる店に移ったということですか？」

「お金が必要で夜のバイトを始めたわけだから、少しでも割のいい店の方がいいに決まってるよね」

「しかし、石川さんは、どこに移ったのか知らないと言うし、鶴田さんは、そもそも店を替わったことすら知らなかったわけですよね」

「とすれば、やっぱり、石川さんが最初に紹介した店に行くしかないよね」

「行ってみますか？　歌舞伎町だから、ここから近いですし」

「うん、そうね。行ってみよう」

コーヒーを飲み干して、律子が腰を上げる。

七

沙緒里が鈴音に紹介した「キャットウォーク」という店は、歌舞伎町の外れにあるキャバクラだった。

店頭で呼び込みをしていたボーイに警察手帳を提示し、責任者に会いたい、と言うと、ボーイは店の奥に引っ込んだ。三分くらいして戻ってくると、

「こちらにどうぞ」

と、律子と藤平を店の奥に案内する。奥に入るとき、フロアを横切ったが、あまり客は入っておらず、手持ち無沙汰《ぶさた》にしている女の子が多かった。平日の、まだ早い時間だからなのかもしれないが、それほど流行《はや》っているようにも律子には思えなかった。

「こちらです。中にマネジャーがいますので」

「ありがとう」

ボーイに礼を言い、律子がドアをノックする。中から、どうぞ、という声がする。

ドアを開けて部屋に入る。六畳ほどの部屋で、正面に机があり、髪をオールバックにしたタキシード姿の男が電卓を叩きながら、帳簿をつけている。机以外には、ロッカーと冷蔵庫が置いてあるだけの殺風景《さっぷうけい》な部屋である。

帳簿を閉じて、男が顔を上げる。口髭《くちひげ》を生やしているが、それほど老《ふ》けてはおらず、三〇代半《なか》ばくらいだろうと律子は見当を付ける。

「警視庁捜査一課の淵神と申します」

「同じく藤平です」

二人が警察手帳を提示するが、男は、さして興味もなさそうに、ちらりと一瞥《いちべつ》しただけである。

椅子から腰を上げると、

「マネジャーの中里《なかざと》と申します」

習慣になっているのか、腰を屈《かが》めて挨拶《あいさつ》しながら、素早く名刺を差し出す。そこには、

「キャットウォーク　マネジャー　中里正次」

とあり、店の住所と電話番号が記されている。名刺の裏には店の地図と、バニーガールスタイルの猫のイラストが描かれている。

「どんなご用件でしょうか？」

「鷺沢鈴音さんをご存じですよね？」

「さぎさわ……？」

中里が首を捻る。

「八月にここで働いていたはずですが」

「八月……。ああ、シルクのことか」
　そうか、あの子か、とうなずきながら、よかったら、おかけ下さい、と壁に立てかけて
　ある折り畳んだパイプ椅子を指差す。律子と藤平が椅子を広げて坐ると、中里も腰を下ろす。
「すぐに辞めてしまったので、名前がピンとこなくて……。確かに、シルクなら、いや、
鷺沢さんなら、うちで働いていましたが、それが何か？」
「正確なところ、いつからいつまで働いていたのでしょうか？」
「調べればわかりますが……」
　中里が露骨に面倒臭そうな顔になる。
「何か事件なんですか？」
「そういうわけではありません」
「じゃあ、令状も何もないわけですか。こっちも忙しい身だし、アポなしに、営業時間中
にいきなりやって来られても困るんですよね」
　急に態度がぞんざいになる。
「令状を持ってきた方がいいですか？　出直しても構いませんが、そのときは、たとえ営
業中だろうと、店内も調べさせてもらいますよ。場合によっては、本庁に同行してもらう
ことになるかもしれません」

「そう強面《こわもて》で脅かすことはないでしょう」

作り笑いを浮かべながら、中里が帳簿を開く。

「ええっとですね……七月二七日の金曜日が初出勤です。で、最後が八月三一日の金曜日ですね。ほぼ一ヵ月というところですか」

「週末だけの勤務でしたよね？」

「ええ、そうです。金曜日と土曜日だけです。だから、出勤したのは全部で一一日間ですかね。週末しか顔を合わさなかったし、あっという間に辞めてしまったので、どんな顔をしていたのかも記憶が曖昧ですよ」

「どうして辞めたんですか？」

「知りません」

中里が首を振る。

「急に辞めたのに理由を聞かなかったんですか？」

「この世界では珍しくもありませんからね。時には、一日で来なくなることだってあります。向いてないってことなんでしょうね。女子大生なんかがアルバイトのつもりで水商売をしてみたものの、やっぱり自分には向いてないと悟って、さっさと辞める。よくありますよ。逆に、この世界にどっぷり浸《つ》かっている女たちは、少しでも待遇のいい店に移ろうとする。水商売から足を洗ったり、他の店に移ったり、理由はいろいろですが、女の子の入れ替わりは激しいですよ。どこでも、そうです」

「鷺沢さんは求人募集を見て、ここで働くようになったわけではありませんよね？」

「ええっと、どうだったかな……」

「誰かの紹介じゃないんですか？」

「石川沙緒里さんでは？」

律子に続いて、藤平が畳みかけるように訊く。

「ああ、そうだった。沙緒里の紹介だった」

「誰かの紹介で入った女の子がすぐに辞めても平気なんですか？　そういう場合、紹介料を払うわけですよね」

「よくご存じですね。その通りです。紹介された女の子をうちが雇えば、紹介料を払います。但し、条件付きですよ。うちの場合、三ヵ月以上の勤務で、かつ出勤日がトータルで六〇日以上になったら紹介料を払います。シルクは、その条件を満たさなかったので沙緒里に紹介料は払っていません」

「短期間で鷺沢さんがこの店を辞めたのは、もっと待遇のいい店に移ったからだとお考えなわけですね？」

「辞める理由は、人それぞれだから何とも言えませんね」

「例えば、この店の女の子が他の店に移ったとすれば、中里さんの耳に入ってくるわけですか？」

「そういうこともあります。うちを辞めて、同じ歌舞伎町のキャバクラで働いていれば、大抵はわかりますが、池袋《いけぶくろ》とか六本木《ろっぽんぎ》あたりの店だとわかりませんね。神奈川や埼玉の方にいく子もいるし」

「鷺沢さんの噂は耳に入りませんでしたか？」

「入りませんね。刑事さんに訊かれるまで、シルクのことなんかまるっきり忘れてたくらいですから。もう、いいですかね？　そろそろ店に出ないと。ここに坐ってるだけでは稼ぎにならないんですよ」

「何か思い出したら、ご連絡をいただけますか」

律子が名刺を差し出す。

「ええ、いいですとも。何か思い出したらね」

恐らく、律子と藤平が部屋を出て行くや否や、その名刺はゴミ箱に捨てられるのだろうな、と律子は想像する。中里が連絡をくれる可能性は限りなくゼロに近いだろうが、完全にゼロでないのであれば、やはり、名刺は渡すべきなのだ。世の中には、万が一ということが往々にして起こるものだからである。

八

一〇月一九日（金曜日）

「入るで〜」

ドアを開けて、板東が保管庫に入ってくる。

保管庫には、律子、藤平、円の三人がいる。

「もう昼飯、食ったんかい？」

「これからだよ」

円が答える。

「どうせ、コンビニ弁当か、おにぎりかサンドイッチというところなんやろ？」

「まあ、ここで食べるときは、そうなるさ」

「たまには一緒に食べようやないか」

右手に提《さ》げた紙袋を持ち上げる。

「何かごちそうしてくれるのかい？」

「驚いて腰を抜かしたらあかんでえ。仙台名物、牛タン弁当や」

「牛タン弁当？」

「行きつけのうまい焼き肉屋が有楽町《ゆうらくちょう》にあってな。昼ごはんに間に合うように届けてもらったんや」

「それなら、向こうで食べるかな。ここには、お湯もないからお茶も淹《い》れられない」

「それは、あかん」

「何で？」

「係長とみちるちゃんの分はないんや。二人に見せびらかして食べるわけにはいかんやろ」

「どうせなら二人の分も頼めばよかったじゃないですか」

藤平が言う。

「この弁当、ひとついくらすると思うとるんや。藤平君のような高給取りのキャリアなら、弁当がふたつ増えても気にせんのやろけど、わしには痛い。それに、これは無理な頼み事をした感謝の気持ちの表れでもあるしな」

板東が、円、律子、藤平の順に弁当を渡す。最後に自分の分を袋から取り出して椅子に坐る。

「さあ、食べようやないか。食べながら、どんな塩梅《あんばい》か教えてもらえると嬉しい」

「ちょうど、わたしらも、その話をしているところだった。二人が随分とがんばってくれたらしい」

「ほう、何かわかったの?」

「藤平、話してあげて」

律子が促す。

「はい、それでは……」

藤平が手帳を開く。

「あ、食べながらでええから。せっかくのごちそうや、温かいうちに食べた方がうまいやろからな」

「ありがとうございます」

弁当を開け、割《わ》り箸《ばし》を割ってから、藤平が説明を始める。鈴音が勤めている古川ベーカリーを訪ね、オーナーの古川道夫や、鈴音と親しかった鶴田美奈子に会って話を聞いたこと、どうやら鈴音がお金を必要としていたらしいこと、美奈子に石川沙緒里を紹介してもらい、キャバクラの働き口を世話してもらったこと、そのキャバクラは一ヵ月くらいで辞めてしまい、今現在、どういう店で働いているかわからないこと……。

「さすがやなあ。もう、そんなに調べたんかい。二人とも腕《うで》利《き》きやなあ。しかも、勤務時間外に調べてくれたんやもんなあ。ありがたや、ありがたや」

板東が両手を合わせて律子と藤平を拝む。

が、すぐに真顔になり、

「鈴音ちゃんがこっそりキャバクラでバイトしてたことを知ったら石峰先生、悲しむやろなあ」

　と溜息をつく。

「明日、二人で石峰先生を訪ねるつもりなんですよ。そのとき、今、板東さんに話したことを石峰先生にも話すつもりでした」

　藤平が言う。

「わざわざ、休みの日に説明に行ってくれるの？」

「それだけではないんですよ……」

　今度は律子が口を開く。鈴音がお金を必要とした原因は、訪ねてきた弟妹から無心されたせいだと考えられる。お金のやり取りを通じて、今も鈴音と連絡を取り合っているかもしれないし、鈴音の居場所を知っている可能性もあるから、できれば家族に会って話を聞きたいが、家族と勝手に接触していいものかどうか自分たちには判断できないので、石峰先生に相談したいのだ、と説明する。

「鈴音ちゃんを虐待した家族に迂闊《うかつ》に接触すると、鈴音ちゃんの情報を与えることになってしまうものなあ。いろいろ気を遣わせてしまって悪いなあ。この通りや」

　板東が頭を下げる。

「気にしないで下さい。板東さんに頼まれて始めたことですが、調べていくうちに、ぼくたちも鷺沢さんのことが心配になっているんです。ねえ、淵神さん？」

藤平が律子に顔を向ける。

「うん、そうね。一度も会ったことのない子だけど、何だか、とても気になる。何とか無事でいる姿を見届けたいという気がするわね」

律子がうなずく。

「そういうことだそうだよ」

円が板東に笑いかける。

「ああ、嬉しいわ。感謝感激や。こんなことやったら、牛タン弁当、特上にしておけばよかったなあ」

「十分においしいですよ」

藤平が言う。

「一応、特上の次にいい弁当やからな。今度は特上を頼むわ。いや、鰻《うなぎ》の方がええかな。特上の鰻弁当、お吸い物付き。そうやな、鈴音ちゃんが見付かったときにでも、な」

残った弁当をかき込みながら、板東が言う。

九

一〇月二〇日（土曜日）

律子と藤平は午前一〇時に船橋駅で待ち合わせた。

駅前からバスに乗り、バスを降りてから少し歩いたので、下総室町学園に着いたのは一〇時半すぎだった。昨日、藤平がアポを取ったとき、一〇時半から一一時の間に伺います、と言ってあるから、ちょうどいい時間である。

受付で案内を請うと、

「お待ちしていました。園長は応接室におります」

と女性スタッフが先になって案内してくれる。

応接室に入ると、

「よう、よう、よう」

板東がにこやかに手を上げて挨拶する。

「あれ、板東さん、早いですね」

「うん、君らが来る前に、少し石峰先生と話しておいた方がええかと思うてな。その方が話がスムーズに進むやろし、石峰先生のショックも和らぐんやないかと思うたわけや」

「そうでしたか」

「お休みの日に、わざわざありがとうございます」

石峰薫子が立ち上がり、律子と藤平に丁寧《ていねい》に一礼する。

「どうぞ、おかけになって下さい。すぐにお茶を用意します。それとも、コーヒーか紅茶の方がよろしければ……」

「どうか、お構いなく」

「遠慮せんかてええがな。わしと石峰先生も飲んどるんやから、石峰先生は日本茶、わしはモンブランな」

「え、そんな豆ありましたっけ？」

藤平が怪訝な顔になる。

「あるがな、アフリカにある山」

「もしかして、キリマンジャロでは？」

「ははは。そうも言うらしいな」

「板東さん、朝っぱらから、笑えないギャグはやめて下さい」

律子が真顔で言う。

「話題が重いから、せめて最初くらい明るい雰囲気にしたかったんやけどなあ。ま、ええわ。で、何を飲む？　コーヒーやったら、わしが淹れてやるで」

「日本茶をお願いします」

「ぼくも同じく」

「何や、つまらんなあ」

板東が口を尖《とが》らせる。

薫子が席を立ち、五分ほどして、お盆に湯飲みをふたつ載せて戻ってくる。

「どうぞ」

律子と藤平の前に湯飲みを置く。

「ということで本題やな。ざっと説明はしたんやけど、言い忘れたことがあるかもしれんから、申し訳ないけど、藤平君、改めて石峰先生に調査内容を説明してあげてもらえんやろか。先生の方から質問があるかもしれんし」

「わかりました」

藤平は手帳を取り出すと、それを眺めながら、昨日、板東に話したのと同じ内容を薫子にも話す。

その説明に三〇分くらいかかった。

説明を聞き終わると、

「お忙しい合間に熱心に調べて下さって、どうもありがとうございます。どう感謝していいのかわからないくらいです」

薫子は律子と藤平に改めて頭を下げる。

「鷺沢さんがこっそり水商売のアルバイトをしていたと知って、さぞショックだろうと思いますが、そのことに関して、何か思い当たることがありますか？」

律子が訊く。

「よほど切羽詰まった事情がなければ、そんなことをする子ではありません。もちろん、わたしやスタッフが事前に知っていれば止めたでしょう。だから、鷺沢も秘密にしていたのだと思います」

「弟と妹が訪ねて来て、お金の相談をしたという点に関しては、いかがですか？」

「鷺沢の家族が生活に窮《きゅう》しているのは事実だと思います。最近のことは知りませんが、鷺沢が保護された頃、父親は失業していて、母親のパート代でやりくりしていたはずです。本当なら生活保護を受けるレベルだったのでしょうが、生活保護を受けると、役所の人間やケースワーカーの家庭訪問を受けることになるので受給しなかったのだと思います」

「今も千葉に住んでいるのですか？」

「いいえ、引っ越したはずです。確か、栃木です。宇都宮《うつのみや》市内だったように記憶しています。何年も前の話ですが」

「弟と妹は、どうやって鷺沢さんの居場所を知ったのでしょうか？　保護されて、施設で暮らすようになってから家族との連絡は断ったわけですよね」

「保護された直後は、一時的に児童相談所にいましたが、ごく短期間で、すぐに市の児童養護施設に移ったはずです。そこまでなら容易に追跡できますが、その後、この学園に移ったことは外部の人間には、鷺沢の家族も含めてという意味ですが、そう簡単に調べられないはずです」

「簡単ではないが、不可能ではないわけですね？」

「淵神さんや藤平さんのような警察の方だとか、興信所だとか、その道のプロのような人であれば調べられるでしょうが、素人には難しいと思います。鷺沢の弟妹ですが、わたしの記憶に間違いがなければ、弟は中学生で、妹は小学生のはずです。とても調べられるとは思えません」

薫子が首を振る。

「けど、実際に鈴音ちゃんを訪ねて来とるんやもんなあ……」

板東が腕組みして首を捻る。

「もしかしたら……」

薫子がハッとしたように顔を上げる。

「鷺沢が連絡したのかもしれません」

「鈴音ちゃんが？　何で？　自分をいじめたひどい家族やのに」

板東が驚いたように薫子の顔を見る。

「客観的に見れば、その通りなんですが、鷺沢本人は自分がどんなひどい環境にいたのかをあまり自覚していなくて、この学園で暮らすようになってからも、時々、家族を心配するようなことを口にしていたんですよ。特に弟と妹のことは心配だったようです」

「人並み外れて優しい子やもんなあ。天使みたいな子やから、人を恨むことができんのかもしれん」

「鷺沢さんは、家族の引っ越し先を知っていたのでしょうか？」

律子が訊く。

「それは簡単やろ。わしにもできそうや。役所に行って調べればいいだけのことやないか。借金取りに追われて夜逃げでもしたのでない限り、住民票を移すやろからな。固定電話があって、電話帳への記載を拒否していなければ、電話帳でも調べられる。いくらでもやりようはあるやろ」

「そうですね。向こうが鷺沢さんの居場所を調べるのは簡単ではないけれど、鷺沢さんが家族の引っ越し先を調べるのは難しくない。鷺沢さんの方から連絡を取ったとすれば、弟や妹が訪ねて来たことも納得できます。そうだとすれば、今でも弟や妹と連絡を取り合っている可能性があります。わたしたちが家族に会いに行っても構わないでしょうか？」

「普通であれば賛成しかねるところですが、今は事情が事情ですから、鷺沢を見付ける手がかりになるのなら調べていただきたいと思います。栃木の住所ならわかりますし……」

薫子が言う。

保護された子供を取り戻そうとして、わざわざ施設の近くに引っ越してくるような執念深い親もいるので、引っ越しの事実がわかった段階で、念のために、その転居先を確認することがあるのだという。

もっとも、引っ越しするたびに調べるのは無理だから、子供を保護した直後に限られる。鈴音の家族が今でも最初に引っ越した栃木にいればいいが、そこから他に転居していれば、今日は調べようがない。

「これから二人で栃木に行くの？」

板東が訊く。

「そのつもりです」

「足は？」

「電車ですね」

「そんなら、わしが送る。車で来てるんや。電車の方が早いかもしれんけど、向こうに着いてからが大変やろ。車の方が小回りがきくで」

「いいんですか？」

「もちろんや。君たちばかりに苦労させるわけにはいかんからな」

板東が拳で自分の胸をぽんと叩く。

一〇

「え」

駐車場に停められている車を見て、律子と藤平が思わず顔を見合わせる。あちこちに凹《へこ》みがあり、塗装もはげて、斑《まだら》模様になっている。元々、何色だったのかわからないほど色《いろ》褪《あ》せている。

ひとことで言えば、ポンコツである。

「何や、二人でそんな顔をして。遠慮せんで乗ってええんやで」

「あの……かなり年季が入ってますね」

律子が言う。

「うん、日本を代表する名車、ブルーバードや。今は新たに生産もされとらんし、状態のいいブルーバードを見付けるのは至難の業《わざ》なんや」

「と言うことは、敢えて、こういう古い車を選んで乗っているわけですか？」

藤平が訊く。

「当たり前やないか。ダットサン・ブルーバード、９１０型系、ハードトップ……」

板東が愛《いと》おしそうにボディをさする。

「この車に乗ると、自然とジュリーの『勝手にしやがれ』を歌いたくなる」

「誰ですか、外国の歌手ですか？」

藤平がきょとんとする。

「沢田《さわだ》研二《けんじ》よ」

律子が藤平の脇腹を肘で突く。

「ああ、嘆かわしい。今どきの若者はジュリーも知らんのか」

板東が溜息をつく。

「この車と沢田研二、何か関係があるんですか？」

律子が訊く。

「は？　淵神君までそんなことを……」

板東が律子を指差し、ブルーバード、おまえの時代だ、と声を低めて言う。

「…………」

律子も藤平もぽかんとしている。

「もう駄目や。そういうキャッチコピーで大人気だったんやけどなあ。ジュリーが言うと、かっこよくて、痺《しび》れたわ。それで安月給をはたいて、無理に無理を重ねて、ようやく買ったんや」

「あれ？　状態のいい車を探したとおっしゃいませんでしたか？」

「だから、新車で買うたんやないかい。新車なら最高に状態がええで」

「と言うことは……何年くらい乗ってるんですか？」

「さあなあ……かれこれ三〇年くらいやないかなあ。よう覚えとらんのやけど」

「これで宇都宮まで行けるんですか？　まさか高速を使わず下道で行くのでは……」

「藤平君、アホなこと言うたらあかん。ちゃんと高速で行くがな。安全運転がモットーやから、そんなにスピードは出さんけどな。ほら、早う乗って、乗って。出発するで〜」

板東は、さっさと運転席に乗り込む。

「どうしますか？」

何となく不安そうな顔で藤平が訊く。

「どうするって……乗るしかないじゃん」

律子が後部座席のドアを開けて乗り込もうとする。

「助手席に坐って下さい」

「気を遣ってくれるの？」

「後ろより助手席の方が少しは居心地がよさそうですから」

「ありがとう」

律子が助手席に、藤平が後部座席に乗り込む。

「よし、出発や〜」

板東がエンジンをかける。その途端、ぶおーっという大きな音がして、車体が揺れる。

「すごいエンジンですね」

律子が驚くと、

「ふふふっ、チューンナップしとるからな。見かけはボロでも、中身はぴかぴかや。わしと同じやで〜」

車が走り出す。

船橋で高速道路に乗り、宇都宮を目指す。途中で渋滞に巻き込まれることを考慮しても二時間ほどのドライブである。

二

佐野《さの》サービスエリアで昼食を摂《と》ることにした。週末のお昼どきということで、フードコートは賑《にぎ》わっている。

「いやあ、うまそうなものばかりで目移りしてしまうなあ。旅に出ると、普段と違うものが食べられるのが嬉しいわ。やはり、ご当地名物を食べたいもんやなあ。そう思わんか？」

板東が嬉《うれ》しそうな顔で二人に訊く。

「旅行といっても、まだ学園を出てから一時間ちょっとですよ」

「頭の固い男やなあ。何を杓子定規《しやくしじようぎ》なことを言うとるんや。気分の問題やろ、気分の」

「はあ」

「さてさて、何がいいか……。宇都宮まで行けば、餃子《ぎようざ》を食べたいところやけど、ここは佐野やからな。佐野名物といえば、やっぱり、ラーメンかなあ。しかし、一口に、ラーメンといっても、いろいろな種類があるもんやなあ。藤平君は何にする？」

「そうですねえ。醬油《しようゆ》がいいかな……」

「アホか！　そんな単純な話と違うわい。同じ醬油でもいろいろあるやないか」

「じゃあ、佐野ラーメンにしようかな……」

「わしが決めてやろう。青竹手打ち佐野ラーメンや。ええやろー。わしの奢りなんやし」

「ありがとうございます」

「わしは、がっつりもやし佐野ラーメンにするわ。淵神君は？」

「大してお腹が空《す》いてないので、とちおとめのソフトクリームでもいただきます」

「え……そんなんでええの？」

「はい」

「だから、細いんやなあ。細いと言っても筋肉質やから、もりもり肉を食うのかと思うとった。三元豚《さんげんとん》のロースカツ定食でも食わん？」

「無理ですよ。とても食べきれません」

「大丈夫。半分は、わしと藤平君が食べる。それで、どうや？」

「お任せします」

律子がうなずく。

セルフ方式なので、まず、テーブルを確保し、食券を買ってから料理を取りに行く。

「ボリュームありますねえ」

藤平が律子の定食を見て、目を瞠《みは》る。

「だって、肉だけで二〇〇グラムあるらしいわよ」

厚手のロースカツが五つに切り分けられている。

大きめの茶碗に盛られたごはんの上に、肉を四切れと付け合わせのポテトサラダを載せ、味噌汁と一緒に藤平の方に押し遣る。

「どうぞ、二人で分けて」

「淵神さん、それしか食べないんですか？」

律子の皿には肉がひと切れと千切りキャベツ、プチトマトしか残っていない。

「これで十分」

律子が食べ始める。

「あ」

突然、板東が声を発する。

「忘れとった」

「何ですか？」

「ビール」

「は？」

「ははは、冗談やがな。藤平君は真面目やなあ」

「確かに、今日は休日出勤というわけでもなく、休みを利用して個人的に調査しているだけですから、どうしても飲むな、とは言えませんが」

「だから、冗談よ。宇都宮の帰りに餃子を土産《みやげ》に買って、晩酌《ばんしゃく》で一杯やるわ」

「そうして下さい」

「あ〜っ、うまいなあ。スープも麵ももやしもうまい。しゃきしゃきしてうまいもやしやで。こんなうまいものが食えるのなら、たとえ無駄足だとしても悔いはないな」

麵を啜《すす》りながら、板東が言う。

「鷺沢さんの家族、宇都宮にいますかね？」

藤平が訊く。

「どうやろなあ。住所しかわからんからなあ。せめて電話番号でもわかれば確かめようもあるんやけど……」

「固定電話がないというのも珍しいですよね」

「ない、と言うか、使えんようになったらしいで」

「なぜですか？」

「そりゃあ、料金を払わんからやろ。かなり長く滞納して、結局、それっきりらしい。まあ、今は固定電話がなくても携帯があれば、昔ほど不便ではないやろけどな」

「固定電話の料金が払えないのに、携帯の料金を払えるんでしょうか」

藤平が首を捻る。

「あれこれ考えても仕方ないやろ。宇都宮まで、もう少しや。あまり期待せずに行こうやないか。ゴー、ゴーやあ」

二

サービスエリアを出て、三〇分ほどで東北自動車道を降りた。もう宇都宮である。路肩に車を停め、薫子から教えてもらった住所をカーナビに打ち込む。

「鶴田町《つるたまち》いうところらしいで」

「線路沿いのマンションのようですね。そんなに遠くないですよ」

表示された地図を見ながら、藤平が言う。そこから二〇分ほど車を走らせると、目的地周辺です、というカーナビの音声が流れる。

「アカシアハイツというらしいのですが……」

「あれじゃない？」

律子が左手前方を指し示す。二階建ての、古びた木造アパートである。色褪せた外壁に、「アカシアハイツ」とペンキで書かれている。

「うわあ、立派なマンションやなあ。わしが子供の頃は、名前だけ立派なボロアパートがたくさんあったけど、今でもあるんやなあ。名前だけ聞いたら、どんなに洒落たマンションかと思うわ」

呆れたように首を振りながら、板東がアパートの前に車を停める。

「まさか、ここで切符は切られんやろ」

「そうですね。あまり車通りがないし、他にも路上駐車してる車が何台もありますから」

藤平がうなずく。

車を降り、三人がアパートに近付いていく。

一階と二階に四部屋ずつある。それぞれのドアの横には洗濯機が置いてある。

「家族四人で暮らしとるんやな」

外付け階段の下に郵便受けが八つ並んでおり、一〇四号室の郵便受けには、
鷺沢俊雄《としお》　洋子《ようこ》　和俊《かずとし》　春香《はるか》

という四人の名前が並んで記されている。

「苦しい生活を強いられとるようやなあ」

錆《さ》びついてボロボロの郵便受けを眺めながら、板東が言う。

「行ってみましょうか」

「そうやな」

一〇四号室のドアの前に立ち、藤平がチャイムを押す。部屋の中でチャイムが鳴るのが聞こえる。微《かす》かにテレビの音声も聞こえる。人がいるのだ。

しかし、応答はなく、人が出てくる気配もない。

「あれ、テレビの音が消えたで。居留守か。借金取りでも来たと勘違いされたんかな」

板東が首を捻る。

「すいません、いらっしゃいませんか」

藤平がドアを拳でドンドンと叩く。

「中にいるのはわかっとるんやから、出てくるまでしつこく叩くしかないな」

板東が言う。

「そうですね」

尚《なお》も藤平が執拗にドアをノックする。

しかし、人が出てくる気配はない。部屋の中は、しんと静まり返っている。息を殺して、必死に居留守を使っているという感じである。

「あの……どなたさまでしょうか？」

背後から声をかけられる。

律子たちが振り返ると、ほっそりした中年女性が立っている。

「鷺沢さんですか？」

律子が訊く。

「はい、そうですが……」

鈴音の母・洋子であろう。洋子だとすれば四二歳のはずだが、ひっつめの髪は白髪混じりで、黒ずんだ顔にも皺が多く、とても五〇歳以下には見えない。

「警察の者です。警視庁捜査一課の淵神と申します」

律子が警察手帳を提示する。

「この二人は同僚です」

「警察の方……」

洋子が息を吞む。

「どんなご用でしょうか？」

「鈴音さんのことで伺いたいことがあるのです」

「鈴音のことで……？」

洋子が戸惑《とまど》った表情になる。

ガチャッと解錠する音がして、ドアが薄く開く。

ドアの隙間から小柄な少年が目を覗《のぞ》かせる。洋子の声が聞こえたので、ドアを開ける気になったらしい。鈴音の弟・和俊であろう。一三歳の中学生だ。

「汚れてますが、お入りになりますか」

洋子がぐいっとドアを引っ張る。

和俊が驚いたように部屋の中に引っ込む。

「失礼します」

洋子に続いて、律子、板東、藤平の三人が部屋に入る。

玄関は狭く、かろうじて大人一人が立てるくらいのスペースしかない。玄関から上がって左手に狭い台所、正面が六畳の居間だ。居間の右側にも部屋があるが、襖《ふすま》で仕切られている。部屋は、それだけしかないようだ。

居間には古ぼけたテレビがあり、中央に小さな丸テーブルがある。その前に小さな女の子がちょこんと坐り、熊のぬいぐるみを抱きしめて、不安そうな目を律子たちに向ける。妹の春香であろう。小学四年生のはずだが、二年生くらいにしか見えない。

律子がちらりと和俊を見る。和俊も小柄で、何も知らなければ小学生と思っただろう。中学生には見えないのである。洋子は老け込んで不健康そうだし、二人の子供たちは、大袈裟に言えば発育不良に思える。貧困生活が長く続くと、こんな風になってしまうのか、と律子は暗澹《あんたん》とした気持ちになる。

「お客さんたちと話があるから隣にいて。それとも、公園にでも行ってくる?」

洋子が和俊に声をかける。

和俊は部屋の隅にぼんやり立っている。

「公園、行きたい」

春香が和俊を見上げる。

「じゃあ、行こうか」

和俊が言うと、春香が、うんっ、と嬉しそうに立ち上がる。二人が出て行くと、

「お茶でも淹れますから、お坐りになって下さい」

「どうか、お構いなく」

「わたしも喉が渇いたので」

洋子がお茶の用意をする。ケトルでお湯を沸かす間に湯飲みを取り出し、急須に茶葉を入れる。お湯が沸く。

「どうぞ」

テーブルに湯飲みを四つ並べる。番茶だ。

喉が渇いているというのは本当らしく、洋子は湯飲みを手にすると、ふーっ、ふーっ、

と湯冷まししながらお茶を飲む。

「ご主人は、お留守ですか？」

板東が訊く。

「入院してます」

「え、入院？」

「ここ二年くらい、ずっと体調が悪くて入退院を繰り返していましたが、春先にまた体調を崩して、それからずっと入院してます……」

そう説明してから、癌《がん》なんです、もう末期です、とぽつりと言う。

「それは……大変ですね」

「先進医療というのか、化学療法や放射線治療だけでなく、いろいろ効果のある治療方法があるらしいのですが、社会保険だけでは賄えませんから、高価な治療法なんか無理です。死ぬのを待っているだけという感じですが、それでもお金がかかります。大変です」

洋子が溜息をつく。

「じゃあ、今は奥さんが働いているということですか？」

律子が訊く。

「働くといっても、子供の世話もあるし、病院にも行かなければならないし、フルタイムで働くのは難しいので、パートをかけ持ちしています。大したお金にはならないんですが

「……」

「失礼ですが、生活保護を受けるというお考えはないんですか？」

藤平が訊く。

「考えたこともありますが、できるだけ役所には関わりたくないものですから」

「鈴音さんがお金を送ってましたよね？」

「ああ……そのことでいらしたんですか？」

「お互いの居場所はわからないはずなのに、どうして、鈴音さんと連絡を取るようになったんですか？」

「こっちから連絡したわけじゃありません。連絡先も知りませんでしたし。鈴音がわたしの実家に手紙を出して、連絡先を教えてほしい、と訊いたそうです。その後、うちに手紙が来ました。もう鈴音と関わってはいけないと思っていたので、返事を書きませんでした。手紙は捨てずに取っておきましたが、その手紙を和俊が読んだらしくて……」

「和俊君が鈴音さんに連絡したんですか？」

「手紙を書いて、夫が入院していることや、うちがお金に困っていることを鈴音に知らせたようです。しばらくして、鈴音からお金が送られてくるようになりました。受け取るべきではなかったかもしれませんが、正直なところ、とてもありがたかったです」

「和俊君と春香さんが鈴音さんに会いに行ったことは、ご存じですか？」

「え」

洋子が両目を大きく見開く。

「それは……知りませんでした」

「鈴音さんからは今も連絡がありますか？」

「最近は、ありません」

「最後に連絡があったのは、いつですか？」

「先月の末に現金書留が届いたのが最後です。それから、手紙もお金ももらってません」

「現金書留にはお金だけでなく、手紙も入ってましたか？」

「はい」

「何か変わった様子はありませんでしたか？」

「変わった様子というと……」

「実は鈴音さんの行方がわからなくなっているんです。今月になって仕事も無断欠勤を続けていますし、アパートにも戻っていないようです」

「行方不明ということですか？」

「そうです。何か心当たりはないでしょうか？」

「わかりません。手紙には、仕事も楽しいし、周りにいるのも親切で優しい人ばかりだと書いてありました。何か困ったことがあるとか、悩みがあるとか、そんなことは何も書いてありませんでした」

洋子が首を振る。

「…………」

律子と藤平がちらりと視線を交わす。

(嘘は、ついていないようだ)

という意思確認である。

律子はテーブルに名刺を置くと、

「鈴音さんから連絡があったら、知らせていただけますか。職場の方たちや鈴音さんがいた児童養護施設の先生たちもとても心配していますから」

「何か悪いことが起きたということですか？」

「まだ何もわからないんです」

「そうですか」

「和俊君にも訊いてもらえますか？　お母さまの知らないところで連絡を取り合っている可能性もありますから」

「確かめてみます。わたしが知らないうちに鈴音に会いに行っていたくらいですから、他にも隠し事があるかもしれませんから」

洋子がうなずく。

一三

「どんなひどい親かと身構えてたけど、生活の苦しさに押し潰されそうな哀れな人やったなあ。子供たちもガリガリに痩せて顔色も悪いし、ちゃんと食べてないんかなあ」

車に乗り込むと、板東が堰《せき》を切ったように話し始める。

「かわいそうだとは思いますが、鈴音さんを虐待していたのは事実ですよ」

藤平が言う。

「あのお母さんがなあ……そんな感じはしなかったけど、人間の本性は見た目だけではわからんもんやなあ」

「もちろん、父親が虐待を主導したのかもしれませんけど」

「父親が鈴音さんを虐待するのを母親は見て見ぬ振りをしたということ？　それなら母親も同罪だよ。父親も母親も罪の重さに違いはないわ」

「え」

板東と藤平が驚いたように律子の顔を見る。律子の語気の激しさに驚いたのだ。

「………」

律子は口を強く引き結んで、アパートに目を向けている。

「まあ、虐待に関する詳しい事情はわからんけど、父親も末期癌で苦しんどるというし、やはり、この世の中、因果応報なんかなあ」

「ぼくが何より不思議なのは、誰よりも苦しめられたはずの鈴音さんが、両親や弟妹をとても心配しているということです。憎むのが普通じゃないでしょうか？　それなのに手紙を出したり、お金を送ったり……理解できません」

藤平が首を振る。

「そういう子なんや、鈴音ちゃんは。会えばわかるけど、本当に優しくて、いい子やで。だから、石峰先生もあんなに心配しとるわけや」

板東がエンジンをかけ、車を発進させる。

「そんないい子を、どうして両親は虐待したんでしょうか？　かわいがるのが当たり前なのに」

藤平が首を捻る。

「この件とは直接関わりのないことだから質問を控えたけど、できれば母親に訊いてみたかったわね」

律子が言う。

「あかんやろ。こんなに面の皮の厚いわしでも、さすがに、それは口に出せんがな」

板東が言う。

「停めて下さい」

律子が言うと、板東が車を急停止させる。

「何で急ブレーキを踏むんですか」

「だって、停まれというから。何やねん？」

「ほら、あそこ」

律子が前方を指差す。児童公園があり、子供たちが遊んでいる。和俊と春香の姿もある。春香はブランコに乗り、その傍らのベンチに和俊が坐っている。春香は少しも楽しそうではないし、和俊の表情も暗い。

「かわいそうなのは、鈴音ちゃんだけやないのかもしれん。あの子たちも被害者なんやろなあ」

板東がつぶやく。

「藤平、和俊君の後方五〇メートル付近に注目して。大きな木があるよね？」

「はい」

「どうかしたんかい？」

板東が怪訝な顔になる。

「あのスキンヘッドですか？」

「そう」

「同じ男でしょうか？」

「おいおい、ちゃんと説明してや」

「火曜日の夜、鈴音さんのアパートを訪ねたとき、怪しい車を見かけたと話しましたよね？　その車に乗っていたスキンヘッドに似た男がいるんです」

「鈴音ちゃんのアパートを見張ってた男が、何で、ここにいるんや？」

「もしかすると、あの男たちも鷺沢さんの行方を追っているのかもしれませんね。行くよ、藤平」

律子が車から降りる。

「よし、わしも」

「板東さんは、ここで待機して下さい」

あっさり律子に断られる。

律子と藤平が公園に入っていくと、スキンヘッドが動いた。律子たちに気が付いたのだ。踵《きびす》を返して、公園から走り出る。

藤平が追いかけようとするが、

「もういい」

律子が止める。

「たぶん、向こうに車が停めてある。間に合わないよ」

「どういうことなんでしょうか？」

「この前の夜、嫌な予感がしたけど、これで、はっきりしたわね。鷺沢さん、危ない奴《やつ》らに追われている。そいつらは鷺沢さんのアパートを見張るだけでなく、実家のアパートまで見張っている」

「どうやって、ここを知ったんでしょうか？　そう簡単にわかるはずがないのに。ぼくたちだって石峰先生が教えてくれなければ、かなり苦労したはずですよ」

「いとも簡単に調べられるだけのコネや金を持っている連中ということなんだろうね」

「暴力団関係者でしょうか？」

「そうかもしれない。鷺沢さん、『キャットウォーク』を辞めて、どんな店に勤めたんだろう。その店を調べることが肝心ね」

一四

高速に乗る前に宇都宮市内で餃子を食べた。

板東は餃子だけでなくラーメンも食べた。

藤平は餃子だけ三人前食べた。三人前といっても、小さめの餃子六個が一人前で、しかも、一人前が二〇〇円と安い。周りの客を見ても、一人前を頼む客はおらず、皆、二人前か三人前を注文し、それにライスやミニラーメンを付けている。

律子はお腹が空いていないので、藤平の餃子を三つ分けてもらっただけだ。その代わり、お持ち帰り用の餃子を四人前買った。景子へのお土産だ。

「淵神君は小食やなあ。だから、スマートなんやろけど」

「板東さん、今日の高速代やガソリン代、大雑把で結構なので週明けにでも請求して下さい。これは経費では落とせませんから」

律子が言う。

「よかったら、ぼくが計算しましょうか。あの車の燃費がわかれば、大体のガソリン代も計算できます。それに高速代を加えて三人で割りましょう」

「あ〜っ」

板東が大袈裟に溜息をつく。

「君たち、何という情けないことを言うねん。そもそも、わしが頼んだ話やないか。そのせいで、君たちはせっかくの休みを犠牲《ぎせい》にして、鈴音ちゃんの行方を追ってくれとるんやろ。いくら感謝してもしきれんくらいなんやで。高速代とかガソリン代とか、みみっちいこと言わんといてくれ。勤務時間が終わってから、あちこち出かけて調べてくれとるわけやから、その交通費を、わしが出すべきやないか。そっちこそ請求してくれ」

「いいえ、それこそ遠慮します。わたしたちも、嫌々やっているわけではありませんから。さっき公園で見かけた男、堅気とは思えません。まだ確証がないので石峰先生には言えませんが、鷺沢さん、何か事件に巻き込まれている可能性がありそうです」

律子が言う。

「事件に巻き込まれていると確信できたら、係長に相談して、正式に事件として捜査させてもらいましょう。実際に捜査するのは、ぼくたちではなく、所轄の刑事課ということになるかもしれませんが」

藤平が提案する。

「正式な捜査ということになれば、自腹で歩き回ることもなくなるけどなあ……」

板東が浮かない顔になる。

「何か気になりますか？」

律子が訊く。

「怪しい連中が鈴音ちゃんの周辺をうろうろしているというだけでは、所轄も相手にしてくれんやろと思ってな。事件に巻き込まれとるとしたら、鈴音ちゃんの身に悪いことが起こる前に捜し出したいけど、所轄は悪いことが起こってからでないと動かんわ。もちろん、事情はわかる。それが警察のやり方というもんやから……」

それはわかるけど、わしは鈴音ちゃんが心配でたまらんのや、と板東が溜息をつく。

「…………」

律子と藤平が言葉を失う。板東の目に涙が滲んでいたからだ。

一五

律子が帰宅すると、景子がマンションにいた。先に帰っていたらしい。明かりも付けず、暗いリビングで、ソファにぽつんと坐り込んでいる。その姿を見て、

(何かあったな)

と、律子は察する。

明かりをつけ、

「景子さん、ただいま」

声をかける。

「あ」

景子がハッとしたように顔を上げる。

「律ちゃん、お帰り」

「仕事で藤平や板東さんと宇都宮まで行ってきたの。餃子を買ってきた。食べようよ」

「宇都宮の餃子、有名だもんね」

「お風呂、まだでしょう？　先に入る？」

「ううん、わたしは後でいい。先に入って。あ、ごめん。沸かしてない」

景子が申し訳なさそうな顔になる。

「シャワーだけでいいよ。さっと汗を流してくる」

「じゃあ、用意しておく」

景子がソファから立ち上がる。

一〇分ほどして、シャワーを浴びた律子がパジャマ姿でリビングに入ると、台所からいい匂いが漂ってくる。餃子を温めただけでなく、何か炒め物でも作ったらしい。

「何か作ったの？」

「牛肉とピーマンがあったから青椒肉絲《チンジャオロースー》を作ってみた。オイスターソースとニンニクを絡めただけの手抜き料理だけど、餃子に合うかなと思って」

「すごくいい匂い。おいしそうだね～」

二人で食卓につく。

「いただきま～す」

律子が食べ始める。普段、朝と昼は軽めの食事しかしないので、その分、夜はたくさん食べる。猛然と食べていた律子だが、ふと、景子の手がまったく動いていないことに気が付く。何も食べていない。

「食欲ないの？」

うつむいた景子の目から、涙がぽたりぽたりと滴《したた》り落ちる。

「…………」

「景子さん……」

律子も箸を置く。

「どうしたの？　また会えなかった？」

「うん、駄目だった」

「駄目だったって……。そんなことを言う権利、矢代《やしろ》にはないんだよ。景子さんには拓也《たくや》君と会う権利がある。話し合って決めたことじゃない。弁護士だって立ち会って決めたことなんだよ。ただの口約束とは違うんだから」

「わかるけど……」

「また弁護士に頼もうよ。場合によっては裁判になってもいいじゃない。白黒はっきりさせた方がいいんじゃないかな」

「できれば、事を荒立てたくないの。裁判なんかになって、それを拓也が知れば、きっと傷つくだろうし、わたしとしては、できるだけ穏便に……」

「それができないから、どうすればいいかっていう話じゃないの。現に、今日も景子さんは拓也君に会えなかったわけでしょう？」

「そうだけど」

「理不尽なことをしているのは向こうなんだから、景子さんは堂々と自分の権利を主張すればいいんだよ」

「でも、わたしが拓也にひどいことをしたのは事実だから……」

「もう自分を責めるのはやめなよ。景子さんは普通の状態じゃなかった。矢代や矢代の母親だって同罪だよ。景子さんが苦しんでいるのに見て見ぬ振りをしてたんだから」

「うん……」

景子が重苦しい溜息をつく。

「困ったね」

律子も溜息をつく。

食欲はなくなっている。

一六

藤平が帰宅すると、

「お父さまが話があるって」

母の幸恵《さちえ》が耳打ちする。

「何の話?」

「さあ、何かしら」

幸恵が小首を傾《かし》げる。

「リビング？　書斎？」

「リビングよ」

「わかった」

藤平がリビングに向かう。

都内の一等地にある、土地代だけでも億は下らないという豪邸だ。

広い玄関は吹き抜けになっており、白い螺旋《らせん》階段が二階に続いている。玄関の右手が台所、左手がリビングだ。

リビングは二〇畳以上ありそうな広さで、内装も豪華だ。中央に黒い本革の大きなソファがある。

そのソファに父の伸行《のぶゆき》が腰を下ろしている。ブランデーを啜りながら、ゴルフクラブを磨いている。日焼けしているのは、毎週末、欠かさずラウンドしているからだ。五七歳の伸行も藤平と同じくキャリアで、今は警察庁の幹部だ。

「お父さん、何か話があるの？」

「帰ってきたか。まあ、坐れ。何か飲むか？」

「まず風呂に入りたいな。それから食事。お酒を飲むとしたら、そのときでいいよ」

「今日も仕事か？」

「うん」

「随分がんばっているようだが、第三係は、そんなに忙しいのか？」

「どういう意味？」

「あそこは窓際《まどぎわ》だろう。若いキャリアが行くような部署じゃない。経歴に傷がつく」

「ぼくは何も不満を感じていないよ。むしろ、とてもやり甲斐を感じているんだ」

「そうムキになるな。見栄を張る必要はない」

「別に見栄なんか……」

「まあ、待て」

伸行が片手を上げて藤平の発言を制する。

「おれが言いたいのは、目先のことばかり考えるな、ということだ。五年先、十年先の自分の姿を想像して行動しろと言いたいんだよ。どういう部署で、どういう役職について、どういう仕事をしているか、それを考えて行動しなければ駄目だぞ。常に第三者の目で自分の立場を客観視することが大切なんだ。いくらおまえががむしゃらにがんばっても、そのがんばりが評価されないのでは無意味じゃないか。がんばりを評価してくれるところでがんばれ」

「第三係でいくらがんばっても無駄だと言いたいの？」

「あそこは窓際部署だ。どこにも行かせる場所がない者たちを、定年まで飼い殺しにするために作られた部署なんだよ」

「ひどい言い方をするんだね」

「おまえと淵神巡査部長は、第三係に異動してから殺人犯を捕まえている。本来なら大手柄だ。しかし、それは第三係の仕事とは関係ないことだった。おまえたちがやるべきことではなかったから、上からはまったく評価されていない。大部屋にいるときに、同じ手柄を立てたら、話は違っていただろう」

「別に評価されたいとは思ってないよ。警察官としてやるべきことをしただけだから」

「強がるな」

伸行がぴしゃりと言う。

「出世には何の興味もないか？　それが本心か」

「そこまでは言わないけど……」

「第三係にいるのは時間の無駄だ。完全に出世コースから外れている。あんなところで燻《くすぶ》っていたら、警察庁に呼び戻してもらえないぞ。わかってるよな？　キャリアは、最初に警察庁で研修して警察官としての基礎を身に付け、所轄で現場を経験し、所轄から警視庁に異動して箔《はく》を付ける。その上で、また警察庁に戻って出世の階段を上っていく。おまえ、二八だったな？」

「そうだよ」

「じゃあ、順調にいけば、三〇過ぎには、どこか小さな警察署の署長になれるはずだ。しかし、第三係にいる限り、それは無理だぞ」

「…………」

「来年の四月には大部屋に戻れ。大部屋で無難に過ごしたら警察庁に戻れる」

「大部屋に戻れと言っても、そんなことできないよ」

「いや、できる。おれが何とかする」

「お父さん、やめてくれ。ぼくの人生を掻《か》き回さないでほしい」

「かっこつけるな。任せておけ」

話は終わりだ、と言うと、伸行はまたゴルフクラブを磨き始める。

「…………」

藤平は拳を強く握り締め、伸行に反論したいと考えるが、何を言ったところで伸行に論破されてしまうに違いない、という諦めを感じる。

それは伸行が言っていることが、まったくの的外れではない、ということである。

確かに藤平は第三係でやり甲斐を感じている。律子と一緒に行動すると学ぶことが多いのだ。警察官として自分が成長しているという実感がある。

それは本当だが、だからといって、このままずっと第三係にいたいのかと問われれば、それも違っている。出世コースから外れ、第三係本来の職務である捜査資料の整理・保管という仕事に明け暮れ、板東や円のように年老いていくことを望んでいるわけではない。

（親父のようになりたいわけじゃないけど、出世に興味がないわけでもない。おれも嫌らしい男なんだ……）

顔を顰めると、藤平はリビングを出る。冷たいシャワーでも浴びて、仲行との会話で生じた心の中のもやもやを消し去りたいと思った。

一七

一〇月二一日（日曜日）

律子が起きたとき、もう景子は出勤した後だった。

台所のテーブルに朝食が用意してあり、コーヒーも淹れてあった。置き手紙があり、昨日は励ましてくれてありがとう、自分なりによく考えてみます、と書かれていた。

コーヒーを飲みながら、その手紙をぼんやり見つめる。

（悩んでるんだろうなあ）

景子のためならどんなことでもしてやりたいと思うが、最終的には景子自身が決断しなければならないことだということもわかっている。トーストを囓《かじ》り、スクランブルエッグを口に入れながら、律子が溜息をつく。

朝食を食べ終わると、顔を洗い、着替えて外出する。実家に行くつもりである。

二人組の若者が家に押し入り、隆太郎《りゅうたろう》と菜穂子《なおこ》を監禁するという事件に巻き込まれた後、二人は入院した。隆太郎の体調に問題はなかったが、菜穂子の精神的なショックが大きく、自宅で隆太郎を介護できる状態ではなかった。それで二人とも入院したのだ。

その後、菜穂子は退院したものの、自分の身の回りのことをするだけで精一杯なので、まだ隆太郎は入院したままである。

菜穂子に会うのは、ほぼ一週間ぶりだが、その表情の暗さに律子は驚いた。

「お母さん、大丈夫なの？　ちゃんと食べてる？　元々痩せてるのに、更に痩せちゃったじゃない。力を付けないと、また入院だよ」

「だって、食欲ないんだもの」

「そんな子供みたいなことを言って……」

「一人でいると不安なのよ」

「お父さんを退院させたら？」

「嫌よ」

菜穂子が顔を顰める。

「気弱になっているときに、あんなわがままな人がそばにいたら、こっちの頭がおかしくなるわよ。あの人が戻ってくるくらいなら一人の方がましよ」

「理屈が滅茶苦茶だなあ」

「そうだ」

菜穂子が何かを思いつく。

「あなた、ここに帰って来ない？」

「わたし？　そんな……急には無理よ」

「何なら、あの人が一緒でもいいのよ」

「景子さん？」

「向こうが嫌がるかしら」

「お父さん、どうするのよ？　すぐでなくても、いずれ戻ってくるわけでしょう。わたし、お父さんと一緒に暮らすのだけは絶対に嫌だよ」

「施設に入ってもらおうかと考えてるのよね。あの人のわがままに付き合っていく気力がないんだもの。入院させてわかったけど、あの人がいないと気楽なのよ」

「それはいいね。この家を売って、お父さんを施設に入れる。お母さんはマンションを買えばいいじゃない。一軒家に一人暮らしだから不安になるのよ。マンションなら安心でしょう」

「本当に、そうしようかしら」

菜穂子は思案顔で腰を上げると、お蕎麦《そば》でも茹《ゆ》でるから一緒に食べていって、と台所に入る。

律子は二階に上がる。律子と隆一《りゅういち》の部屋がある。二階に上がるのは久し振りである。

隆一は一二年前、中学三年のときに自殺した。律子が高校二年生のときだ。いじめを苦にして学校に行くのを嫌がったが、隆太郎は不登校を許さず、時には力尽くで学校に行かせた。その揚げ句、家にも学校にも居場所がなくなって、隆一は死を選んだのだ。隆一を死に追いやったのは隆太郎だと律子は考え、それ以来、隆太郎とはまともに口も利かない関係が続いている。

最初に自分の部屋を覗く。きちんと整理整頓されている。もちろん、律子がやったわけではない。菜穂子が片付けたのだ。定期的に風通しをしているのか、少しも埃《ほこり》っぽさを感じない。

次に隆一の部屋を覗く。同じように、きれいに片付いている。ベッドも机も本棚も、壁に貼られているポスターやカレンダーも、一二年前のままに保たれている。

白いカバーのかけられたベッドに律子が体を横たえる。隆一が小学生の頃から使っていたベッドだから小さい。律子の足がベッドからはみ出してしまう。

胸の上で両手を組んで目を瞑《つむ》る。

（わたしたち、虐待されてたよね）

淵神家で隆太郎は独裁者だった。菜穂子にも律子にも隆一にも常に高圧的な態度で臨み、何か気に入らないことがあると大声で怒鳴り散らした。どれほど理不尽な内容であれ、律子たちは隆太郎の命令に従わなければならなかった。少しでも反抗すると容赦ない暴力に見舞われ、人格を否定するような言葉を浴びせられた。

その頃は、パワーハラスメントなどという言葉は一般には知られていなかったし、親から子に対する暴力は「しつけ」として許容され、よほどのことがない限り、警察が介入することはなかった。

菜穂子は奴隷《どれい》のように隆太郎に従い、隆一は追い詰められて自ら命を絶った。律子だけが隆太郎に抵抗したが、その抵抗によって何かが変わったわけではない。隆太郎の暴力が激しくなっただけのことである。

当然ながら、律子は隆太郎を憎んだ。嫌悪《けんお》した。何度も殺してやりたいと思い、事故でも病気でもいいから隆太郎が死んでくれないかと願った。

それが当たり前ではないか、と思ったとき、ふと、鷺沢鈴音のことを思い出した。

鈴音の受けた虐待を考えると、自分が隆太郎から受けた虐待など大したことがないという気がするほどだ。律子にはいくらでも逃げ場があった。朝早く家を出れば、夜まで隆太郎と顔を合わせることはなかったし、隆太郎と揉めれば、家から飛び出せばよかった。不愉快なことは多かったが、その気になれば、いくらでも逃げ出すことができたのだ。

鈴音は、そうではない。どこにも逃げ場がなかったのだ。出生届すら出されていなかったので、法律上はこの世に存在していなかった。

だから、学校にも行けなかった。家の中で家族とだけ顔を合わせ、外出も許されず、奴隷のように酷使されていたのだ。想像するだけで、おぞましく、律子は背筋が寒くなる。自分が鈴音の立場にいたら、とても耐えられなかっただろうと思うし、自分をそんな目に遭わせた家族を憎悪したに違いない。

しかし、鈴音は家族を憎むどころか、家族を心配し、金に困っていることを知ると、夜の仕事をして仕送りまでした。なぜ、そんなことができるのか、律子には理解できない。臍曲《へそま》がりの板東が絶賛するように、鈴音は天使のような優しさを持っているのかもしれない、とも思う。本当にそんな人間がいるのか、いるのなら会ってみたい、という好奇心もある。

鈴音の行方を捜すのは、板東に頼まれて始めたことだが、今では、律子自身、何とか鈴音を見付けたいという気持ちになっている。頼まれたからやるのではなく、律子がそうしたいのである。

まだ、これといった手がかりは何もつかめていないが、鈴音が姿を消した理由は漠然とではあるがわかってきた気がする。恐らく、何らかのトラブルに巻き込まれて逃げているのであろう。楽観できる状況ではないが、鈴音はどこかで生きているはずだ。そうでなければ、怪しげな男たちが鈴音を捜しているはずがない。鈴音のアパートを見張り、実家にいる弟妹まで見張っている。よほど深刻なトラブルに巻き込まれているに違いないと想像できる。

わからないのは、なぜ、鈴音が逃げ回っているのか、ということである。トラブルに巻き込まれ、怪しげな男たちに追われているのであれば、さっさと警察に駆け込めばよいではないか。

それができない事情があるのか？

可能性として考えられるのは、鈴音自身が何らかの犯罪行為に関わってしまった、ということだ。警察に駆け込めば、自分も罪に問われることになるから警察に行くことができずに逃げているのではないのか？

（どうなんだろう……）

律子自身は鈴音に会ったことがないから何とも言えないが、石峰薫子や板東の話を聞く限りでは犯罪に関わるような人間ではなさそうだ。

ひとつだけはっきりしているのは、あの男たちより先に律子が見付けなければ、鈴音の身が危ないということだ。それだけは間違いない、と律子は確信している。

一八

西新宿のマンションの一室。

若い男女三人がテーブルに着いている。テーブルの上には缶コーヒーが置いてある。

桐野《きりの》令市《れいいち》。二〇歳。

金村《かねむら》正彦《まさひこ》。二〇歳。

鷺沢鈴音。一九歳。

ジーンズにコットンシャツという姿の令市と鈴音は、ほぼ年齢通りに見えるが、正彦は、そうではない。ネイビーのストライプ入りのダブルのスーツ、赤いシャツに黒のネクタイ、髪をポマードでオールバックに撫《な》でつけ、鼻の下と顎《あご》に髭を生やしている。これ見よがしに、ロレックス、金のピアス、ダイヤモンドを嵌《は》め込んだ金の指輪を身に付けている。成金臭《なりきんしゅう》がぷんぷんとするし、とても二〇歳には見えない。少なくとも三〇過ぎくらいには見える。

もっとも、これは正彦の嗜好《しこう》ではなく、仕事上の必要に迫られてやっていることである。闇金《やみきん》業というハードな仕事をしていることもあり、自分が若いということで客に侮《あなど》られないように、わざと老けた強面の格好をしているのだ。

このマンションは借金の形《かた》に客から取り上げたものだ。その客の借金は、日々、高金利のせいで雪だるま式に増え続けているから、客が借金を精算できる見込みはない。登記関係の書類も正彦が押さえているから、実質的に正彦のマンションと言っていい。

テーブルの横には、スーパーの買い物袋がふたつ、有名なカジュアル衣料品店の大きな紙袋がひとつ置いてある。令市と鈴音のために、正彦が食料品と衣服を買い込んできた。

「これ、使ってくれ」

正彦が財布から一万円札を何枚か取り出し、令市の方に押し遣る。五万くらいはありそうだ。

「すまない」

令市が頭を下げる。

「何を言ってるんだよ。令市には数え切れないくらい助けてもらったじゃないか。少しでも恩返しできれば嬉しいよ」

「そう言ってもらえると気持ちが楽になるが」

「これから、どうするつもりだ？　いつまでも逃げ回っているわけにはいかないだろう」

「そうだな」

令市がちらりと横目で鈴音を見る。

「………」

鈴音は暗い表情で黙りこくっている。

「そろそろ部屋を移った方がいいかもしれないな。どこから足がつくかわからないから、なるべく同じ場所に長くいない方がいいだろう。他にも差し押さえてる物件がいくつかあるから、なるべく早く移れるように手配するよ。そうだな、遅くとも明後日までには」

「すまない」

「そう何度も謝るなって」

タバコを揉み消しながら、正彦が照れ臭そうに笑う。笑うと、年相応の顔に見えるから不思議だ。

「たまには外で飯でも食おうか？　部屋に閉じ籠もってレトルトやインスタントばかり食ってるのも、うんざりだろう？　近くに中華とイタリアンの店がある。鈴音ちゃん、どっちが好きだい？」

「わたし……イタリアンかな」

「よし、決まりだ。イタリアンにしよう。行こうぜ」

正彦が立ち上がる。缶コーヒーの横にライターを置いたままだが気付かない。

令市は野球帽を目深《まぶか》に被り、伊達《だて》眼鏡をかける。

鈴音は毛糸の帽子に、令市と同じような伊達眼鏡をかける。変装というほど凝ってはいないが、それでもかなり印象は変わる。

三人がマンションを出る。エントランスのすぐ横に、見るからに高そうな外車が停まっている。

「乗ってくれ」

「遠いのか？」

「いや、すぐ近くだよ。真っ直ぐ行って、突き当たりを右に曲がると店が見える。こぢんまりとした洒落た店だ」

「それなら車で行くほどのことはないんじゃないか。歩けばいい」

「永《えい》ちゃんの本に書いてあったじゃないか。ビッグになって、キャデラックで近所のタバコ屋にタバコを買いに行くのが夢だったって。それと同じ」

「夢がかなったな」

「要は金次第ってことさ。金って、すごく簡単に手に入るんだ。やり方さえ間違えなければ、いくらでも稼ぐことができる。大した苦労もなしに、大金がざくざく入ってくる」

正彦が歩きながら話す。車で行くのはやめたらしい。

「だけど、金があればあるほど、楽しいことがなくなっていく気がする。何をしても楽しくない。車を買っても、時計や宝石を買っても、別に嬉しくも何ともない」

「贅沢な悩みだな」

令市が口許に笑みを浮かべる。

「こういう話をすると、それなら結婚して子供を作ればいいじゃないか、なんて言う奴がいる。そうなのかな？」

「さあ、おれにはわからないよ」

令市が首を振る。

「おれみたいな人間が結婚して子供なんか作っていいのかね？　罰《ばち》が当たりそうだ」

正彦がタバコを取り出して口にくわえ、火をつけようとする。ライターがないことに気が付く。

「すまん、先に行っててくれ。部屋にライターを忘れてきたみたいだ。取って来る」

「店で火を貸してもらえばいいじゃないか」

「あれは、おれのラッキーアイテムなんだ。いつも持ってないと落ち着かなくてさ。店で一番高いワインを頼んでおいてくれ。シャンパンの方がいいかな。ドンペリとか。料理も適当に頼んでおいてくれよ」

すぐに行くから、と手を振って、正彦がマンションに戻っていく。

「じゃあ、先に行ってようか。お腹、空いただろう？」

令市が鈴音に訊く。

「うん」

鈴音がうなずく。

令市と鈴音が歩き出すと、路肩に停まっていた古ぼけた国産車から男が降りる。

一九

やっと奴が現れた。

奴というのは、つまり、金村正彦だ。

金村がマンションから一人で出てくれば、後をつけるつもりでいた。それほど遅い時間ではないから、まだ人通りがある。ここで襲うのはリスクが大きすぎる。尾行して、どこか別の場所で、できるだけ人気がなく、防犯カメラもない場所で襲いたいと考えた。

捕まることを心配しているわけではない。自分のことなど、どうでもいい。金村を殺すことだけが望みなのだから、チャンスがあれば、それがどこであろうと、たとえ、人混みの中であろうとためらうことなく襲うだろう。

しかし、まだ捕まるわけにはいかない。金村は標的の一人に過ぎないからだ。これは始まりに過ぎず、まだ終わりではないから、おれは、捕まるわけにいかないのだ。

意外なことに、金村は三人で出てきた。若い男女と一緒だ。

金村が闇金を営んでいるのは知っている。

弱い者を騙して生き血を吸っているのだ。

まるでダニだ。

結局、何も反省していないのだ。

それが金村の本性なのだろう。困っている人間に高利で金を貸し、容赦なく取り立てる。身ぐるみはいで放り出すのだ。貸金業といっても、やっていることは強盗と同じだ。

生まれつきの本性というものは決して矯正《きょうせい》できるものではない。刑務所だろうが少年院だろうが、そんな甘っちょろいところに何年入れたところで何も変わりはしない。

奴らの行動を法律で縛ることも無理だ。奴らは悪知恵を働かせて法律の網を潜《くぐ》り抜けようとするだろう。経験を積めば積むほど、より狡猾《こうかつ》になって、警察を欺くことなど朝飯前になってしまうのだ。

そんな奴らを生かしておく必要があるのか？

答えは、否、である。

法律による裁きに何の意味もないのであれば、つまり、刑務所や少年院に収容することが何の処罰にもならず、何の矯正効果もないのであれば、別のやり方で処罰するしかない。自明の理である。

三人でどこかに行くのかと思ったが、そうではないらしい。金村一人だけがマンションの方に戻り、あとの二人は反対方向に歩いて行く。

ここで別れるのか？

それなら車に乗るはずだが、金村はマンションに入っていく。何か忘れ物でも取りに行くのではないか、とおれは推測し、車を降りる。

金村が一人になり、しかも、マンションの部屋に戻るのなら、襲撃するにはお誂《あつら》え向きではないか。

小走りにマンションに入る。

高級マンションだと、エントランスにもドアがあり、インターホンで住人を呼び出して解錠してもらうか、自分の鍵で解錠しないとマンション内に入ることができない仕組みになっている。

ここは、それほどの高級マンションではないらしく、そんな設備はない。エントランスを通り、真っ直ぐエレベーターホールに向かう。エレベーターは二基ある。一基は一階にあり、もう一基は五階で止まっている。

おれはエレベーターに乗り込んで五階のボタンを押す。金村が五階にいることはわかっている。オペレイターからもらった情報のおかげだ。

五階でエレベーターを下り、小走りで金村のいる部屋に向かう。その部屋は金村の部屋ではない。金村が借りているわけでもないし、所有しているわけでもない。借金の形に本当の所有者から奪い取ったものだ。もちろん、真っ当なやり方ではない。途方に暮れ、苦境から逃れるためなら藁《わら》でもつかみたいと思っている人間に、五万や一〇万の端金《はしたがね》を法律に違反する高い金利で貸し付け、ちょっとでも返済が滞《とどこお》ると雪だるま式に借金が増えるというやり方で手に入れたのだ。最初に借りた一〇万が半年もしないうちに二〇〇万くらいになってしまうというから、まるっきりの詐欺《さぎ》である。

なぜ、そんなやり方をして、警察に逮捕されることもなく、高そうな車に乗り、高そうな腕時計や貴金属を身に付けて贅沢な暮らしができるのか、おれにはまったく理解できない。オペレイターに言わせれば、それこそ金村が一人前の悪党になった証《あかし》ではないか、ということになる。

おれも、そう思う。

昔犯した罪を償うためだけでなく、今現在犯している罪を償うためにも、そして、これ以上、金村の犠牲者を増やさないためにも、金村は死ぬべきなのだ。おかしな話だが、金村は自分が死ぬことによって、初めて世の中のためになることをするわけである。一匹の害虫が消えれば、その分だけ世の中はよくなるという理屈だ。

だから、おれの心には何のためらいもない。何の迷いもない。自分は正しいことをするのだという強い確信を抱いている。

ドアノブに手をかけようとしたとき、ドアの向こうで音が聞こえた。金村が外に出ようとしているのだと察した。

おれはドアを開けた。

金村が腰を屈めて靴を履いていた。顔を上げて、おれを見ると、ぎょっとしたように両目を大きく見開く。

「何だ、あんたは……？」

おれは両手で金村の肩を強く押す。

金村が体勢を崩して仰向けにひっくり返る。

そこに飛びかかり、用意しておいたナイフを腹に突き刺す。力を込めて刺したが、厚手のジャケットが邪魔をして、あまり深く刺すことができなかった。

ナイフを引き抜き、もう一度、刺そうとする。

金村が足を振り回し、その足が運悪く、おれの顎に当たる。

おれがよろめいて後退《あとずさ》った隙に、金村はリビングに逃れようとする。芋虫のように身をよじりながら這《は》っていく。腹から出血し、血の跡がくねくねと廊下に続く。

「やめろ、誰か、助けて……」

悲鳴を上げて助けを呼ぼうとするが、パニックを起こして過呼吸になっているせいか、かすれた声しか出てこない。

おれは金村の背中を膝で押さえ、金村の喉をナイフで横に切り裂く。但し、深くは切らず、動脈を傷つけないように注意した。まだ殺すわけにはいかない。声を出すことができないようにしただけだ。

金村の口からは、空気が洩れるような声しか出ない。

「楽には死なせないぞ。じわじわと死んでいけ。これから動脈を切るから、出血多量で確実に死ぬ。自分が死ぬまでに、自分が何をしたか、なぜ、こんな死に方をしなければならないのか、よく考えるがいい。おまえは報いを受けるんだ」

「…………」

金村が肩越しに怯《おび》えたような目で、おれを見た。

「少年院に入ったから罪を償ったと思うのか？　お詫びの手紙の一通でも書いて寄越したか？　芙美子や俊也の墓参りに行って許しを請うたか？　いいや、おまえは何もしていない。まるで何もなかったかのように、すっかり忘れている。知らん顔をして好き勝手に生きている。だが、芙美子も俊也も、おまえたちに殺されたんだ。何の罪もないのに命を奪われたんだ。おまえは死ななければならない。人の命を奪った者は自分の命で罪を贖《あがな》わなければならないんだよ」

おれは金村のズボンを脱がせ、太股の内側にある動脈を切った。たちまち勢いよく血が流れ出す。

その上で、両手両足の筋を切った。身動きできないようにするためだ。もう助けを呼ぶこともできないし、ここから逃げ出すこともできないわけだ。

「死ね」

おれは吐き捨てる。

だが、もはや金村は何の反応もしない。目がうつろで、そこには何の光も見えない。

二〇

イタリアンのレストラン。

令市と鈴音が奥のテーブルに向かい合って坐っている。二〇人も入れば満席になってしまう小さな店である。二人以外に客は四人しかいない。静かなジャズが流れる雰囲気のいい店だ。

二人はまだサラダと前菜しか頼んでいない。

令市はビール、鈴音はアイスティーを飲んでいる。

「あいつ、遅いな」

携帯で電話してみる。その携帯も金村が用意してくれたものだ。応答がない。

「おかしいな。急な仕事でも入ったのかな。先に食べてようか。せっかく来たんだし」

「そうだね」

鈴音がうなずく。

店のお薦めだというマルゲリータのピザとペペロンチーノのパスタを選んだ。

料理が運ばれてくると、令市が小皿に取り分ける。

「うまそうだな。食べよう」

令市が食べ始める。しばらくして、食べているのは自分だけで、鈴音はほとんど食べていないことに気が付く。皿の上でフォークを動かしているだけで、まったく口に運んでいないのだ。

「どうしたの、お腹空いてないの？」

「………」

鈴音はフォークを置くと、ごめんなさい、と頭を下げる。

「何だよ、急に」

「だって……」

令市を見つめる鈴音の目に涙が溜まっている。

「こんなことに巻き込んでしまって、わたしのせいで……」

「鈴音ちゃんだって巻き込まれたんじゃないか。自分は何も悪くないのに」

「わたし、悪いよ」

「何が？」

「ひどいことをしたもん。人を騙して、変なお酒を飲ませて、ものすごい大金を請求して
……」

「鈴音ちゃんがやったことじゃないよ。やらされただけだろう」

「額《ひたい》に汗して働くことが尊い……そう石峰先生に教わったのに、わたしはそれとは全然違うことをした。ものすごく悪いことをしたのよ」

鈴音が泣き出す。

「自分を責めることはないよ。そのおかげで鈴音ちゃんの家族は助かったんだから。自分が贅沢するためにお金がほしかったわけじゃない。家族を助けるためにやったことだ」

「でも……」

「いいんだ。許してもらえる」

「誰が許してくれるの？」

「神さま」

「じゃあ、桐野君が神さまだわ」

「は？」

「わたしの神さま。桐野君がいなかったら、わたし、生きてないもの。なぜ、わたしなんかに関わったの？　知らん顔をしてればよかったのに」

「それは……」

それは神さまがそうしろと命じたからだ、と令市は答える。

「神さまが？」

「少年院に入ってたこと、前に話したよね？」

「うん」

「どうして入ったのか、詳しいことは言ってないし、できれば言いたくないんだけど、おれ、ひどいことをしたんだ。人でなしなんだよ。クズさ」

令市が顔を顰める。

「そんなことないよ、桐野君はクズなんかじゃない」

「おれが何をしたか知れば、そんなことは言えなくなるはずだよ」

「違う、絶対に違う」

令市の言葉を否定するように、鈴音が何度も首を振る。

「弁解しようと思えば、いくらでも弁解できるよ。おれもクズだけど、おれの親父《おやじ》やおふくろもクズで、おれなんかより、もっとひどいクズで、そんなクズに育てられたから、おれもクズになった、とかね。自分が何のために生きているのかもわからなかったし、世の中のすべてを憎んでいて、周りの連中をみんな敵だと思っていたから、何をしようがおれの勝手だ、邪魔する奴らはぶっ殺してやるなんて凄《すご》んでいた。好きなことをして太く短く生きられればいい、死刑になっても構わないなんてことも考えた。だから、少年院に入っても何も反省しなかった。最初の半年くらいは教官の先生たちにも迷惑ばかりかけた。馬鹿な話さ。少年院の中でも突っ張ってたんだから。あの頃の自分を思い出すと恥ずかしくなる」

令市は苦笑いをして、ビールを一口飲む。

「そんなときに宇津井《うつい》先生に会ったんだ」

「先生？　学校の？」

「いや、違うよ。宇津井先生は神父さんだよ」

「ふうん」

「宇津井先生は聖書の話をしてくれた。初め、おれは耳を貸さなかった。でも、先生は諦めずに何度も同じ話をしてくれた。読んでみなさいと聖書もくれたけど、おれは床に投げ捨てて足で踏みつけた。宇津井先生は、桐野君は少しも悪くない、悪いのは桐野君の心の中にいる悪魔だから、わたしは桐野君を少しも怒っていない、桐野君を許す、と言った。きれい事だと思った。心の中にいる悪魔が悪いことをしていて、自分が悪くないのであれば、悪魔のせいにすれば、どんな悪いことでもできるじゃないか、それでもおれを許すのか、と訊いたら、そうだよ、桐野君を許す、と言う。どんなひどいことをした人間であろうと、神は決して見捨てたりしない、神は許す、それが神の愛だ……そんなことを言われて、それはおかしいでしょう、現におれは悪いことをしたから少年院に入れられた、誰もおれを許していないじゃないか、と言ったら、それは違う、神も許しているし、わたしも許している、と言うんだ。それを聞いたとき、涙が止まらなくなってね。それからなんだ、おれ、聖書を読むようになって、聖書について宇津井先生と話すようになった」

令市がふーっと大きく息を吐く。

「不思議だったのは、聖書に書かれているのは大昔の外国の話なのに、何となく自分に似たような人間がたくさんいるような気がすることだった。それを宇津井先生に話すと、よく気が付いたね、と誉《ほ》めてくれた。時代は変わっても、人間の本質は何も変わっていないから、聖書の中に自分のような人間が出てくるのは当たり前なんだよ、どんな罪を犯しても、それを反省して悔いる心があれば、神さまは許してくれる、と言うんだ。確かに、その通りだった。神さまが罪人を許してくれることは、ちゃんと聖書に書いてあるんだ」

「桐野君、偉いね。やっぱり、すごい人だと思う」

「いや、全然、偉くない。聖書を読めば読むほど、どれほど自分が愚かだったかと思い知らされる。まだ洗礼は受けてないんだけど、いつか受けるつもりでいる。今はまだ自分を許せないから駄目なんだけどね」

「せんれい？」

「キリスト教の信者になることだよ」

「ふうん……」

「わが身を犠牲にして誰かを救うことが自分を救うことになる……おれは、そう信じているから、鈴音ちゃんがやばいことになったとき、知らん顔なんかできなかった。笑われるかもしれないけど、鈴音ちゃんを守ることは、神さまから与えられた試練のような気がしている。おれのこと変だと思うよな？」

「ううん、変じゃない。わたしなんかとは全然違う。桐野君は、すごい人だと思う。偉いよ。わたしの知らないことをたくさん知ってるし、難しいことを考えてるんだもん」

「すごくもないし、偉くもないけどね」

令市が照れ臭そうに頭をかく。

「本当にお腹空いてないのか？」

「何だか空いてきた。食べるね」

鈴音はフォークを手に取ると、パスタを食べ始める。


それから更に一時間経った。

「あいつ、どうしたのかな？」

金村が現れず、電話連絡もないので、令市は首を捻る。

「もう帰ろうか。ドンペリなんか頼まなくて」

「よかったね。食べちゃったし」

「まったくだ」

二人が顔を見合わせて笑う。

令市は大して現金を持っていない。金村がくれた五万円を大切に使わなければならない。支払いを済ませて外に出る。

「気持ちいいね」

令市はビールを飲んだので、少し酔っている。夜風が心地よいのだ。

「あれ？」

令市が目を細めて前方を見遣る。

マンションの前に金村の車が停まっている。てっきり仕事でどこかに行ってしまったのだろうと思っていた。

「あいつ、部屋にいるのかな」

首を捻りながらマンションに入り、エレベーターに乗り込む。

ドアを開け、玄関に足を踏み入れた瞬間、令市の体が硬直する。

「どうしたの？」

背後から鈴音が訊く。

「鈴音ちゃん、ちょっと外で待っていてくれないか。何だか様子がおかしい」

そう言って、令市がドアを閉める。

五分ほどして、ドアが薄めに開き、令市が顔を覗かせる。

「びっくりするだろうけど、絶対に大きな声を出さないでほしい」

「何かあったの？」

「見ればわかる」

令市が鈴音を玄関に入れ、ドアをロックする。

「え」

鈴音がハッと息を呑む。廊下に血の跡があったからだ。リビングまで続いている。

「足許に気をつけて。血を踏まないようにね」

令市がリビングに入る。

「…………」

鈴音が後に続く。リビングに金村が倒れている。周囲は血の海だ。それを見て、鈴音が悲鳴を上げそうになる。

「駄目だよ」

令市が鈴音の口を押さえる。

「大丈夫？　静かにできる？」

「う、うん……。でも、誰がこんなことを……。あいつら？」

「わからないけど、あいつらだったら、おれたちの帰りを待っていたはずだ。狙いは、おれたちで、正彦は関係ないんだから」

「それなら、なぜ、金村君がこんなことに……」

「正彦も人に恨まれるような商売をしてたからな」

闇金業者を恨む人間はたくさんいるだろう、と令市がつぶやく。

「どうするの？　警察に通報する？」

「いや、しない」

令市が首を振る。

「じゃあ、逃げるの？」

「逃げるけど、その前にやることがある。何も考えずに、おれの言った通りにしてくれないか。できれば頼みたくないけど、おれ一人だと時間がかかりすぎるから手伝ってほしいんだ。できるかい？」

「やる」

鈴音がうなずく。

令市は鈴音に掃除機をかけるように指示する。髪の毛などの痕跡を残さないようにするためだ。掃除機を使い終わったら、吸い取ったゴミを取り出して持ち去るつもりでいる。

鈴音が掃除機を使っている間に、令市は濡れ雑巾《ぞうきん》で自分たちが触ったと思われるところをできるだけ丁寧に拭く。指紋を消すためである。

二時間ほどかけて、二人で部屋を掃除する。

「もういいよ。完全に痕跡を消すのは無理だから。まあ、それでも何もしないよりは、ましだろう」

「これから、どうするの？」

「とりあえず、ここを出よう」

部屋から出ようとして、ふと思いついて、金村の懐《ふところ》を探る。財布やパスケース、携帯などを自分のポケットに入れる。もう金村の役には立たないが、令市と鈴音の役には立ってくれるものばかりだ。

「行こう」

荷物を持って、二人が部屋を出る。

ドアに鍵をかけようとして、ふと、令市が手を止める。

「どうしたの？」

「鍵をかけていったら、正彦が発見されるのが遅くなるんじゃないかと思ってね。いつまでも発見されず、あそこで腐れ果てていくのを想像したら何だか哀れになった」

「それなら鍵を閉めないでいきましょうよ」

「それでいいのかな？」

「桐野君の考えてることが正しいと思うよ」

鈴音が大きくうなずく。

「じゃあ、そうしよう」

令市は鍵を閉めず、その場を離れる。

第二部・プリンクラブ

一

おれは何も後悔していない。

やるべきことをやっただけだ。

おれの手は血で濡れ、おれは犯罪者になった。

人殺しである。

たとえ相手がどんなクズであろうと、たとえ虫けらのような極悪人であろうと、その命を奪えば、やはり、人殺しだ。

捕まれば、重い罪に問われるだろう。

死刑になるかもしれない。

だが、それでも構わない。

とうに覚悟はできている。

そもそも生きるつもりなどなかった。

もう死のうと思っているとき、オペレイターから電話がかかってきて、ある提案をされた。わけのわからない提案だったが……というより、取引のようなものかもしれないが、おれは、それを承知した。

芙美子と俊也の命を奪った四人組が、今どこで何をしているか教えてくれるというのだから、たとえ、その見返りに何を要求されようと拒む理由はなかった。どうせ死ぬつもりだったのだ。二人の恨みを晴らし、復讐を遂げてから死んだとしても遅くはないではないか。必要な情報さえもらえるのなら、おれはすぐにでも実行したかった。

しかし、それは許されなかった。

まず体を鍛え直さなければならない、というのだ。

以前は体脂肪率が一〇％程度しかなかった。体は日々の厳しい訓練で鋼《はがね》のように引き締まっていた。その体が今では、すっかりたるんでしまい、運動不足のせいで動作も緩慢《かんまん》になっている。

確かに、そんな状態では四人組に復讐できるかどうか、おれ自身、自信がなかった。

だが、素寒貧《すかんぴん》で、遠からず餓死してもおかしくないようなおれに何ができるというのか？

オペレイターは援助する、と言った。

金をくれるというのだ。

その金で体を鍛え直してから復讐を始めろ、と勧めたのだ。

拒む理由はない。ありがたかった。

おれは、三ヵ月、朝から夕方までジムに通い詰め、トレーニングに励んだ。贅肉《ぜいにく》が落ち、筋肉が増えていくに従って、おれの体はキレを取り戻し、動作も俊敏になった。

その頃、またオペレイターから連絡が来た。

どうやら、オペレイターは、どこかから、おれの様子を探っていたらしい。だから、こっちの準備が整ったのを見計らって連絡してきたのだろう。

四人組の情報を順番に与えるから、その代わり、頼み事があるという。見返りの要求である。

否応はない。

おれは承知した。

最後に、こんなことも言った。情報は与えるが、実際に彼らに鉄槌《てっつい》を下すかどうかは自分で決めるがいい、と。

言いたいことはわからないではない。

四人組が罪を反省して、今では善良な人間に生まれ変わっているかもしれないからだ。

そんなことはあり得ないとは思うものの、可能性はゼロではない。

おれだって鬼ではない。

芙美子と俊也の恨みを晴らしてやりたいとは思うが、心から反省している者を、そう簡単に殺すことができるかどうかわからない。

それ故、オペレイターが最初にくれた金村正彦の情報に基づき、おれは金村の身辺を探った。金村が死に値する人間かどうか見極めるためだ。

金村は何も反省していなかった。あろうことか闇金業者になり、弱い者を騙して高利を貪《むさぼ》っていた。

つまり、少年院で何も反省しなかったということだ。矯正などされなかったのだ。金村が生きている限り、この世に害悪を撒《ま》き散らし続ける、とおれは判断した。金村が死ねば、その分だけ世の中はよくなるのだ。救われる者もいるのだ。すなわち、金村は自分が死ぬことによって、初めて世の中のためになることを為す、ということである。

おれは金村を殺した。失血死させてやったのだ。

結局、金村は最後まで反省の言葉を口にしなかった。なぜ、自分が死ななければならないのか、その意味すらわかっていなかったのかもしれない。

まあ、それでも構わない。

四人組の一人は死んだ。

この世から害虫が一匹減った。それは悪いことではないはずだ。

おれは、オペレイターからの連絡を待っている。二人目の情報が手に入り次第、おれは行動を起こすつもりだ。

二

一〇月二二日（月曜日）

管理人室のインターホンが鳴る。

管理人の竹山《たけやま》がドアを開けると、制服姿の巡査が立っている。顔見知りの吉川《よしかわ》という中年の巡査である。地域の防犯対策の集会などでたまに顔を合わせる。夏の暑い盛りなど、巡回中の吉川巡査に管理人室で竹山が麦茶をごちそうすることもある。

「あ、吉川さん、ご苦労さまです」

「表に車が停まってるね。交通の妨げになるから、どかしてもらいたいんだがね。すぐにどけてくれれば切符を切る必要もないしさ」

「このマンションの住人の車でしょうか？」

「だって、真ん前だよ。シルバーのでかい車」

「ああ……」

竹山がうなずく。金村の車だな、と察した。今朝、出勤して来たときに見た。とっくに移動させたと思い込んでいた。

たまにマンションの前に停まっていることがあるが、そう長い時間ではなく、大抵、一時間か二時間で金村は移動させる。夜は平気だが、日中はたまに駐車禁止の取り締まりをしているので、長く停めたいときは、マンションから徒歩で五分ほどのところにあるコインパーキングに停めるのだ。なぜ、そんなことまで詳しく知っているのかと言えば、金村自身から聞いたからである。金村は竹山と顔を合わせると、いつもお世話になっています、と丁寧に挨拶をし、さりげなく一万円札を握らせる。その上で取り締まりの警察官が来たら教えて下さい、と頼む。

竹山が金村に頼まれているのは、それだけではない。もし、マンションの本当の所有者がやって来たらすぐに連絡してほしい、とも頼まれているのだ。

今まで一度だけ、そういう連絡をしたことがある。すぐに金村が駆けつけ、鍵を取り替えられてしまったために部屋に入ることができず、部屋の前でうろうろしていた所有者をマンションから放り出した。そのときは、助かりました、また何かあったらお願いします、と感謝され、三万円もらった。

「連絡してみます」

マンション内のそれぞれの部屋には管理人室からインターホンを使って連絡を取ることができる仕組みになっている。

竹山は金村がいる部屋に連絡してみた。

しかし、応答がない。何度やっても駄目である。

「留守かい？」

吉川巡査が管理人室を覗き込む。

「車があるのなら留守ってことはないと思いますけどねえ。寝てるのかなあ……」

竹山が首を捻る。

「部屋まで行って起こしたら？　あの車、大きいから、トラックでも来たら通れないよ。苦情が来たらレッカー移動だよ」

「それは、まずいな。部屋に行ってみます」

「一緒に行くよ。すぐに動かしてもらわないと困るんだ」

「お手数をおかけします」

二人はエレベーターで上にあがり、部屋のチャイムを鳴らす。

しかし、応答はない。

「やっぱり、いないのかもしれませんね」

竹山が言う。

「マンションの前に車を駐車したまま、どこかに行ったのかね」

舌打ちしながら、吉川巡査が何の気なしにドアノブに手をかける。

「ん？」

ドアには鍵がかかっていない。

そのままドアを開け、

「誰か、いらっしゃいますか?」

と大きな声を出す。

やはり、返事はない。

が……。

吉川巡査の表情が凍りつく。

廊下にある大きな血溜まりに目が留まったのだ。

そのままリビングの方に目を向けていくと、金村の遺体が見える。

「大変だ……」

がくがくと吉川巡査の体が震える。

「通報だ」

「え?」

「人が倒れてる。すごい血だよ。死んでるかもしれない。消防に通報だ。救急車……それから署に連絡する」

三

令市と鈴音がファミレスでランチセットを食べている。二人とも浮かない顔をしている。あまり食欲がないらしい。先行きが不安なのであろう。

「なあ、鈴音ちゃん、前にも話したけど、やっぱり、警察に行って、何もかも正直に話すのがいいんじゃないかな?」

「嫌っ！　わたし、警察に行くくらいなら死んだ方がいい」

鈴音が大きな声を出し、ナイフとフォークをテーブルの上に投げ出したので、周りにいる客たちが、何事が起こったのかと令市と鈴音に視線を向ける。

「…………」

令市も驚いて口をつぐむ。

しばらくして、鈴音が深呼吸してから、ごめんなさい、と頭を下げる。

「本当は桐野君の言うように、そうするのがいいと思う。だけど、無理よ。できない」

鈴音が首を振る。

「自分も罪に問われるかもしれないと思ってるのかい?」

令市が声を潜めて訊く。

「それもある。だって、警察は怖いもの。何年か前、警察がうちに来て、わたしを連れ出したとき、君を助けに来たんだよと言われたけど、全然、そんな気はしなかったの。すごく怖かった。お父さんやお母さんを大声で怒ってたし、弟と妹も怖がって、わんわん泣いてた。わたしも泣いたの。警察って、すごく怖いんだなって思った」

「それは、わかる。だけど、あいつらよりは、ましじゃないかと……」

「それだけじゃないの」

「他にも何かあるの？」

「あそこで働くとき、あいつらに言われたの。ここで見たことや聞いたことは店の外に出たら忘れろ、決して誰にも言うな、万が一、誰かにしゃべったら、警察に何か言ったりしたら、ただじゃ済まない、おまえだけじゃない、おまえの家族もひどい目に遭うことになるって」

「おれも同じことを言われたよ。脅しさ。誰にでも言うんだよ」

「ニコルさん、覚えてるよね？」

「ニコル？　ああ、もちろん……」

令市の表情が暗くなる。

「仕事を嫌がって辞めようとしたよね。だけど、売り上げがいいから、あいつらは辞めさせようとしなかった。そうしたら、どうなった？」

「あれは、ニコルのやり方もまずかった。あいつらを脅すような真似をしたんだから。ニコルの彼氏がヤクザっぽい男で、あいつらから金をせしめようとした。本物のヤクザで、バックに暴力団がついていれば少しは話も違ったかもしれないけど、そうじゃなかったからな」

「細かいことは、どうでもいいの。わたしが言いたいのは、ニコルさんが何をされたのかっていうこと」

「………」

令市が黙り込む。

ニコルは、モデルにでもなれそうなほどの美形だったが、その顔をナイフで切り刻まれ、顎と鼻を砕かれた。よほど腕のいい美容整形外科医にかかったとしても元通りに修復するのは難しかっただろう、と令市は考える。

ニコルの彼氏も顔を滅茶苦茶に潰された上、腕と足の骨を一本ずつ折られた。

当然ながら、二人は病院送りになったが、その際、痴情《ちじょう》のもつれで二人で大喧嘩したせいで、こんな大怪我をした、と警察に言うように指示された。

万が一、それとは違う話をして、自分たちに警察の手が伸びるようなことがあったら、今度こそ容赦しない、と脅された。

ニコルとニコルの彼氏は、ひどい目に遭ったが、あいつらのやり口を考えれば、かなり手加減したのだ、と令市にはわかる。殺されなかっただけ、ついていたのだ。

それは、ニコルにもニコルの彼氏にもわかった。

だから、病院にも警察にも、指示されたように説明したのだ。

令市と鈴音の違いは暴力に免疫があるかどうか、ということだ。

令市は子供の頃から暴力に慣れている。自分が暴力を振るったこともあるし、暴力を振るわれたこともあるから、ニコルとニコルの彼氏が暴力の犠牲になったことにも大して驚かなかった。

鈴音は、そうではない。腰が抜けるほど驚き、恐怖心を抱いた。自分や自分の家族がニコルやニコルの彼氏のような目に遭わされたら……そんな想像をするだけで気を失いそうになるらしい。

鈴音がどんな事情で家族と引き離されたか、令市は鈴音から聞かされて知っている。何てひどい親なんだろう、鈴音が家族を恨み憎むのが当然だ、と令市は思った。

しかし、鈴音は家族を恨んでも憎んでもいない。会えないことに淋しさすら感じている。だから、少しでも家族の役に立とうとして水商売の世界に飛び込んで金を稼ごうとしたのだ。

(鈴音ちゃんは、おれを神さまだという。そんなはずはないけど、おれが神さまだったら、鈴音ちゃんは天使だな。それだけは確かだ。間違いない)

この天使のような子を守るのは、神さまから与えられた使命に違いない、何としてでも守ってやらなければならない、と令市は思う。

聖書を熟読するようになってから、世の中で起こることには、必ず、何かしらの意味があると思うようになった。それが辛いことや苦しいことであっても、それは神さまが与える試練なのである。だから、その試練から逃げてはいけない。それを乗り越えなければならない……そう令市は信じている。

今の令市にとっては鈴音を守ることが試練なのだ。

とは言え、現実問題として令市にできることには限界がある。警察に行くのが一番いいはずだが、鈴音が頑強に抵抗しているから、今すぐ警察に行くのは無理だ。

それに、本音を言えば、令市自身、警察には行きたくない。かつて世間を騒がすような大きな事件を起こした自分がまた何らかの事件に関われば、たとえ、自分が加害者ではないとしても、マスコミに嗅ぎつけられれば厄介なことになるとわかるのだ。もう成人しているから実名報道されるであろうし、絶縁状態の家族にも迷惑がかかるであろう。絶縁していようが何だろうが、マスコミが押し寄せるに違いないだ。少年院に入って、自分の犯した罪を反省したつもりでいるが、そんなことは一顧《いっこ》だにされないであろう。そういう諸々《もろもろ》のことを思案すると、令市は気が重くなるから、鈴音が警察に行くことを頑《かたく》なに拒絶していることで令市がいくらかホッとしているのも事実なのである。

しかし、警察に行く以外に鈴音を助けることができそうにないから、自分の事情を脇に追いやり、自分はどうなっても構わないという気持ちで鈴音に警察に行くことを勧めた。

（おれのことなんか、どうでもいいんだ。まず第一に鈴音ちゃんのことを考えてやらないと……）

もう少し時間をかけて説得してみよう、だけど、すぐには無理かもしれない、となれば、鈴音ちゃんが覚悟を決めるまで、何とか逃げ続けるしかないな、と令市は腹を括《くく》る。

だが、どこに逃げればいいのか？

そもそも泊まるところを見付けるのも簡単ではない。

令市も鈴音も自分の部屋に戻ることはできない。見張られているに違いないからだ。

かといって、ホテルに泊まるのも大変だ。金がかかる。今のところ、金村の金があるからすぐに困ることはないが、その金がなくなれば行き詰まってしまうのだから、少しでも節約しなければならない。

（誰を頼るか……）

宇津井神父の優しげな顔が思い浮かぶ。令市が訪ねていけば、どんな深刻な事情を抱えていようと、きっと温かく迎えてくれるだろうと確信している。

しかし、事情を聞けば、きっと警察に行くことを勧めるだろうということもわかる。それでは困るのだ。となれば、頼ることができそうなのは昔の仲間だけである。少年院を出てから、意識的に距離を置くように心懸けていたが、今はそんなことを言っていられる状況ではない。現に金村のことも頼ったのである。

前島善樹《まえじまよしき》。

永島慎吾《ながしましんご》。

その二人の名前と顔が令市の脳裏に思い浮かぶ。金村正彦が死んだ今、宇津井神父を除けば、自分を助けてくれそうな人間は、この二人以外にはいそうにない。

(善樹と慎吾か……)

どちらに連絡しようか、と令市は迷う。

善樹の方が頼りになるが、危険な男でもある。

一方の慎吾は、人はいいものの、昔からどこか頼りないところがある。

「どうかした？」

令市がずっと黙りこくっているので、鈴音が心配そうに訊く。

「わたしのこと怒ってる？」

「え？　おれが？　いや、全然怒ってないよ。何でそんなことを言うんだい」

「だって、怖い顔をして黙ってるから」

「これからどうしようか考えてただけだよ」

「それならいいけど……」

鈴音が溜息をつきながら、本当にごめんね、わたしなんかのために、と涙ぐむ。

「昔の仲間に連絡してみる。永島っていう奴」

令市が言う。

四

一〇月二三日（火曜日）

朝礼が終わると、

「係長」

板東が大きな声を張り上げる。

「何だい、そんな大声を出さなくても聞こえるよ」

森繁係長が苦笑いをする。

「三〇分ばかり席を外してても構わんでしょうか」

「いいよ」

「この三人も一緒なんですけどね」

板東が、円、律子、藤平の三人の顔を順繰りに眺める。

「は？」

一瞬、怪訝な顔になるものの、まあ、いいだろう、とうなずく。

「というわけや。すまんけど、ちょっと顔を貸してくれんかな」


四人が保管庫に行く。

パイプ椅子に坐ると、

「何だい、朝っぱらから？」

円が訊く。

「日曜日の夜、闇金をやっている金村という男が笹塚《ささづか》のマンションで殺されたんや。刃物で刺し殺されたらしい。犯人は、わからん」

板東がにこりともせずに言う。

「今朝の朝刊に載ってましたね」

藤平がうなずく。

「それがどうかしたんですか？」

律子が訊く。

「月曜日の午前中、その地域を担当する交番の巡査とマンションの管理人が部屋に入って死体を見付けたんやな。ドアに鍵はかかってなかったらしい。どういう理由で、その巡査が管理人と一緒にその部屋に行ったのか、そこまでは知らん。部屋に入ったら死体が転がっていて、びっくり仰天して応援を呼んだんやろな。早速、刑事たちが来て捜査の開始や。鑑識も部屋を調べ始める。鑑識が最初にやるのは、部屋に残された指紋を調べることやろ。犯人の指紋が残っとるかもしれんから。で、調べたら、指紋がいくつか見付かったらしい。被害者の指紋もあるし、それ以外にも何人分かの指紋があった。その指紋のひとつが鈴音ちゃんの指紋やった」

「え」

藤平が大きな声を発する。

「鷺沢さんの指紋が殺人現場から見付かったんですか？」

「うん、そうや」

「どういうことだい、板東さん？」

円が首を捻る。

「わしの方が訊きたいくらいや。わけがわからん」

「彼女が犯人ということですか？」

律子が訊く。

「先走ったら困る。そうは言うとらん。今わかっとるのは、その部屋で鈴音ちゃんの指紋が見付かったということだけや」

板東が首を振る。

「そこは、ウィークリーマンションとかマンスリーマンションみたいなものなんですか？　そうだとすれば、頻繁に人が出入りするでしょうから、鷺沢さんの指紋があったからといって、彼女が殺人事件に関わったとは言えませんよね」

藤平が言う。

「いや、そういう物件やない。個人が所有するマンションや」

「被害者のマンションということですか？」

「わからん。わしも情報が乏《とぼ》しいんや」

「どうして、板東さんは、知ったんだね？　新聞報道だけでは指紋のことまではわからないだろう」

円が訊く。

「ゆうべ、石峰先生のところに刑事たちが来たんや。もう警察は鈴音ちゃんの行方を追ってるんやろ」

「ひとつ疑問ですが……」

律子が口を開く。

「部屋に残っていた指紋のひとつが鷺沢さんのものだとすぐにわかったということは、指紋のデータが警察にあったということですよね？　鷺沢さんには犯歴があるんですか」

「それはない。少なくとも、わしの知る限りではない。推測やけど、鈴音ちゃんが家族から保護されたとき、出生届が出されていなかったから、鈴音ちゃんには戸籍がなかった。家族と離れて、新しい生活を始めるには戸籍が必要や。けど、身元を証明するものが何もないから指紋を使ったんやないかと思う。だから、どこかに指紋が登録されとったんやないかな」

「重要事件の場合、警察だけのデータではなく、全国の官公庁に登録されている指紋のデータまで検索するだろうから、板東さんの言うように、どこかの役所に指紋のデータがあれば、すぐに身元がわかるだろうね」

円がうなずく。

「石峰先生は、どんな様子ですか？」

律子が訊く。

「当然やけど、大パニックや。刑事たちが帰ってから、わしに電話してきたけど、最初は何を言ってるのかわからんかった。それくらい慌ててたんや。あんなに動揺している石峰先生は初めてやったわ」

「無理もありませんよね。それでなくても行方がわからなくて心配していたのに、いきなり刑事たちがやって来て、殺人事件の現場に指紋が残っていたなんて聞かされたら……」

藤平がうなずく。

「何しろ情報が乏しい。わしの力では手に入らん。新聞情報に毛の生えた程度のことしかわからん」

板東が溜息をつく。

「これで難しいことになったわね」

律子がつぶやく。

「難しいって、何が？」

板東が律子を見る。

「現場で指紋が見付かっただけなら、まだ容疑者というわけではないでしょうけど、少なくとも重要参考人という位置付けにはなるでしょう。殺人事件の重要参考人を、わたしたちが勝手に捜すわけにはいきませんよ」

「え」

板東が両目を大きく見開く。

「何で？」

「今までは捜査ではなく、単なる人捜しの調査に過ぎませんでした。だから、勤務時間外に調べていたわけじゃないですか。でも、これからは、わたしたちが鷺沢さんを捜すことは捜査になってしまいます。引き続き、わたしたちが動くのであれば、課長の許可がいると思いますよ」

律子が説明する。

「そ、そんな……課長が第三係に殺人事件の捜査を許してくれるはずがないやろ」

「まあ、待ちなさいよ。詳しい事情がわからないのに、ここであれこれ話しても仕方がないじゃないか。淵神君の言うように、鷺沢さんが何らかの形で殺人事件に関わっていたとなれば、わたしたちの出る幕はない。しかし、殺人事件とは無関係に、別の理由で部屋に指紋が残っていただけであれば、容疑者でも重要参考人でもなくなる。そうなれば、今まで通り、調査を続けることができる」

円が言う。

「じゃあ、それがはっきりするまで何もせんで待っとるということか？　ああ、石峰先生、鈴音ちゃんのことが心配で生きた心地がせんやろなあ」

「何もしないとは言ってないさ。今後のことを考える上でも情報が必要だからね。まずは何とかして情報を手に入れてみよう」

「そんなこと、できんの？」

「努力するさ」

円がうなずく。

五

新宿御苑の近くにある高層マンション。

その五〇階にある南西の角部屋。

広さは、一三〇平米ある。

築年数は五年。

直近の相場で二億七千万という物件である。

この広くて豪華なマンションに、柏原京介《かしわばらきょうすけ》は一人で住んでいる。年齢は三〇歳。身長は一七五センチ。かなり痩せて見えるが、日々、鍛えているので、引き締まった筋肉質の体をしている。

リビングは三〇畳あり、家具が少ないので、実際の広さよりも、もっと広々とした感じがする。オーディオセット、ソファ、テーブル、キャビネットくらいしか置いていないのだ。壁には額に入れられた写真がたくさん飾られている。どれも海とヨットの写真だ。京介が写っている写真もある。キャビネットの上には、クルーザーの模型が置いてある。

リビングの中央で、京介はゴルフパターを持ち、パッティングの練習をしている。

ソファには諸星孝一《もろぼしこういち》が足を組んで坐っている。公私における京介の補佐役だ。幼馴染みで、小学生の頃からの長い付き合いになる。京介より、ひとつ年下の二九歳だ。身長は一八〇センチある。

壁際に直立不動で二人の男が立っている。

一人は池田《いけだ》義彦《よしひこ》。二四歳。身長一八五センチ、体重九〇キロ。スキンヘッドである。

もう一人は政岡《まさおか》伸也《しんや》。二四歳。身長一九〇センチ。体重九五キロ。

律子が鈴音のアパートや、宇都宮の鈴音の家族を訪ねたときに見かけたのは、この二人である。

「なあ、桐野って、どんな奴だっけ？」

京介が訊く。

「ああ、桐野なら……」

諸星が口を開く。

京介は、その発言を手で制し、

「あいつらに訊いてるんだよ」

池田と政岡に顔を向ける。

「はい、『プリンクラブ』のボーイです。年齢は二〇歳で、杉並のアパートで一人暮らしです」

「で？」

池田が答える。

「ああ、いや、そんなところで……」

「履歴書に書いてあることは知ってる。おれも履歴書を読んだからな。そこに書いてあることが本当かどうか、いちいち裏を取るわけじゃないから、どこまで本当かわからないだろう。そんな内容を鵜呑《うの》みにして、桐野のことがわかってると言えるのか？」

「住所は本当です。確かに、そこに住んでいます。ずっと戻ってないようですが……」

「おれ、会ったことあったかな？」

京介が諸星に訊く。

「口を利いたかどうかわからないが、何度か会ってるはずだよ。地味で目立たない奴だから印象に残ってないんじゃないかな」

諸星が答える。

「どれくらい勤めてる？」

「半年……もうちょっと長いかな」

「半年もいれば、口を利いてもおかしくないはずだけどな……。腹が据わった奴なのか？」

京介が池田に訊く。

「乱暴ってわけじゃありませんけど、何事にも動じないような感じはしました」

池田が答える。

「客の絞り上げもやらせてたのか？」

「それは、まだです。もちろん、現場に立ち会うことはありましたけど、割と平気な顔をしてるから、そろそろやらせてみようかと思っていたところでした」

「そういうことに慣れてるってことか？　暴走族にいたとか、チーマーだったとか、ヤクザの下っ端だったとか……」

「それは、わかりません」

池田が首を振る。

「仲のいい奴は、いなかったのか？」

「誰かと親しくしていたということはないようです」

「まあ、桐野が夏美《なつみ》を店から連れ出したのは確かだけど、今も一緒にいるかどうかはわからないさ」

諸星が言う。

「夏美が逃げ出して、かれこれ三週間だよな。女一人で逃げ回れると思うのか？　こいつらが追いかけてるってのに」

「そうだな……」

「ちょっとのんきに構えすぎたな。こいつらは、想像以上の馬鹿だったよ。こいつらの言うことを鵜呑みにしたおれも馬鹿だけどな」

京介のパッティングが大きく外れる。

「ゴルフっていうのは技術じゃないんだよな。肝心なのは精神力なんだよ。特にパットは、そうだ。心の中に乱れがあると、途端に真っ直ぐ打てなくなっちまう」

パターを手にしたまま、諸星の隣に腰を下ろす。

「運気も大事だ。いい運気を保つには、いい運気を持っている人間と付き合うのが一番いい。運気を分けてもらえるからな。逆に言えば、運気が悪くなるときっていうのは、運気の悪い奴がそばにいるときだ。つまり、こいつらみたいな奴らが近くにいると、おれの運気も悪くなるってことなんだな」

パターに顎を乗せ、京介が池田と政岡をじっと見つめる。二人は居心地悪そうな様子である。

「何かあったのか？」

諸星が訊く。

「運気の悪い奴らがいて、何の役にも立たないから、嫌なニュースが飛び込んできた」

「嫌なニュースって？」

「ほら」

京介が諸星に新聞を渡す。先週木曜日の朝刊である。

「地方欄だ」

「…………」

諸星が地方欄を開く。赤ペンで小さな記事が囲ってある。

東京港で身元不明の遺体発見。


という見出しがついている。

水曜日の夕方、東京国際展示場《ビッグサイト》からほど近い、鉄鋼埠頭付近の海で身元不明の水死体が見付かったと報じられている。付近を散歩していた人が、水面近くを浮遊している遺体を発見し、警察に通報したというのだ。最初は不法投棄されたゴミが浮かんでいるのではないかと思ったというが、それは遺体がビニールのゴミ袋に入れられていたからである。ゴミ袋の破れ目から白っぽい人間の腕のようなものが見えたので、驚いて警察に通報したのだという。そんな内容の記事を孝一は声に出して読む。池田と政岡にも聞かせるためだ。

「で、昨日の朝刊だ」

京介が別の新聞を諸星に渡す。

「地方欄か?」

「いや、今度は社会面だ。扱いが大きくなってる。読み上げてくれ」

「うむ……」

諸星が社会面を開く。表情が険しくなっている。

水死体、身元判明か。


という見出しつきの記事だ。

諸星が声を出して読み始める。

水曜日に鉄鋼埠頭付近の海で見付かった遺体の身元が判明したという記事だ。

その遺体は、先月二九日の夜から行方がわからなくなっていた不動産会社社員、成島繁之《なるしましげゆき》さん（三二）だと判明した。遺体には複数の不自然な骨折痕があり、警察は成島さんが何らかの事件に巻き込まれたものとみて捜査を始めた……そんな内容が報じられている。

地方欄から社会面に移ったことで、記事の扱いもいくらか大きくなっている。

「これ、あいつだよな？」

諸星が記事から顔を上げる。

「どういうことなんだ？」

「それはさ、おれも知りたいんだよ。こいつらが答えてくれるだろうさ。なあ？」

京介が池田と政岡に冷たい視線を向ける。二人の大男は、京介に睨まれて身をすくめる。顔からは汗がだらだら流れ落ちている。

「わからないことがいくつもある。例えば、なぜ、ビッグサイトの近くの海で死体が見付かったのかってことだ。まるで見付けて下さいと言ってるようなものじゃないか？　しかも、ゴミ袋に入れて捨てたらしいぜ。東京湾から太平洋に流れ出ていくとでも思ったのかね？」

「い、いや、それは……」

池田がごくりと生唾を飲み込む。

「何だよ、言いたいことがあるのか？」

「死体にはコンクリートの重りをつけましたし、ゴミ袋の空気はちゃんと抜いておいたんです」

「は？」

京介が目を細めて池田を見つめる。

「重りだと？　どうやってつけた」

「両足にチェーンを巻いて、チェーンの端をブロックと結んだんです。右足と左足にひとつずつブロックをつけたので、かなりの重さです」

「ふうん、チェーンを足になあ……。そうすれば、ずっと海の底に沈んだままだと思ったわけか？」

「はい」

「ひとつ質問だ。豚肉でも牛肉でも、とにかく、何の肉でもいいが、その肉をずっと水に浸けておくとどうなると思う？」

「え。それは……柔らかくなるとか、形が崩れるとか……そういうことじゃないですか？」

「ああ、そうだよ。骨付きの肉を煮込むと、肉が柔らかくなって骨から肉が取れるだろう。あれと同じだ。で、もう一度、質問だ。死体の足にチェーンを巻いたんだよな？　そのときは、死体がまだ普通の状態だからいいとして、海に放り込んで、時間が経って、肉が柔らかくなって崩れ始めたら、そのチェーンは、どうなると思う？」

「…………」

「答えろよ。おれが質問してるんだぞ」

「は、はい……チェーンは外れるかもしれません」

「しれませんだと？　寝ぼけたことを言うなよ。外れるに決まってるだろうが。骨に食い込むくらい、がっちりチェーンを巻けば、すぐには外れないだろうが、それでも長い時間が経って、チェーンが腐食するか、骨が崩れれば、やっぱり外れる。もっとも、たった三週間くらいで死体が浮かんでくるくらいだから、いい加減にチェーンを巻いたってことは簡単に想像がつく」

なあ、そう思うだろう、と京介が笑いながら諸星に訊く。

諸星は笑わない。見た目は笑顔でも京介の目は少しも笑っていない。よほど腹を立てているとわかるのだ。こういうときの京介は危険なので、諸星はとても笑う気になどなれないのである。

「捨てた場所もアホだし、捨て方もアホだ。なあ、もうひとつ教えてくれよ。死体をゴミ袋に入れる前に、おまえたち、何かしたか？　重りのブロックをつけること以外にってことだが」

「何かとおっしゃいますと……」

「死体の腹、切ったか？」

「え」

池田がぎょっとする。

「切らなかったのか？」

京介が政岡に顔を向ける。

「人間ってのは死ぬと内臓から腐敗臭が発生する。ガスだな。そのガスで腹が風船みたいに膨らむから、沈んだ死体が浮かぶわけだよ。それを防ぐために腹を切るんだよ。ガスが外に洩れるようにな。そんなことも知らないで死体を海に沈めたのか？」

「すいません。知りませんでした」

「申し訳ありません」

池田と政岡が真っ青な顔でうなだれる。

「腹を切ってないか。訊くまでもないだろうが、歯もそのままだよな？」

「あ……いいえ、歯は一応金槌で潰しました」

「一応だと？　一応って、どういう意味だ？　治療痕のある歯を全部叩き潰したってことか？　それとも引っこ抜いたのか」

「それは伸也が……」

池田が政岡を見る。

「金槌で前歯を全部跡形もなく叩き折りました」

政岡が言う。

「奥歯は？」

「え？」

「虫歯の治療って、前歯より奥歯の方が多いだろう？　だから、前歯なんか折っても仕方ないんだよ。金槌なんか奥歯まで届かないだろう？　だから、治療痕のある奥歯は引っこ抜くのがいいんだよ。前に言わなかったか？」

「…………」

「なあ、おれ、言わなかったか？」

「おっしゃいました」

「それなら、どうしてやらないんだ？　おまえら、おれをなめてるよな。何ひとつとして言われた通りにやってないじゃないかよ。誰が海に捨てろと言った？　房総《ぼうそう》か秩父《ちちぶ》の山奥に運んで埋めろと言ったよな。指紋と治療痕のある歯は命取りになるから、きちんと処理しろとも言ったはずだ。何で、おれを無視するんだ？」

「そういうわけでは……。ただ、あの日、ちょっと腹具合が悪くて遠くまで行けそうになかったもんですから……」

池田が弁解する。

「おい、聞いたか、孝一？　こいつは下痢すると、平気でおれの指図を無視するらしいぞ。てめえのクソの方がおれの命令より大切らしいぜ」

「気持ちはわかるけど、まずは、今後の対策を考えないとさ」

諸星は何とか京介を宥《なだ》めようとする。

「ああ、もちろんさ。わかってるよ。こいつらが間抜けなせいで、おれは刑務所に行くことになるかもしれないんだ。へまを重ねた上、いまだに夏美も桐野も見付けることができない。それだけでもはらわたが煮えくり返りそうなのに、でたらめな死体処理をしやがった。こいつら、わざとおれを怒らせてるのかな……」

京介の息遣いが荒くなってくる。

目を瞑り、何やら、ぶつぶつ口の中でつぶやく。

諸星には何を言っているのか、最初、聞こえなかった。

が……。

殺したい。こいつらを殺したい。ぐずで役立たずの馬鹿どもを殺したい。殺したい。殺したくてたまらない。

そんなことを京介がつぶやいているとわかって、咄嗟《とっさ》にソファから腰を浮かせる。

「待て、京介、早まるな」

「止めるな」

「こいつらを殺して、どうする？　問題は何も解決しないぞ。大事なのは、夏美と桐野を見付けることだ。あいつらの口封じをすれば心配はなくなるじゃないか。あいつらを捜すには、この二人の力が必要だよ」

「無理だな。いくら時間をかけても見付けられないじゃないか」

「おい、おまえら、どうなんだ？　やれるんだろう？　それとも、やれないのか。何とか言え」

諸星が池田と政岡を怒鳴る。このままでは京介が二人を殺すだろうとわかっているのだ。池田と政岡も殺気を察した。

「やれます。絶対に見付けます」

「命懸けでやります。もう一度、チャンスを下さい」

二人も必死だ。

「本当か？」

「本当です」

「絶対にやります」

「ふうん、チャンスをもう一度か……。いいだろう。だが、罰を与えてからだ。おまえたちは、ヘマを重ねて、刑務所に入る一歩手前まで、おれを追い込んでるんだからな。何の罰も与えないなんてあり得ないだろう。そう思わないか？」

「お、おもいます……」

池田の声が震えている。

「こっちに来い。そこに腹這いになれ。顔は、こっちに向けるんだよ」

京介がパターマットを指差す。

池田が恐る恐る近付いてきて、指示されたように、顔を京介の方に向けてパターマットに腹這いになる。

「動くなよ」

京介がパターを打つ姿勢になり、軽く素振りを始める。

「…………」

諸星は黙って見ている。ここで下手に止めようとすれば、京介の怒りを収めることはできないとわかっているのだ。好きなようにさせるしかない。何をするつもりか知らないが、池田や政岡にしても殺されるよりはましだろう、と考える。

一瞬、ピタッと動きを止めると、パターを振り上げて、池田の鼻にパターを打ち付ける。ぎゃ〜っと叫んで、池田が両手で鼻を押さえ、床を転がる。指の間から、だらだらと血が流れ出る。

「よし、次だ。政岡」

「社長、勘弁してもらえませんか」

政岡は真っ青な顔で震えている。

「これ、嫌か？」

「お願いします。許して下さい」

「それなら、腕をもらうよ。台所から包丁を持ってこい。いや、ノコギリの方がいいかな。ノコギリなら……」

「やります」

政岡が転がるように京介に近付き、池田と同じくパターマットの上に腹這いになる。

「動くなよ。動くと、パターが目に当たるかもしれないぞ。目が潰れるのは嫌だろう？」

京介が素振りを始める。

「…………」

政岡が観念したように目を瞑る。

次の瞬間、パターが政岡の鼻に当たる。池田のときより強く振ったのは、政岡が駄々をこねて京介を不愉快にさせたせいであろう。

政岡も悲鳴を上げ、両手で鼻を押さえて床を転がり回る。

「おまえたち、その痛みを忘れるな。おまえらが間抜けだから、そんな罰を受けたんだし、恨むなら自分の馬鹿さ加減と夏美と桐野を恨め。言っておくが、万が一、おれが警察に追われる羽目になったら、おまえらの命もないからな。おれが捕まったら、孝一がやる。そうだよな?」

京介が諸星に顔を向ける。

「ああ、おれがやる。それが嫌なら、命懸けで夏美と桐野を見付けろ」

諸星が池田と政岡に言う。

六

令市と鈴音は山手線の大塚《おおつか》駅で降りる。

昨日、永島慎吾に連絡を取ろうとしたが、なかなか連絡がつかず、ようやく話せたのは午後八時過ぎだった。

慎吾はかなり酔っている様子で、込み入った話ができる状態ではなかったし、その時間から家を訪ねて泊めてくれるように頼むのも憚《はばか》られたので、今日の午前中に家を訪ねるという約束をした。仕方なく、昨夜、二人はラブホテルに泊まった。その出費が惜しかった。少しでも節約するために、外食を控え、コンビニでおにぎりとカップ麺を買って、ラブホテルの部屋で食べた。

慎吾は南大塚の都営住宅に住んでいる。午前中なら家にいるからと言われた。但し、一〇時過ぎにしてくれ、と付け加えられた。それまでは寝ているらしい。電話で話したときの雰囲気から定職には就《つ》いていないようだ、と令市は察した。

チャイムを押すと、

「はい？」

ドア越しに女の声が応答した。

「桐野と申します。ゆうべ、永島君に電話したんですが」

「ああ……」

ドアが開けられる。茶髪の女が顔を出す。童顔なので、高校生くらいの年格好に見える。目尻が下がっているせいか、気が弱そうな印象である。

「慎吾から聞いてます。どうぞ上がって下さい」

汚いところですけど、と恥ずかしそうに付け加える。

狭い玄関から上がると、すぐに六畳ほどの茶の間になっている。茶の間と隣り合わせに三畳の台所がある。茶の間の奥にはもう二部屋くらいありそうだが、襖が閉まっているので、令市にはよくわからなかった。

茶の間には、安っぽいカーペットが敷かれており、折りたたみ式の安っぽい丸テーブルが置かれている。壁際に、やはり、安っぽい感じのするタンスがふたつ並んで置かれ、その横に小型の液晶テレビがある。茶の間には、その程度の家具しか見当たらない。

タンスの前に三歳くらいの小柄な女の子が坐っており、胸に抱いた人形で遊んでいる。

令市と鈴音を見上げて、にこっと愛想よく笑う。

「ご挨拶しなさい」

「こんにちは。わたし、まどか。この子は、エリー」

ちょこんと頭を下げてから、人形の頭も下げる。

令市は鈴音の表情が曇ったことに気が付く。

まどかという女の子の顔には小さな傷がいくつもあり、額や頰《ほお》には薄い青痣《あおあざ》もある。

(親にやられてるな)

自分も親から同じような暴力を受けて育ったからわかるのだ。この高校生のような女がやっているのか、それとも、永島の仕業なのか、それは令市にもわからないが、女の顔や腕にも青痣があるから、少なくとも、この女は永島に暴力を振るわれているのだろうと令市は察する。

　令市と鈴音がテーブルの前に坐っていると、襖が開いて、奥の部屋からスウェット姿の慎吾が現れる。茶髪が乱れ、大きな欠伸《あくび》をしている。寝ていたらしい。

「おお、令市、来たか。久し振りだなあ」

　スウェットの下に手を入れ、ぼりぼり体をかきながら、慎吾が言う。

「すまないな、朝っぱらから押しかけて」

「なあに、いいさ。おい、由美《ゆみ》。何か出せよ」

「今、用意してるから」

　由美と呼ばれた女がぎこちない手付きでお茶を用意する。

「どうぞ」

　令市と鈴音の前にマグカップを置く。

「おれにもコーヒー、くれよ」

「コーヒーじゃないよ。番茶」

「は？　それなら、湯飲みで出すもんだろ」

「ないよ。慎吾が全部割っちゃったもん」

「それなら、コーヒーを淹れればいいだろうが。何で、マグカップで番茶を出すんだよ」

「インスタントしかないし、あれは、おいしくないって慎吾が言ったから……」

「ああ、バカと話してると疲れるわ。常識ってもんが、まるでないんだよなあ」

大袈裟に溜息をつきながら、タバコに火をつける。

「ごめんなさい」

由美が人差し指で目許を拭《ぬぐ》う。泣いているのだ。

「パパ、ママをいじめちゃダメだよ」

まどかも泣き出す。

「あ〜っ、鬱陶《うっとう》しい。朝っぱらから、これだよ。令市、外に出ようや。近くにファミレスがあるから」

慎吾が腰を上げる。

令市と鈴音は、黙って従うだけである。

「おい」

慎吾が由美の胸を軽く押す。

「え？」

「手ぶらで行かせるのか？　友達の前で恥をかかせるなって」

「ごめんなさい」

バッグから財布を取り出し、一万円札を二枚、慎吾に渡す。

「しけてやがんなあ……」

これっぽっちかよ、と舌打ちして、一万円札を無造作にスウェットのポケットに押し込む。三人で外に出る。まどかは、まだ泣いている。その声がドアの外にまで聞こえる。

慎吾は気にする様子もなく、機嫌よさそうにタバコを吸いながら、先になって歩く。

駅の方に戻っていくと、途中にファミレスがある。

そこに入る。

ボックス席に案内されると、

「何でも好きなものを食べてよ。おれが奢るから」

「悪いな」

「いいさ、久し振りなんだから」

「じゃあ、遠慮なく……」

令市は、ハンバーグのランチセットを選んだ。

「わたしも同じもので」

「そんなものでいいの？　ステーキでも食べればいいのに。令市、ビールを飲むだろう？」

「いや、酒はいらないよ」

「ふうん、真面目なんだな」

慎吾は店員を呼ぶと、令市と鈴音のためにハンバーグのランチセットをふたつ、ドリンクバー付きを注文し、自分は生ビールとつまみになりそうなものを何品か選ぶ。

「あの子、まどかちゃんといったな、おまえの子供じゃないだろう？」

「まさか。高校生のときに妊娠して産んだんだってさ。まだ一九なのに三歳の子持ちさ」

「じゃあ、あの人の連れ子か。おまえたち、結婚してるの？」

「はあ？　結婚？　あんな汚い女と？　端金でどんなチンポでもくわえる女だぜ。しかも、かけ算もろくにできないバカなんだぜ。だから、体を売って稼ぐことくらいしかできないんだ。バカじゃなけりゃ、毎日、知らない男のチンポを平気な顔でくわえるなんてできないだろう？　イカレちまってるのさ。そんなバカが妊娠したから、まどかみたいなバカが生まれた」

注文した料理が運ばれてくる。

「どんどん食べてさ、足りなかったら追加で頼んでいいから」

二人に料理を勧めながら、生ビールをごくごく飲み始める。

「いただきます」

「連絡してくれてよかった。令市には会いたいと思ってたんだ。だけど、連絡先がわからなくてさ。今、何をしてるの？　堅気の仕事？　だから、連絡取りたくなかったとか？」

「新宿のバーでボーイをしてた」

「儲かった？」

「いや、全然。だけど、他に何もなくてさ」

「わかるよ。学校もまともに出てなくて、あんなところに何年もいて、外に出たからって、普通の仕事なんかできるはずないよな。どこも雇ってくれないもん」

「おまえ、仕事してないのか？」

「まあ、パチプロ……と言いたいけど、いつも損してるから仕事とは言えないよな」

ジョッキが空になり、慎吾はお代わりを頼む。

「もちろん、金はほしいけど、金になれば、何でもいいってわけじゃないからな。おれの連絡先、誰から聞いたの？　正彦？　善樹？」

「ああ、正彦から……」

「ふんっ、正彦か、あいつこそ汚い商売だよな。少なくとも由美は体を張って稼いでる。汚い仕事だけど、その点は立派さ。だけど、正彦は何だよ。人を騙して、有り金巻き上げるゴキブリだぜ。そのうち警察にパクられるだろうけどな。次は少年院じゃない。刑務所だぜ」

慎吾が口許を歪《ゆが》め、嫌な奴だ、昔から嫌いだった、金回りがいいくせに、ちょっと借金を申し込んだら、人を虫けらみたいに扱いやがったんだからな、と吐き捨てるように金村を罵《ののし》る。

「…………」

令市と鈴音が視線を交わす。どうやら慎吾は正彦が死んだことを知らないのだな、と察する。

「善樹とは会ってるのか？」

「いや、会ってないよ。外に出てから一度会ったけど、善樹とは、正直、関わりを持ちたくないな。あいつは昔から何も変わってないよ。相変わらずキレると何をするかわからないって感じ。ホストになったと聞いたな。ほら、あいつ、見かけは悪くないからさ、女が騙されるんだよ」

慎吾が鈴音に視線を向ける。

「あんた、しゃべらないんだな？　まだ名前も聞いてなかった」

「あ、すいません。鷺沢鈴音と言います」

「ふうん、鈴音ちゃんか……」

慎吾はじろじろと鈴音の体を嫌らしい目付きで見る。

「令市の彼女？」

「わけがあって二人で逃げてる」

「逃げてる？　それは穏やかじゃないな。もしかして、あれか……」

「あれ？」

「ボーイだったたって言ったじゃん。店の女の子に手をつけて、やばいことになったたって感

「じ?」

「まあ、そういうところだな」

令市がうなずく。二人で逃げ出した事情を正確に説明しても仕方がないと考えた。

「普通のバーじゃなくて、経営者がやばい筋の人間だから、おれも彼女も部屋に帰るのは、まずいんだ」

「いいね、いいね、やるじゃん。面白そうだな」

慎吾は興味を引かれたようだ。

「こっちは面白くもないさ」

「スリルがあって楽しそうだよ。おれなんか、子連れの風俗女から小遣いをもらって、儲からないパチンコをするくらいしかやることがないんだぜ。つまんない毎日さ」

「家族とは会ってないのか？」

「家族ねえ……。ろくに面会にも来なかったぜ。外に出てから家に帰ったら、二度と来るな、おまえとは親でも子でもないって追い出された。頭に来たけど、ボロアパートで貧乏暮らししてるみたいだったから、好きこのんでそんなところに帰る必要もないかと思って、喜んで縁を切ってやった。それから行ってないな。令市は？」

「おれが中にいる間に引っ越した。引っ越し先は知らない。調べればわかるだろうけど、そんな気にもならなかった。会いに行って、喜んでくれるとも思えないしな」

「そうだよな。わかるよ。世間なんて冷たいぜ。世間も親も兄弟も、みんな冷たいって」

慎吾はビールを飲み干す。ちょうどタバコも吸い終わった。

「さて、と。おれ、これからパチンコに行くんだけど、どうする？　一緒に来るか？」

「パチンコは、やめておくよ。下手だから負けるだけだ。それでな……言いにくいんだが、今夜、泊めてもらえると助かるんだが」

「ああ、いいよ。好きなだけいればいいさ。あいつ、今日も明日も休みだから、晩飯も明日の朝飯も作らせるから。何が食べたい？」

携帯を取り出し、メールを打ち始める。

「気を遣わないでくれ」

「遠慮するな。令市、肉が好きなんだよな。トンカツにしようか。決めた、トンカツだ」

メールを打ち終わる。

「六時には家に帰ってるからさ。その頃、また来てくれよ。もちろん、その前でもいいけど、ガキがやかましいからな」

七

ファミレスの代金は慎吾が払ってくれた。

「じゃあ、また後でな」

慎吾は、令市と鈴音を店の前に残して、機嫌よさそうに歩き去る。

「…………」

鈴音が顔を上げて、令市を見る。これからどうするの、と問いかけているようだ。

「行きたいところがあるんだけど、よかったら一緒に来てくれないか？」

令市が言う。

「ええ、もちろん。どこに行くの？」

「霊園なんだけどね」

「れいえん？」

「お墓がたくさんあるところさ」

令市と鈴音は大塚駅まで戻り、山手線で巣鴨《すがも》に行く。北口に出て、二人は歩き始める。

行き先は染井《そめい》霊園である。駅から徒歩で一〇分ほどの距離だ。通りすがりに見かけた花屋で供花を買う。あまり金がないので安物しか買えない。コンビニで線香、雑巾、百円ライター、それに、お供《そな》え物にするためのどら焼きをふたつ買う。

（誰のお墓参りに行くのだろう……）

鈴音は気になるが、令市が何も説明しようとしないので黙っている。好奇心をむき出しにするほど無遠慮ではないのだ。

やがて、霊園に着く。管理事務所で受付をして、手桶、柄杓《ひしゃく》、竹箒《たけぼうき》を借りる。

「わたしも持つ」

何もかも令市が一人で運ぼうとするので、鈴音が手を差し出す。

「じゃあ、これを頼む」

供花とコンビニの袋を渡す。

令市が先になって歩く。その姿を見て、

(何度も来たことがあるのね)

と、鈴音は察する。

小さな墓の前で令市は足を止め、手桶と竹箒を地面に下ろす。腕まくりすると、雑巾を水に浸して絞り、墓石を拭き始める。

「わたしも手伝っていいかな?」

「助かる」

「お墓の周りを掃くね」

鈴音は竹箒を手にして、墓の周囲をきれいにする。

元々、それほど汚れていたわけではないので、三〇分もすると、墓石も、墓石の周りもすっかりきれいになった。

令市は花を供え、どら焼きをふたつ並べる。

それから線香に火をつける。

墓の前にしゃがむと、胸の前で両手を合わせ、目を瞑って頭を垂れる。

その横で、鈴音も同じように手を合わせる。

一分ほども、そうしていただろうか、令市がふーっと大きく息を吐いて目を開ける。

「桐野君にとって大切な人のお墓なの？　わたし、漢字が読めないから、何ていう人のお墓なのか、わからないんだけど」

「これはね……」

令市が立ち上がり、墓石の正面を指差す。

「堂林《どうばやし》家之墓、と書いてあるんだ。まあ、堂林さんという家の人たちが何人も入っているお墓ということだね。かなり昔に死んだ人もいるだろうな。こっちだけど……」

令市が墓石の裏に回る。

「ここに葬られている人たちの名前が彫ってある。何人もいるけど、おれがお参りに来たのは、この堂林芙美子さんと堂林俊也君の二人だよ」

「親戚とか、お友達とか？」

「いや、そうじゃない。おれがこの二人を殺した」

「え？」

「それで、おれは少年院に入ってた」

「殺したって……嘘よ」

「本当さ」

「だけど、少年院に入ったのは桐野君だけじゃないでしょう？　死んだ金村君もそうだし、さっき会った永島君だって、それに、確か、もう一人……」

「そう、前島善樹。おれたち四人がこの二人を殺して、すぐに捕まって、で、少年院に送られた。この俊也君は、まだ一歳だった。小さな子供だった」

「どうして、そんなことを……桐野君がそんなことをするなんて信じられない」

鈴音は両手で自分の体を抱く。寒気がしたのだ。

「遊ぶ金がほしかった。それだけさ。だけど、四人とも金がなかった。今なら、アルバイトでもすればいいだけじゃないかと言えるけど、あの頃は、真面目に働いて金を稼ぐなんて気持ちは全然なかった。馬鹿だった。悪いことばかりしてたんだ。何かほしいものがあれば盗めばいいと思ってた。腹が減ったり喉が渇けば、スーパーやコンビニで食い物や飲み物を盗んだし、小銭がほしければ、喝上《かつあ》げして下級生から取り上げた」

「………」

鈴音が瞬《まばた》きもしないで、令市の顔を凝視している。

「学校をさぼってぶらぶらしてるとき、もっと金がほしい、小銭なんかじゃなく、万札がほしい、と誰かが言い出した。慎吾だった気がするけど、正彦が言ったのかもしれない。

そのあたりは曖昧だけど、はっきり覚えているのは、それなら、どこかの家から盗もうと言ったのが善樹だったことだ。それに慎吾と正彦も賛成して、おれも別に反対はしなかった。その頃、家の中がぐちゃぐちゃで、何もかも面倒だったんだ。親父はろくに仕事もしないで酒ばかり飲んで暴れるし、親父が稼がないから、おふくろが水商売で稼いでたけど、客と浮気してたらしくて、いつも親父と大喧嘩してた。おれは親父からもおふくろからも邪魔者扱いされてたし、家に帰っても面白くないし、やけっぱちになってたところがあって、どんな悪いことをするのも平気だっていう気持ちだった。生きているのも面倒だから、さっさと死ぬ方がいいな、なんて生意気なことまで考えてた」

「………」

鈴音が無言で何度もうなずく。令市の過去について話を聞くのは初めてなので驚きを隠せない様子である。

「どこでもよかったんだ。どうしてあのマンションの、堂林さんの部屋にしたのかと言えば、部屋が一階で、ベランダの窓が少し開いていたからなんだ。たまたま目についたんだよ。人がいれば諦めただろうけど、外から見ると、人が居る気配はなかった。表に回って、慎吾がチャイムを鳴らしたけど応答がなかった。それで誰もいないんだなと思って、正彦が窓から忍び込んで、玄関の鍵を開けた。四人で部屋に入って、金を探した。ものすごい大金があるのを期待してたわけじゃないから、五千円でも一万円でも、とにかく、金が見付かれば、おれたちはすぐに引き揚げただろうし、そうすれば、堂林さんたちが死ぬこともなかった。だけど、なかなか金が見付からなくて、思いがけず長くいることになってしまった。と言っても、一五分か二〇分くらいだったろうが……。そこに奥さんと俊也君が帰ってきて、おれたちと鉢合わせしたんだ。息が止まった気がした。俊也君が突然大きな声で泣き出した。慎吾が俊也君に飛びかかったのは、乱暴しようとしたのではなく、泣くのを止めようとしたからだと思う。口を押さえようとしたけど、うまくいかなくて、かえって俊也君を怖がらせることになった。それで俊也君は、もっとひどく泣き出した。それを見て、今度は奥さんが叫び出した。正彦が奥さんを押し倒して馬乗りになった。両手で口を押さえた。おまえも手を貸せと怒鳴られて、おれは奥さんの足を押さえた。ドスンという大きな音がして、びっくりして顔を上げると、俊也君が台所に倒れていた。もう泣いていなかった。何が起こったのか、その瞬間を見たわけではないけど、俊也君が泣き止まないのに腹を立てた善樹が俊也君を両手で頭の上に持ち上げて台所の床に叩きつけた、と後から知った。取り調べの刑事さんから聞いたんだ。俊也君の周りには血溜まりが大きく広がっていて、それを慎吾がぽかんと見つめていた。善樹は、もうテンションが高くなっていて、普段から興奮すると自分を抑えられない奴だったけど、その女も殺してしまえと叫んで、奥さんを足蹴《あしげ》にした。何度も蹴ったよ。奥さんが死んだのは首を絞められて窒息したせいだけど、それをやったのが善樹なのか正彦なのか、よくわからない。すべてがあっという間の出来事だったし、その場では、俊也君や奥さんが死んだこともわからなかった。後から、刑事さんたちに教えられて知ったんだ。おれたちは急いでマンションから逃げ出した。逃げるときに、善樹は奥さんの財布を盗んでいた。現金が八千円くらい入ってた。その金でファミレスに行って飯を食った。で、飯を食っている最中に捕まった。騒ぎを聞いた住人がいて、警察に通報したんだ。おれたちが逃げ出して、一〇分もしないうちに警察がマンションに来たらしい。おれたちが逃げるのを見ていた住人もいたらしくて、中学生か高校生くらいの四人組だったと警察に知らせたんだ。そんなことも知らないで飯なんか食ってたんだから、本当に馬鹿だよな。すぐに捕まるに決まってるさ」

「…………」

「驚いただろう？」

「うん、びっくりした」

「軽蔑していいよ。おれ、クズだから」

「そんなことないよ」

「いや、クズさ。死刑になっても当然だったし、死刑にならないのなら、一生、刑務所に入っているべきだった。一三歳だったから、大人とは違う扱いをされて、刑務所ではなく少年院に送られた。刑務所は、悪いことをした人に罰を与える場所だけど、少年院は、そうじゃないんだ。罪を犯した少年を矯正する場所なんだよ」

「きょうせい？」

「学校みたいなところって言えばいいのかな。自分のした悪いことを反省させて、また社会に戻してくれる。飯もちゃんと食わせてくれるし、勉強も教えてくれる。運動もさせてくれる。馬鹿なことを言うようだけど、家にいるより、ずっと居心地がよかったよ。先生たちも親切で、おれの将来のことを心配してくれた。実の親がしてくれないようなことをしてくれた。先生たちには感謝している。もっとも、そんな気持ちになったのは入所して半年くらい経って、宇津井先生に会ってからだけどね。それまでは、何も反省しないで、先生たちにも逆らってばかりで、随分と迷惑をかけたよ」

「お墓参りには、よく来るの？」

「月に一度くらいかな。少年院にいるとき、何度か俊也君のお父さんに手紙を書いたけど返事は来なかった。当然だよな。おれを許せるはずがないよ。まあ、手紙が届いたのかどうかもわからないけどさ。自分にできることをしたいと考えて、お墓参りに来ることにした。こんなことくらいで許してもらえるなんて思ってないよ。いくら墓をきれいにしたって、死んだ人間が生き返るわけでもないしね」

令市はじっと墓を見つめながら、ふーっと大きく息を吐く。

「おれのこと軽蔑するだろう。いいんだよ、それが当たり前だ」

「そんなことない。桐野君を軽蔑したりしないよ」

鈴音が首を振る。

「無理するな。『プリンクラブ』の連中もクソだったけど、おれも大して違いはないんだよ。鈴音ちゃんは、そんな人間を頼りにしてる。それでいいのか？」

「…………」

「正彦に頼ったときは、おれも慌ててたし、他に頼れる人間もいなかったから、鈴音ちゃんには何も言わないで正彦の世話になった。あいつは、ひどい死に方をしたし、誰がどんな理由で殺したのかわからないけど、あれは自業自得ってことだと思う」

「じごうじとく？」

「悪いことをしたから、その報いを受けたってことさ」

「でも、桐野君たちは少年院で罪を償ったでしょう？」

「自分の家より居心地のいい場所でのんきに暮らしていただけだよ」

「じゃあ、堂林さんたちを殺したことを反省してないの？」

「反省してるよ。できることなら、あのときの、あの場所に戻ってやり直したいくらいさ。でも、そう考えるようになったのは少年院に入ったせいではなく、宇津井先生に会ったからだと思う」

「神父さんね？」

「うん」

令市がうなずく。

「おれは心を入れ替えて反省したつもりだけど、他の三人がどう考えているのかはわからない。正彦は羽振りのいい暮らしをしてたけど、その暮らしを支えたのは、金貸しをして、弱い人間をいたぶって手に入れた金だ」

「人にお金を貸すのは悪いことなの？」

「やり方によるのさ。あいつは法律では許されないやり方で金貸しをしてた」

「そうなの……」

「慎吾がどういう暮らしをしているのか、まだよくわからないけど、そう幸せそうには見えなかったよな。慎吾も、あの由美という人も、まどかちゃんという子供も」

「二人とも叩かれてるみたいだったね」

「慎吾は怒りっぽいんだ。気の小さい奴なんだけど、すぐに強がったり見栄を張ったりする。強い奴には逆らえないけど、弱い相手には強気に出る。まあ、おれたちの知らない事情があるのかもしれないし、何とも言えないけどさ」

「ずっと、あそこにいる？」

「とりあえず、今夜は泊めてもらうとして、明日から、どうするか、二人で考えよう」

「うん」

八

「あれ、淵神さん、一人ですか？」

保管庫のドアを開け、律子が一人で椅子に坐っているのを見て、藤平が訊く。買い物袋をぶら下げている。売店で何か買ってきたらしい。

「うん」

「円さん、外に食事に行ったんですかね。珍しいですね」

普段、円は売店で軽食を買い、保管庫で藤平や律子と一緒に食事をすることが多いのだ。足が不自由なせいもあり、一人で外に出ることは滅多《めつた》にない。

「何も言ってませんでしたよね？」

ドアを閉めながら、藤平が言う。

「たまには一人になりたいんじゃないの」

「そうかもしれません」

藤平が椅子に坐る。

「淵神さん、何も食べないんですか？」

「うん、食べない」

「朝は食べるんですか？」

「少しだけね。サラダとコーヒーとか……そんな感じ。食べないことも多いわね」

「体が持たないじゃないですか」

「そうでもないわよ。だって、体力を使うような仕事をあまりしてないし。デスクワークだけだと頭は疲れるけど、体は大して疲れないでしょう」

「大部屋にいた頃は、もっと食べてたんですか？」

「今よりは食べてたかな」

律子が小首を傾げる。

「ひとつ、食べませんか？」

サンドイッチを差し出す。

「ありがとう。じゃあ、ひとつもらうね」

タマゴサンドを手に取る。

「ひとつといわず、ふたつでも三つでも、どうぞ」

「気持ちだけもらっておくわ。あんたが食べなさいよ。若いんだし」

「円さんですけど……」

「ん？」

「今朝、言ってたじゃないですか」

「事件の情報を手に入れるっていう話？」

「はい。そんなことできるんですかね？」

「わたしたちの第三係だって、捜査一課に属しているわけだから、絶対に無理だとは言えないだろうけど、そう簡単じゃないわよ」

「ぼくたちは捜査員とは思われてませんからね」

「実際、資料の整理が仕事だもの」

律子が鼻に小皺を寄せて笑う。

「コネでもあるんですかね？」

「そうなんだろうけど……。頼まれる方も大変よね。まだ事件が起きたばかりだし、捜査情報を事件に関係ない人間に洩らしたことがわかれば責任を取らされるだろうから」

「どういう責任ですか？」

「完全な部外者、例えば、マスコミなんかに流したら懲戒処分ものよ。わたしたちは部外者ではないけど、捜査に関わっているわけでもないから微妙な立場よね。たぶん、その人は上から睨まれて捜査から外されることになるんじゃないかな」

「それを承知で円さんに情報をくれるとしたら、いったい、どういう関係なんでしょう？」

「ちょっとやそっとでは返すことのできない大きな恩義があるとか、ものすごい弱みを握られているとか……そんなところじゃないかな」

「円さんは、人の弱みにつけ込むような人じゃありませんよ。わかってるでしょう？」

「例として挙げただけよ」

律子が肩をすくめる。

「とすると、もうひとつの方ですか。円さんに恩義を感じている人がいて、円さんに頼まれれば決して断ることができない……どんな恩義なんでしょうね？」

「想像もできないわね」

律子が首を振る。

九

日比谷《ひびや》公園。

円がベンチに腰を下ろしている。

そこに芹沢《せりざわ》がやって来て、周囲を見回しながらベンチに腰を下ろす。

「いい加減にして下さいよ。こんな人目につくところに呼び出して……。困るじゃないですか」

「すぐに済む話だよ。頼みがあるんだ」

「待って下さい。前に頼み事をされたとき、これが最後だ……そう言いませんでしたか？」

「言ったかもしれない」

「それなら……」

「そう邪険にしなくてもいいだろう。わたしと君は腐れ縁だよ。この世には、切っても切れない縁というものがあるからね」

「脅しですか？」

「人聞きの悪いことを言わないでくれ。どうしても嫌だと言うのなら、黙ってここから立ち去ればいい。わたしは止めないよ」

「…………」

芹沢が驚いたような顔でじっと円を見つめる。円の言葉を信じていいものかどうか確かめようとするかのようだ。

円は穏やかな表情で芹沢の視線を受け止める。その目には一点の曇りもない。

先に目を逸らしたのは芹沢である。

「わかりましたよ……」

芹沢ががくっと肩を落とす。

「で、何が知りたいんですか？」

「実はね……」

円が用件を切り出す。

一〇

「何だよ、手料理じゃないのかよ」

テーブルに並べられたトンカツを見て、慎吾が口を尖らせる。トンカツも千切りキャベツも、トンカツチェーン店で買ってきたものだ。

「こっちの方がおいしいよ。前にわたしが作ったら、まずいって怒ったじゃない」

由美が言い訳する。

「ああ、そう言えば、そうだったな。確か、揚げすぎて真っ黒になったんだったな。で、肉がゴム草履《ぞうり》みたいに固くなった」

「そこまでは、ひどくなかったでしょう」

「ふんっ、まあ、いいさ。令市と鈴音ちゃんにゴム草履を食わせるわけにはいかないからな。さあ、食おうぜ。いや、その前にビールだな」

慎吾が令市にビールを注ぐ。鈴音は酒を飲まないので、オレンジジュースだ。まどかと同じである。

「おまえも飲むか？」

慎吾が由美にビールを注いでやる。珍しくパチンコで儲かったので機嫌がいいのだ。

「ありがとう」

「よし、それじゃ、みんなで乾杯だ」

慎吾がグラスを持ち上げる。

「かんぱいね」

まどかも、にこにこしながらグラスを持ち上げる。慎吾がパチンコの景品としてスナック菓子やチョコレートを持ち帰ってくれたので興奮気味なのだ。

「二人でどこに行ってたの？」

慎吾が令市に訊く。

「あちこち、ぶらついていてただけさ」

「ふうん、あちこちなあ」

「今日は儲かったみたいだな」

令市が水を向けると、

「そうなんだよ」

慎吾が自分の膝をぱしっと叩く。

「読みが的中さ。狙った台が次から次へと大当たり。一緒に来れば、令市も大儲けだったぜ。だって、一人で何台も打てないからな。出るとわかってる台を、みすみす、他の奴らに取られちまってさ……」

慎吾は自分の成功話をしたくて、うずうずしているのだ。令市と鈴音がどこで時間を潰したのかなどということには何の興味もないのであろう。

令市にしても、パチンコ話など、どうでもいい。慎吾が機嫌良くしてくれているのはありがたいだけだ。慎吾と由美、まどかの関係がギクシャクしていると、居心地が悪い。自分よりも鈴音が気詰まりだろうと心配になる。とは言え、金銭的にはまったく余裕がないから、飯を食わせてもらい、部屋に泊めてもらえるのは助かる。

二

金村正彦の記事を朝刊で読んだ。

もう新聞を取っていないので、わざわざ駅の売店に買いに行ったのだ。

それほど大きな記事ではなかった。

名前と年齢、金村が金融業を営んでいたこと、何者かに刃物で刺殺されたことが書いてあるだけだ。写真は載っていなかった。金村が過去にどんな犯罪を犯したか、そのせいで何年も少年院に入っていたか、ということも書いていなかった。

夕刊にも記事が載っていたが、朝刊の記事よりも更に小さくなっていた。この事件がまたニュースで取り上げられるとしたら、それは犯人が捕まったときに違いない。

犯人とは、すなわち、おれのことである。

だが、生憎《あいにく》、おれは警察に捕まるつもりはない。

まだやり残したことがあるからだ。

芙美子と俊也を殺したのは四人組である。

金村は、その一人に過ぎない。

まだ三人残っている。

ようやく復讐の第一歩を踏み出したばかりだ。

まだ捕まることはできない。

部屋に証拠を残さないよう細心の注意を払ったつもりだが、人間のやることだから、どこかに見落としがあって、警察に尻尾をつかまれるかもしれない。

おれは警察に捕まることを、それほど怖れてはいない。目的を果たした後であれば、自分がどうなろうと構わないのだ。すでに生きる意味など失っているのだから。

おれが怖れるのは、目的を果たさないうちに、つまり、四人組の誰かが生き残っているうちに捕まることだけである。

日本の警察は優秀だから、時間をかければ、いずれ、おれの尻尾を捕まえるだろう。マンションと、マンション周辺の防犯カメラ映像を分析して、不審人物を洗い出すだけで、おれの姿を確認できるだろう。カメラに顔が映らないように注意したつもりだが、絶対とは言い切れない。ほんの少しでも顔が映っていれば、そこからおれの身元に辿り着くのは、そう難しいことではないはずだ。

それ故、おれとしては急ぎたい。あまり時間を置かずに次のターゲットに接近したい。

しかし、おれ一人では無理だ。

オペレイターからの情報がなければ動きようがないのだ。

だから、おれは待っている。

部屋の真ん中に坐り込んで、携帯が鳴るのをじっと待っているのである。

電話が鳴った。

ザーッというノイズ音が聞こえる。

オペレイターだ。

「最初の一人、金村正彦、うまくやったようだな」

「次も頼む。あまり時間をかけたくない」

「約束を覚えているか？」

「ああ、覚えてるさ。ちゃんと約束を果たす」

「よろしい。では、二人目の居場所を教えよう。永島慎吾だが……」

一二

一〇月二四日（水曜日）

令市は七時過ぎに目を覚ました。少年院で生活したことで、規則正しい生活習慣が身についているのだ。「プリンクラブ」でボーイの仕事を始めてから、深夜まで仕事をするようになり、生活のリズムが変わり、あまり早起きできなくなったが、鈴音と二人で逃亡生活を送るうちに、また以前の習慣が甦り、目覚ましに頼らなくても、七時前後には自然に目が覚める。

鈴音は令市よりも早起きで、六時くらいには起きる。令市が横を見ると、やはり、布団は空である。自分の布団を畳んで部屋の隅に寄せてある。

部屋を出ると、居間に鈴音がいる。何をするでもなく、ぼんやりとテーブルに頬杖をついている。その横顔は美しく、知的な雰囲気すら感じさせる。保護されるまで学校に通ったことがなく、施設で暮らすようになってから、ごく初歩的な学習を受けただけで、漢字もほとんど書けず、小学校低学年程度の算数しか学んでいないとは、とても信じられないほどだ。教育は受けていないものの、本質的には鈴音がとても賢いということを、長い時間を一緒に過ごすようになって、令市は知った。鈴音の賢さは学校教育という物差しでは測ることができないものなのであろう。

「おはよう」

令市が声をかけると、鈴音がにっこりとうなずく。

「よく眠れた？」

「うん」

「…………」

鈴音の言葉が嘘だと令市にはわかる。

それぞれの部屋に別れた後、令市と鈴音が明かりを消して眠ろうとすると、隣の部屋で慎吾と由美がセックスを始めた。由美の喘《あえ》ぎ声は大きく、安普請の部屋は大きく揺れた。

しかも、それが二時間近く続いたのだ。

令市と鈴音は言葉を交わさず、黙ったままだったが、令市はなかなか寝付くことができず、それは鈴音も同じだとわかっていた。あんなにやかましいのでは、とても安眠できるはずがない。

令市はトイレを済まし、洗面所で顔を洗う。居間に戻ると、鈴音の隣にまどかがいる。起きてきたらしい。

「おなか、すいた」

目をこすりながら、まどかが言う。

どうしよう、という顔で鈴音が令市を見る。

奥の部屋からは慎吾の大きないびきが聞こえており、由美が起きてくる気配もない。

「いつも何を食べてるの？」

鈴音が訊く。

「コーンフレーク。牛乳を入れるんだよ」

「作ってあげようか？」

「うん、まどかも一緒にやるね」

まどかが立ち上がり、鈴音と一緒に台所に行く。

ウサギのイラストが描かれた器に鈴音がコーンフレークを入れ、まどかが冷蔵庫から牛乳を取り出して器に注ぐ。そのとき、少し牛乳がこぼれる。まどかがハッとしたように鈴音を見る。その表情が強張っている。怯えているのだ。

「大丈夫だよ」

鈴音が雑巾で拭き取る。

まどかがホッとしたように笑う。

その器を居間のテーブルに運ぶ。

まどかが食べ始める。

「こんな小さいのに、大変なんだね」

鈴音がつぶやく。

いつもにこにこしてかわいらしい子供だが、時折、大人の表情を探るような目を向けているることがあるし、自分が何かしくじったり、誰かが大きな声を出したりすると表情が強張り、体を震わせる。そんな姿を見るだけで、鈴音も令市も、普段、まどかがどんな生活を送っているか容易に想像できる。

「行くか、よそに？」

「うん、そうしよう」

鈴音がうなずく。


その二時間後……。

ようやく由美が起きてきた。

まどかがテレビでアニメを観ている。

「あの人たちは？」

「バイバイだって」

「バイバイ？」

由美が小首を傾げる。テーブルに置き手紙があることに気が付く。ざっと目を通すと、それを手にして奥の部屋に行き、

「慎吾、ねえ、慎吾ったら」

「うるせえなあ。もう少し寝かせろ」

「あの人たち、何日か泊まるって言ってたよね？　でも、出て行ったみたいだよ」

「は？」

慎吾が寝ぼけ眼《まなこ》で、むっくりと上半身を起こす。

「出て行った？　令市と鈴音ちゃんが」

「置き手紙があった」

「…………」

由美から手紙を受け取って、慎吾が読む。

「ありがとうございます。お世話になりました。また連絡します、か。ふうん……」

手紙を丸めて部屋の隅に放り投げる。

「何だか感じが悪いな。ずっと会ってなかったのに、いきなり泊めてくれなんて頼んできて、こっちは快く泊めてやって、飯も食わせてやって、酒も飲ませてやって……。その揚げ句、これかよ。ふざけてやがるよなあ。ちゃんと挨拶できないのかね？　こんな紙切れ一枚書いて、さようならって、か」

「どうしたんだろうね、急に？」

「おまえが朝飯を作らなかったせいじゃねえの」

ってしまうのだ。

「そんな……」

由美の表情が曇る。

「ま、いいさ。勝手に来て、勝手に消える。好きにしやがれって」

枕元からタバコを取り、口にくわえて火をつける。

「今日も、あの人たちがいると思ったから仕事は休みにしたんだよ。三人でどこかに出かけない？　そんなこと滅多にないし。たまに買い物もしたいし。洋服とか靴とか部屋の小物とか……」

「あ〜っ、残念ながら、それは無理だな。昨日のツキを逃がしたくないんだよな。ギャンブルってのは流れが大切なんだ。この流れに乗っていかないとな。こういう流れっていうのは、それこそ滅多に来ないからな」

「また、パチンコなの？」

由美が小さな溜息をつく。

「何だよ、文句、あるのかよ」

慎吾がじろりと睨む。

「いいけど、別に」

由美が口を尖らせて、うつむく。慎吾に強気に出られると、それ以上、何も言えなくなしばらくして、慎吾は上機嫌に家を出る。くわえタバコで、鼻歌交じりだ。

真っ直ぐパチンコ屋に行く。

平日の午前中だというのに混み合っている。客は高齢者が多い。騒々しい音楽と店内に立ち籠める白いタバコの煙の中に身を置くと、慎吾は体の奥から力がみなぎるのを感じる。今日も、やってやるぜ、と奮い立つのだ。

すぐには台を決めず、まず店内をぶらぶら歩き回る。昨日、目をつけておいた台がいくつかある。すでに塞《ふさ》がっている台もあるが、それらは例外なく出ている。

(ちくしょう、こんなことなら開店前から並べばよかったな)

舌打ちして、顔を顰める。

ゆうべ飲み過ぎて、しかも、気持ちが昂《たか》ぶっていたので由美を抱いた。それで目覚めが悪かったのだ。

普段から朝は早い方ではないが、それでも、パチンコ屋の新装オープンの日には、開店前から並ぶように心懸けているのだ。昨日のように大当たりした次の日も、狙っている台を他の者に取られないように早めに出かけるようにしている。今日は完全に出遅れてしまった。

(まあ、いいさ)

まだ何台か、昨日のうちに狙いをつけていた台が空いている。気になるのは、すでに誰かが打った後だということだ。にもかかわらず台が空いているというのは、つまり、その台が出なかったということである。おれなら大丈夫だ、おれが打てば出るはずだ……そう自分に言い聞かせて慎吾が席に着いて打ち始める。

隣の列の端の台に坐り、さりげなく慎吾の姿を窺っている男がいる。堂林俊数だ。

一三

終業後、保管庫に律子、藤平、円、板東の四人が集まった。

「何があっても集まってくれ言うから、わしは重要な用事を放り出して来たんやで」

板東がぼやく。

「そんなに大切な用事があったんですか？」

藤平が訊く。

「女房からメールが来て、焼き豆腐とネギを買ってこいというんや。今夜は、すき焼きらしい。わしが買い物をして帰らんと、焼き豆腐とネギのない、すき焼きらしからぬすき焼きになってしまうらしいんや」

板東が大真面目に答える。

「平日にすき焼きだなんて豪勢なんですね」

律子が笑う。

「株主優待の牛肉が届いたらしいんや。うちの女房、料理が下手なんで、牛肉と言えば、すき焼きしか思いつかんらしい。いろいろ使いようはあると思うんやけどな」

「さすが、いつも株式市場をラジオで聞いているだけのことはありますね。株主優待って、よく知らないんですが、牛肉がもらえるんですか？」

藤平が訊く。

「いろいろあるんやでえ。グルメ系の優待だと、牛肉と豚肉、あとは蟹《かに》かな。イクラとかマグロをくれる会社もある。缶詰やお菓子、調味料や酒のつまみをくれるところもあるし、選《よ》り取り見取りや。今日は、とりあえず、牛肉というわけやな」

「悪いね、板東さん。うちで牛肉が待ってるのに足止めしてしまって」

円が言う。

「構へんよ。牛肉というても、三〇〇グラムくらいやから、わしがいない方が、案外、女房も喜んどるかもしれんしな。わしは後から帰って、牛肉のないすき焼きを食べることになるなあ。焼き豆腐とネギを腹いっぱい食べるかな」

「いいかね。本題に入っても？」

「ああ、そうやった。円さんの話を聞きに来たんやった。で、何の話なの？」

「例の殺人事件に関する情報が手に入ったんだ」

「え、もうわかったの？　早いなあ」

板東が目を丸くする。

「被害者は金村正彦。二〇歳。報道された通り、闇金業者だ。現場のマンションから、複数の指紋が見付かり、そのひとつが鷺沢鈴音さんの指紋だった。それで捜査員が石峰先生のところに行ったわけだ」

「うんうん、そうやったな」

板東が大きくうなずく。

「それ以外の指紋だが、ひとつは、桐野令市という男性のものだった。金村と同い年の二〇歳だ」

「被害者と繋がりがある人間なんですか？」

律子が訊く。

「そうだ」

円がうなずく。

「金村と桐野は同じ中学に通っていた同級生だ。七年前にある事件を起こして、二人とも少年院に収容された。退院したのは一年前だな」

「少年犯罪で六年も少年院にいたということは、かなり凶悪な犯罪を起こしたということなんでしょうね？」

藤平が訊く。

「その通りだ。金村と桐野、それに永島慎吾、前島善樹の四人は窃盗目的で民家に押し入り、鉢合わせした主婦と子供の二人を殺害している。主婦は堂林芙美子三一歳、子供は堂林俊也一歳。立派な強盗殺人だよ」

円が答える。

「被害者が複数ですし、成人であれば、死刑か無期懲役ですね」

律子が言う。

「桐野が金村を殺害したんでしょうか？」

藤平が首を捻る。

「それはわからないし、わたしたちが調べることでもないだろう。大部屋と所轄の捜査員たちが必死に桐野の行方を追っているよ。わたしたちが注目しなければならないのは、なぜ、そんなところに鷺沢さんの指紋が残っていたのか、ということではないのかな」

「そうですね」

藤平がうなずく。

「強盗殺人事件を起こして少年院に入っていたような男たちと鷺沢さんに何らかの接点があるとすれば、やはり、水商売がらみじゃないですかね。夜のバイトを始めるまで、鷺沢さんの生活には特に気になるようなことはなかったと石峰先生もおっしゃっているわけですから」

律子が言う。

「夜のバイトを始めて、突然失踪し、殺人事件の現場に指紋が残っている。過去に凶悪な事件を起こした男たちが関わっている……。淵神君の言うように、夜のバイトにヒントがありそうだね」

円がうなずく。

「ああ～っ、何てことや～」

板東が重苦しい溜息をつく。

「あんないい子がこんなことに巻き込まれるなんて信じられん。石峰先生が知ったら寝込んでしまうわ。わしも今にも倒れそうや」

「じゃあ、行こうか」

律子が立ち上がり、藤平を促す。

「もしかして、『スーパーガールズ』ですか？」

藤平が言う。

「そうよ。勘がよくなったじゃないの。そこで手がかりがつかめなければ、『キャットウオーク』ね。あの二人をもう少し厳しく締め上げてみましょう」

律子がうなずく。「スーパーガールズ」というのは、鈴音を「キャットウォーク」に紹介した石川沙緒里が勤めているキャバクラである。

以前、沙緒里から話を聞いたとき、律子が強引に名刺をもらった。それが役に立った。

一四

由美とまどかが晩ごはんを食べている横で、慎吾が不機嫌そうな顔でビールを飲んでいる。

昨日は令市と鈴音がいたからトンカツを奮発したが、今日は普段通りの質素な晩ごはんである。野菜炒めと納豆《なっとう》、漬物、豆腐の味噌汁。まどかは野菜が苦手なので、野菜の上に目玉焼きが載っている。卵と一緒だと野菜を渋々口に運ぶからだ。

慎吾がパチンコに出かけた後、由美とまどかは二人で出かけた。山手線で巣鴨に行き、駅前の商店街で買い物をした。巣鴨には安い衣料品店がたくさんあるからだ。驚くほど安い値段で、しかも、品質の良いものを買えるのである。まどかの洋服や下着、靴下、それに慎吾の下着も買った。

自分のものも少し買ったが、仕事に行くときに身に付けるものは、あまり安いものではなく、多少は値が張っても見栄えのいいものを選んだ。自分の体で稼ぐ客商売だから、自分を引き立たせるものでなければ意味がないのだ。巣鴨の公園でまどかを遊ばせてから大塚に戻った。スーパーで食料品を買い、レンタルビデオショップに寄った。まどかのためにアニメのDVDを何枚か借りてやった。

今、まどかは、食事をしながら、そのDVDの一枚を観ている。アニメに夢中になって手が止まりがちなので、その都度《つど》、由美が注意する。

まどかを注意する以外、由美はなるべく口を利かないようにしている。慎吾の不機嫌さをひしひしと感じているからだ。

「ううう……う～っ……」

時たま、慎吾が唸《うな》り声を発する。

そのたびに由美は、ビクッと体を震わせる。それは、慎吾がよほど機嫌が悪いときの表れだからだ。

恐らく、パチンコで素寒貧になったのだろう、と由美は想像する。自分のしくじりを思い出し、腹立たしさと悔しさで唸るのだ。こういうときの慎吾は危険で、ちょっとした弾《はず》みで怒りを爆発させる。

だから、由美自身は少しでも慎吾を刺激しないように神経を使っている。どうか、まどかもおとなしくしていてほしいと由美は祈っている。

「あ～っ」

人気のあるアニメのＤＶＤなので、かなり多くの会員にレンタルされているらしく、盤面に傷がある。そのせいか、たまに画像が乱れたり、映像がフリーズしてしまう。その都度、まどかが不満そうな声を発するのだ。

「ママ、みられないよ」

「すぐに直るから、おとなしく待っていて」

「だって、もう何度も何度もだよ」

「まどか、お願いだから……」

「だって、みられないんだよ」

まどかがぐずり出す。

「うるせえ！」

慎吾がキレる。ぎゃあぎゃあ、うるせえんだよ、と怒鳴りながら、テーブルを蹴り、それでも腹立ちが収まらないのか、両手でテーブルをひっくり返す。

まどかが、うわっ、と泣き出す。

「だから、うるせえって言ってんだろうが」

慎吾がまどかの頭を平手で叩く。

まどかは更に激しく泣く。

「やめて！　何をするの」

由美が身を投げ出して、まどかを庇《かば》おうとする。

「てめえ、逆らう気か。おまえらみたいなバカで運の悪い親子と一緒にいるから、いつまで経っても、おれはダメなんだよ。てめえらのせいで、おれまでツキに見放されちまうんだよ」

慎吾は由美を足蹴にし、左右の拳で由美の頭や背中を殴る。

まどかが、ぎゃあっ、ぎゃあっ、と悲鳴のような声を発して泣き続ける。白目をむき出して、口から泡を吹いている。

由美はまどかを抱えると、素早く立ち上がって玄関に逃げ出す。慎吾が追いかけようとするが、酔いが回っているので、足がもつれて無様《ぶざま》に尻餅をついてしまう。その隙に由美とまどかは外に逃れ出る。

「ふんっ、バカどもが。勝手に出て行けばいいだろうが。どいつもこいつも、おれをバカにしやがって」

四つん這いで冷蔵庫まで行き、中から缶ビールを取り出す。テーブルをひっくり返したときに、飲みかけのビールも床にこぼれてしまったのだ。

冷蔵庫の前にあぐらをかいて坐り込み、ビールをがぶがぶ飲む。怒りで体が火照っているので、その熱さを冷ますために冷たいビールを飲んでいるという感じである。絶え間なく飲み続け、次々と缶ビールを空けていく。

不意にめまいがして、慎吾は仰向けにひっくり返る。ビールが床にこぼれるが、まったく気にしない。

「ちくしょう、おれは、てめえらなんかとは違うんだ。今は落ちぶれてるが、いつか大物になるんだからな……」

ぶつくさ独り言をつぶやいているうちに、だんだん眠くなってくる。目を瞑ると、今にも眠り込んでしまいそうだ。

玄関で人の気配がする。由美とまどかが戻ってきたのだろうと思う。

「おい、ビールを取ってくれ。それから、こぼしたビールを拭いてくれ。体が冷える」

目を瞑ったまま、慎吾が言う。

床の軋《きし》む音がする。返事もせずに近付いて来る。

慎吾がカッとなる。

「このバカ女、おれの言うことがきけねえのかよ」

目を開ける。

「え……」

慎吾を見下ろしているのは見知らぬ男である。土足で上がり込んでいる。

「な、なんだ、てめえは」

慌てて体を起こそうとするが、すっかり酔っ払っているので動作が鈍《にぶ》い。

その男が片足を上げ、慎吾の胸を押さえつける。

慎吾は床に押し戻される。何とか逃れようと、慎吾が手足をばたばたさせる。

「ふんっ、まるでゴキブリだな」

「…………」

慎吾の目に恐怖の色が浮かぶ。

一五

永島慎吾は馬鹿だ。

ろくでなしだ。

しかも、ＤＶ野郎だ。

生きている資格はゼロだ。

この世から永島が消えれば、その分だけ、この世は浄化される。

平日の午前中から、くわえタバコでパチンコ三昧《ざんまい》だ。少年院を出てから、真っ当な仕事などしたこともないのだろう。

今は、ヒモだ、とオペレイターは言った。

女に食わせてもらっているのだ。女を風俗で働かせ、女から小遣いをもらって、パチンコ屋に通っている。

ある意味、金村正彦よりは他人に与える害は少ないだろう。

闇金業者の金村は、自分が贅沢をするために、多くの弱者たちを食い物にし、彼らの生き血を吸っていた。それに比べれば、永島は害の少ない虫けらだ。

もちろん、何の害もない、というわけではない。

現に同棲している女にたかっている。

まるでダニだ。

たかられても女が幸せだというのであれば、他人がとやかく口出しすることはない。ダニに生き血を吸われるのが好きな人間だっているかもしれない。女が永島をどう思っているのかはわからない。

しかし、少なくとも、永島は一人の人間を不幸にしている。女の連れ子だ。その小さな女の子を永島は虐待している。女と、その娘に日常的に暴力を振るっている。

そんなことを女の子が喜んでいるはずがない。

パチンコ漬けの永島は、帰宅すると大酒を食らい、女と娘に暴力を振るう。

そんなことが許されるはずがない。

最低のゴキブリ野郎ではないか。

いったい、この馬鹿は少年院で何を矯正されたのだろう？

芙美子と俊也を殺したことを少しでも反省したのだろうか？

いや、そんなはずはない。

芙美子と俊也は巣鴨の染井霊園に眠っている。

すぐ近くではないか。

その気になれば、いつでも行けるところにある。

墓前に額《ぬか》ずいて、犯した罪の許しを請うこともできるのだ。

当然、永島は、そんなことはしていない。

「なあ、そうだろう？　おまえ、自分が殺した人間たちの墓に行ったことがあるか？」

「知らないよ、おれ。何も知らないよ」

永島は怯えた目で、おれを見上げる。

「知ろうとしたことは、あるのか？　おまえらの犠牲になった者の墓がどこにあるか、そんなことは簡単に調べられる。だが、おまえは調べていない。もう自分には関係ないことだと思っているからだ。事件のことなど忘れているからだ。違うか？」

「…………」

「何も言えないのか？」

足に力を入れ、永島の胸を強く踏む。肋骨《ろっこつ》が折れるほど強く踏んでやった。

「うっ……うぐぐっ……」

おれは永島の体に馬乗りになり、グローブをはめた手で永島の顔を殴る。

「やめてくれ、やめて下さい。どうして、こんなことをするんだよ」

「おまえは誰を殺した？」

「知らないよ、何のことだよ」

「ふざけるな」

永島の鼻を殴る。鼻血が出る。

「自分が誰を殺したのかも覚えてないのか？　それなら、なぜ、少年院に入った」

「おれじゃないんだ。他の奴らがやったんだ。おれは見てただけだよ。おれは何もしてないよ」

「嘘つきめ」

おれは右手で永島の鼻を、左手で永島の口を押さえる。息をさせないためだ。永島の両腕は足で押さえつける。

「うげっ……」

永島の顔が充血する。必死に逃れようとする。

こんな虫けらでも自分の命だけは大切なのだ。他人の命など少しも尊重しないくせに自分だけは大事なのだ。

「ほら、暴れろよ。もうすぐ死ぬぞ。生きたいのなら必死に暴れろよ」

だが、逃れるのは無理だ。

永島は、おれと比べると、かなり小柄で華奢な体つきである。馬乗りになっているおれを押しのけることなどできるはずがない。

次第に永島の顔は、よく熟れたトマトのように真っ赤になってくる。目の毛細血管が切れ、白目の部分が赤く染まっていく。今にも眼球が飛び出しそうなほど、両目を大きく見開いている。

おれは永島の目をずっと見つめ続ける。

この世から去って行くとき、その目にどんな感情が浮かぶのか、しっかり確かめたかったからだ。

人間は命が消える直前、その一生の出来事が走馬灯のように思い浮かぶという。それが本当だとすれば、永島の心にも自分が犯してきた様々な犯罪行為が甦り、その罪を悔いる気持ちが生まれ、その後悔の色が目に滲むかもしれないと思った。

しかし、無駄だった。

永島の目には何の感情も浮かんではいなかった。

恐らく、なぜ、自分が死ななければならないのか、そんなことも理解しないまま、永島は死んだのであろう。結局、馬鹿は最後まで馬鹿のまま死んでいったということである。

おれは両手を永島の顔から離す。

永島は死んでいる。ぴくりとも動かない。瞳孔《どうこう》が完全に開いている。わざわざ脈を取って確認する必要もないほど完璧に死んだ。

おれは立ち上がり、今や、魂が抜け、ただの肉の塊と化した永島を見下ろす。

金村正彦、永島慎吾……ついに二人を殺した。

復讐の半分が成就《じょうじゅ》したわけだが、おれの心には何の喜びもない。何の満足も感じることができない。残る二人を殺せば、おれは喜びを手に入れ、満足感を得ることができるのだろうか？

一六

律子と藤平は六日前、先週の木曜日に石川沙緒里に会っている。そのとき、律子たちは沙緒里がどこに住んでいるのかも、どこで働いているのかも知らなかった。携帯の番号しか知らなかった。その番号に藤平がしつこく電話をかけて、何とか、四ツ谷駅近くの喫茶店で会うことができた。その際、律子は半ば強引に沙緒里から名刺をもらった。それで沙緒里の勤務先が歌舞伎町にある「スーパーガールズ」というキャバクラだとわかった。沙緒里の住所は今もわからないままだ。

電話したところで素直に会ってくれるとも思えなかったので、律子は直に店に行くつもりだった。

しかし、藤平が、

「この時間だと、まだ出勤してないかもしれませんよ」

と言った。

まだ七時にもなっていない。売れっ子のキャバ嬢が店にいる時間ではない。普通は八時くらいだろうし、同伴出勤なら、もっと遅いのではないか、と藤平が言う。

「随分詳しいじゃないの。実は、キャバクラ好き？」

律子がからかうように言う。

「ネットで調べたんです。店によってシステムが違うので、『スーパーガールズ』に当てはまるかどうかわかりませんが」

藤平が赤くなりながら答える。

「言われてみれば、その通りかもしれないわね。店に行って、彼女がいなかったら、ずっと待っていなければならない。そんなのは時間の無駄よね。仕事中に落ち着いて話ができるとも思えないし」

「出勤前に話ができる方がいいですよね」

「うん、そうね」

律子がうなずく。

「電話してみます」

藤平が石川沙緒里に電話をかける。

なかなか出ない。

しつこくかけ続けていると、ようやく相手が出る。

「石川さんですか。先日、お目にかかった警視庁の藤平ですが……」

これから会って話を聞きたいのですが、と藤平が言うと、冗談じゃないわよ、これから仕事なんですからね、今だって大切なお客さんと会っているところなんだから、と律子の耳にも聞こえるほどの大声で沙緒里がまくし立てる。

「あまり時間は取らせないつもりですし……」

藤平が宥めようとするが、沙緒里の怒りは収まらない。電話の向こうで、ぎゃあぎゃあ喚《わめ》き散らしている。大切なお客さんと一緒にいると言っているが、電話に向かってヒステリックに叫ぶ姿を見て、その客はいったい、どう思っているのだろうか、と律子はおかしくなる。

「ええ、もちろん……こちらとしては協力をお願いしているわけで……いや、令状などはないわけですが……」

それなら、こっちが協力する必要もないってことでしょうが、と今にも電話を切られそうになる。それを察した律子が藤平の手から携帯電話をもぎ取り、

「勝手に電話を切ったら後悔するわよ。わたしの話をよく聞きなさい。これは遊びじゃないのよ。殺人事件の捜査なんだから、あんたが気に入ろうが気に入るまいが、こっちには関係ない。今なら、誰にも知られないところで話を聞いてあげるけど、それができないのなら、これからあんたの店に行く。あんただけでなく、あんたの同僚や店の関係者からも話を聞く。令状がなければ話をしたくないというのなら、令状を取る。但し、その場合は、警視庁の取調室で話を聞くことになるわよ。さあ、どうするの、これから会うの、会わないの？　よく考えて返事をした方がいいわよ」

律子が口を閉ざし、相手の話に耳を傾ける。

「わかりました。一時間以内に行くようにします」

相手が会うことを承知したらしい。

律子が電話を切る。

「うまくいきましたか？」

「ええ。すっかり素直になったみたいよ」

にこりと笑いながら、律子が藤平に携帯を返す。

「令状を取ると言ってましたけど、どういう理由で取るつもりだったんですか？」

「まさか。取れるはずがないじゃない」

「何だ、ブラフだったんですか」

「駆け引きといってほしいわね」

「どこで会うんですか？」

「四谷。この前と同じ喫茶店でいいって」

「店の近くの方が都合がよさそうなのに、わざわざ四谷に戻るんですね」

「歌舞伎町で会いたくない理由があるんでしょうよ。知り合いもうろうろしてるだろうしね。さあ、行くわよ。一時間と言ったけど、向こうは、もっと早く行けるらしいから」

一七

律子と藤平が店に着くと、もう石川沙緒里が店にいた。奥の方のボックス席に坐り、見るからに苛立った様子でタバコを吸っている。

「お待たせして申し訳ありません」

席に坐りながら、律子がちらりと視線を灰皿に向けると、すでに吸い殻が五つある。

沙緒里はタバコを揉み消しながら前屈みになり、

「シルク、死んだの？」

周囲の客の様子を窺いつつ、小声で訊く。

シルクというのは鷺沢鈴音が「キャットウォーク」で使っていた源氏名である。

「なぜ、そう思うんですか？」

律子が訊く。

「だって、刑事さんたち、シルクの行方を捜してたわけでしょう？　で、今度は殺人事件の捜査だっていうし、シルクが殺されたのかなって」

「誰に殺されると思うんですか？」

「知らないわよ、そんなこと」

沙緒里が新しいタバコに火をつける。タバコを持つ指が微かに震えていることに律子は気が付く。

「桐野令市という男を知っていますか？」

「きりの……？　いいえ、知らない」

沙緒里が首を振る。

「金村正彦は、どうですか？」

「知らないわ。本当よ。嘘じゃない」

「なぜ、鷺沢さんが失踪したのか、その理由を知っていますか？」

「シルクが失踪した理由？　知るわけがないでしょう」

沙緒里が激しく首を振る。視線に落ち着きがなく、やたらにタバコばかり吸う。盛んに貧乏揺すりをしたり、椅子に坐る位置を変えたりする。この落ち着きのなさは普通ではない、と律子も藤平も怪訝に思う。

「少し話を戻しましょう。石川さんは、鶴田美奈子さんに頼まれて、鷺沢さんに仕事を紹介した。その店が『キャットウォーク』ですよね？」

「ええ」

「石川さんが紹介した店を鷺沢さんは、ひと月くらいで辞めてしまった。腹が立ったでしょうね？」

「それは、そうですよ。親切で紹介してあげたのに、あっさり辞めちゃうんだから」

「マネジャーの中里さんに文句を言われたんですよね？」

「そう。こっちは大迷惑」

「それだけですか？」

「え？」

「親切で紹介してあげた……そうおっしゃいましたが、それだけではありませんよね？石川さんは中里さんから紹介料をもらうことになっていた。但し、それには条件があった。三ヵ月以上勤務して、なおかつ、出勤日が六〇日以上になることが必要だった。違いますか？」

「まあ、そうですけど」

「紹介料として、いくらもらえることになってたんですか？」

「そんなことまで……」

「お願いします」

律子が強い口調で言う。

「……………」

殺人事件の捜査だと聞かされてから、沙緒里はすっかり萎縮している。しばらく迷ったが、やがて、

「基本は三〇万です。シルクの売り上げが、店の設定した基準を上回れば、その売上高に応じて、もう少し増えることになってましたけど」

「ペナルティーもあったんじゃないですか？」

藤平が横から口を挟む。ネットでキャバクラの仕組みを熱心に調べたので、ちょっとした雑学が頭に入っているのだ。

「店とすれば、短期間で女性が辞めてしまうと、前払い金を持ち逃げされたり、いい客を連れて行かれたりするリスクがある。だから、あまりにも短期間で辞めた場合には紹介者がペナルティーを科されることがありますよね？」

「一五万」

「ペナルティーですか？」

「そう」

沙緒里が顔を顰める。

「トータルの勤務日数が二〇日以下だと、こっちが罰金を取られるの。冗談じゃないわ。せっかく紹介してやったのに、あっさり他の店に移るなんて」

「頭にきたでしょうね」

「そりゃあ、もちろん」

「鷺沢さんに文句を言いましたか？」

「え……。何で？」

「ペナルティーで一五万円も取られて頭に来たわけですから、文句のひとつくらい言いたくなるでしょう？」

「いや、別に……」

沙緒里が視線を逸らす。しまった、余計なことを口にしてしまった、と後悔しているような顔である。

「文句を言わなかったんですか？」

藤平が重ねて訊く。

「言ってませんけど」

「なぜですか？」

「だから、特に理由はないんだけど……」

「鷺沢さんは、石川さんが『キャットウォーク』に紹介してひと月にもならないうちに他の店に移ったわけですよね？　何という店に移ったんですか」

「だから、知りません」

「ねえ、石川さん」

律子が前屈みになり、真っ直ぐ沙緒里の目を見つめる。瞬きもしない。

「殺人事件の捜査だと言いましたよね？　口先でごまかせると思ってるのなら、大間違いよ。白《しら》を切って、後で嘘だとわかったら、ただじゃ済まないんですよ。ちゃんとわかってますか？」

「…………」

沙緒里が真っ青になり、ぶるぶると体が震え始める。

「どうせわかることなんだから、ここで正直に話した方がいいですよ。誰かを庇おうとしているのか、それとも、誰かを怖がっているのか、わたしにはわかりませんけど、ひとつだけはっきり言わせてもらいます。歌舞伎町のチンピラなんかより、警察の方がずっと怖いんですよ。よく考えて答えた方がいいですね。後悔したくないでしょう？」

「あのね……」

「はい？」

「わたしが言ったって、絶対にばらさないでくれる？　秘密にしてくれますか」

「…………」

律子と藤平がちらりと視線を交わす。なぜ、沙緒里がこれほど怯えているのか、その理由がわからないのだ。

「わかりました。秘密は守ります」

「本当？」

「本当です」

「ああ……」

沙緒里が深い溜息をつく。とんでもないことに巻き込まれてしまった、何でこんなことになってしまったのだろう、という顔をしている。絶望的な表情で唇を噛んでいるが、やがて、

「その店、シルクが移ったのは『プリンクラブ』という店ですよ」

腹を括ったように言う。

「『プリンクラブ』？　キャバクラですか」

律子が訊く。

「キャバクラというより、ガールズバーみたいな感じなのかな。どうなんだろう。女の子がお客さんの横に坐って接客するらしいから、やっぱり、キャバクラなのかな……」

「風俗っぽい店なんですか？」

藤平が訊く。

「お触りがあるかっていう意味ですか？　いいえ、そんな店じゃありませんよ。と言っても、店に入ったこともないし、わたしが知っているのは全部又聞きだから、どこまで正確かわからないんですけど」

「なぜ、鷺沢さんが『プリンクラブ』に移ったことを隠そうとしたんですか？」

「だって……」

沙緒里は周囲に視線を走らせながら声を潜める。

「あそこは、すごく怖い店だから」

「怖い？　何が怖いんですか」

「何がって……あそこにいる人たち」

「経営者ということですか？」

「経営してる人たちも、店にいる男の人たちも、とにかく、あの店に関わっている人たちは、みんな、すごく怖い」

「バックにヤクザがいる店ということですか？」

「ううん、ヤクザじゃない」

沙緒里が首を振る。

「じゃあ……」

「ヤクザより怖い連中という意味ですよ。だって、『キャットウォーク』の中里さん、背中に彫り物があるっていう噂だし、実際、あの店のバックにはヤクザがついてる。普通だったら、女の子の引き抜きなんか絶対に許さないはずなのに、相手が悪いから知らん顔をしたのよ。割を食ったのは、わたしだけ。ペナルティーで一五万だもん。だけど、誰にも文句なんか言えない。運が悪かったと諦めたの。変なことを口にして、それが、あいつらの耳に入ったら何をされるかわからないもん。お金より命の方が大事だから」

「どういう連中なんですか？」

藤平が訊く。

「よくわからない。これは本当よ。だって、誰もしゃべらないから。噂もしない。あいつらの耳に入ったら大変だって、みんな、わかってるのよ」

「殺人を厭《いと》わない集団ということですか？」

律子が首を捻る。

「そこまでは知らない」

沙緒里が慌てて否定する。

「だけど、たとえ命を取られなくても、顔を潰されたり、体を切られたり、腕や足を折られたり、恐ろしいことなんか、たくさんあるでしょう？　わたし、そんな目に遭いたくないし」

「いったい、どんな連中なんですか？」

「だから、それは……」

「どうせわかることですよ。教えて下さい」

「…………」

「あなたのことは守ります」

「本当に守れる？」

「ええ、わたしの命に代えても」

何の迷いもなく、律子がうなずく。

「『ジュピター』……」

「え？」

「あいつら、『ジュピター』と名乗ってる」

一八

藤平と律子は四谷で別れた。

鈴音が「キャットウォーク」から「プリンクラブ」に店を替わったことはわかったから、本当なら「プリンクラブ」に出向き、店の経営者やマネジャー、従業員や同僚から話を聞きたいところだったが、沙緒里の話では「プリンクラブ」のバックには暴力団からも怖れられるような凶悪な集団がついているという。そんな店に乗り込むには、もっと情報を集めてからの方がいいだろうと律子は判断した。

律子の自宅は世田谷区の若林《わかばやし》である。最寄り駅は東急世田谷線の西太子堂《にしたいしどう》だ。四ツ谷駅からだと四〇分弱しかかからないが、丸ノ内線、半蔵門線、世田谷線と何度も乗り換えるのが面倒だ。

永田町《ながたちょう》から半蔵門線に乗り、三軒茶屋《さんげんぢゃや》に向かっている途中、突然、

（飲みたい……）

という強烈な欲求がこみ上げてきた。

きちんと診断してもらったことはないが、律子は自分がアルコール依存症だと思っている。もちろん、職場の人間には秘密にしている。職場関係の飲み会にはなるべく参加せず、どうしても出席しなければならないときでも、酒を口にしないように心懸けてきたから、律子を下戸《げこ》だと思っている同僚は多い。

明確な統計はないだろうが、警察の関係者にはアルコール依存症患者が多いのではないか、と律子は疑っている。仕事はできるのに、酒で身を持ち崩し、家庭を崩壊させた同僚や上司を何人も見てきた。

律子の父・隆太郎も、そうだった。勤務先では真面目な堅物と見られていたが、ひどい

酒乱で、酒が入ると家の中で大暴れし、家族に暴力を振るった。定年退職後に中風が悪化したのも、重度の骨粗鬆症《こつそしょうしょう》で歩行困難に陥《おちい》ったのも、脳梗塞《のうこうそく》の発作で左半身が麻痺したのも、長期間にわたる過度の飲酒が原因だろうと律子は考えている。

警察官が酒に溺れやすいのは、仕事のストレスが他の職業に比べて大きいせいだろう、と律子は思う。仕事中、特に捜査が佳境に入り、犯人逮捕が迫ってくると、アドレナリンが出まくり、極度の興奮状態に陥ることが珍しくない。事件が解決し、アドレナリンの分泌が普通の状態に戻ると、そのギャップの大きさに戸惑い、自分をコントロールすることが難しくなり、己を制御するために、ついつい酒に頼ってしまうのだ。律子は、そうだった。仕事をしていないときは、常に酒を飲んでおり、アルコールが抜けるときがない、という状態だったのである。

景子との約束で酒を控えようとしたことはあるものの、飲みたくなると自分を抑えることができず、マンションの部屋のあちこちに酒を隠し、景子がいないときにこっそり飲んだ。その揚げ句、泥酔して景子に暴力を振るった。

景子は人相が変わってしまうほど顔が腫《は》れ上がったが、律子は自分が何をしたかまったく覚えていなかった。このままでは、そのうち取り返しのつかないことをしてしまうかもしれない、景子を失ってしまうかもしれない……そんな恐ろしさを感じ、律子は断酒を決意した。律子一人では不可能だったかもしれないが、幸い、景子がサポートしてくれている。そのおかげで今のところ酒とは縁が切れている。

しかし、アルコール依存症から完全に立ち直ったわけではない。何が引き金になるのかわからないが、突如として猛烈に酒が飲みたくてたまらなくなることがあるのだ。その衝動は何の前触れもなく発作のように起こる。今も、そうだ。

（やばい……）

喉の奥がひりひりと焼けるような感じがする。冷たいビールを飲んだら、どれほどうまいだろう、どれほど爽快な気分になれるだろうと考え始める。すると、頭の中に酒の映像が思い浮かび始める。口の中には酒の味が満ちてくる。これは危険な兆候だと律子にはわかる。妄想に身を委ねていたら、電車を降りた途端、ふらふらとコンビニに入り、酒を買い込んで、その場で飲み始めてしまうに違いない。

酒の映像を頭から追い払い、泥酔した翌朝に見た変形した景子の顔を思い出す。

（もう飲まない。二度とあんなことをしたくないから……）

両手を強く握り締め、律子は目を瞑る。呼吸が荒くなり、額に汗が滲んでいる。

一九

電話をかけるために、令市は店の外に出た。電話が終わって店に戻ると、ボックス席にいる鈴音はストローでオレンジジュースのグラスをかき回している。

「駄目だった」

令市が鈴音と向かい合って腰を下ろす。

「仕事中だから、今夜は会えないそうだよ。明日の昼なら会えるそうだ」

「うん。仕方ないよ」

鈴音がうなずく。

「今夜は、どこか安いホテルを探して泊まるか、それとも、ネットカフェかマンガ喫茶で夜明かしするか……」

「ホテルでいいよ。桐野君、疲れてるでしょう？　ちゃんとしたベッドで寝ないと疲れが取れないよ。わたしは、ソファで寝るから大丈夫」

「それで、いいの？」

「いいよ。いつもは令市君がソファで寝るけど、たまには、わたしがソファを使うから」

「もう一日くらい慎吾のところにいればよかったかな。せめて、次の落ち着き先を決めるまで。連絡すれば、すぐに受け入れてもらえるだろうと甘く考えてたけど、向こうには向こうの都合があるわけだしな」

「わたしは、あそこを出てきてよかったと思う。桐野君の友達を悪く言うつもりはないけど、女の人や子供を叩いたりするのはよくないわ。何とかしてあげられればいいけど、何もしてあげられないと、こっちが辛くなってくるし、胸が痛くなってしまうのよ」

「昔を思い出すから？」

「わたし？」

「うん」

「わたしは、お父さんからもお母さんからも叩かれたりしなかったのよ。叩かれたのは弟と妹。和俊と春香。特に和俊は口答えばかりして、よく逆らっていたから叩かれたり蹴られたりしてた。それを見て、春香が泣くと、春香も叩かれた」

「鈴音ちゃんは泣かなかったの？」

「わたしは……わたしは、石になったみたいに固まって、体が動かなくなってしまうの。声も出なくなるのよ。体から心が出て行って、ただの抜け殻になるみたいな感じ。でも、後になって思い出すと、ものすごく辛くて、胸が痛かった。夜、布団に入ってから、一人でずっと泣いた。声を出して泣くと叱られるから、声を出さないようにして泣いた」

「そうか。辛い思いをしたんだね」

「だから、大人が子供を叩くのを見るのが一番嫌いなの。恐ろしくて仕方ないの。逃げ出したくなってしまうのよ」

「じゃあ、やっぱり、出てきてよかったね」

「うん」

と、うなずいてから、鈴音は上目遣いに令市を見て、

「連絡を取った桐野君の友達だけど……」

「善樹だよ。前島善樹。正彦は死んでしまったし、慎吾の家からは出てきてしまったし、あと、おれが頼れるのは善樹しかいないんだ。たった三人しか友達がいないなんて変だと思うだろうけど、おれたち四人が事件を起こして捕まった後、それまで仲のよかった奴らは、みんな離れてしまったんだよ。まあ、その気持ちはわかる。誰だって、人殺しと付き合いたいなんて思わないだろうから」

「その人なんだけど……」

「うん？」

「誰かと一緒に暮らしてるの？」

「いや、一人みたいだよ。結婚はしてないし、一緒に暮らしてる女もいないみたいだった。もちろん、子供もいないだろうね」

「よかった」

鈴音が安心したように小さな溜息をつく。

「ただ、前に言ったけど、ちょっと癖のある奴で、正彦や慎吾とは違うタイプなんだ」

「怖い人なんでしょう？」

「仲間には親切で優しいけど、そうじゃない相手には冷たかったな。自分の敵なのか味方

なのかをはっきり区別するみたいなところがあった。おれが知ってるのは昔の善樹だから、今なら少しは変わったかもしれないけどさ」

「あまり会いたくないんでしょう？」

「え、何で？」

「だって、ずっと会ってないんでしょう？　もし会いたいような相手だったら、とっくに会ってるはずじゃないのかな。会いたくないから今まで連絡もしなかったんじゃない？」

「そうかもしれない」

令市がうなずく。

「別に嫌いだとか、そういうことじゃないんだよ。何て言うか、昔の仲間に会うと、その頃のことを思い出してしまうからね。思い出して楽しいことならいいんだけど……」

「でも、金村君に連絡するときは、そんなに迷わなかったわ。むしろ、嬉しそうだった」

「正彦とは一番仲がよかったから」

「永島君のときも、そう」

「慎吾は、ああいう奴だから、こっちが頭を下げて頼めば、きっと簡単に承知してくれると思った」

「前島君は、そうじゃないのね？」

「鈴音ちゃんは鋭いなあ」

令市が苦笑いをし、ふーっと小さな溜息をついてから、

「その通りだよ。善樹は、正彦や慎吾とは違うんだよ。できれば会いたくはないね。おれたちは四人でひどいことをしたし、その罪を背負って生きていかなければいけないと覚悟してるし、その罪を誰かのせいにしようとも思わない。だけど、あのとき、あそこに善樹がいなければ、人殺しまではしなかったんじゃないか、せいぜい、相手に怪我をさせて、金を盗んで逃げるくらいで済んでいたんじゃないか……そんな気がするんだ」

「やっぱり、怖い人なんだね」

「うん、怖い奴さ。だけど、頼るしかないよ。どんなに怖い奴でも友達なんだし、あいつらとは違うからね」

令市が両手で自分の頭を抱え、うつむいて目を瞑る。鈴音の言うように疲れを感じる。何も考えず、何も心配せず、ただ、ゆっくり眠りたいと思う。

「本当は警察に行った方がいいんだよね？」

鈴音の声が震えている。

令市がハッとして顔を上げる。目に涙を溜めて、鈴音がじっと令市を見つめている。

「うん、まあ、それは……」

「わたしも考えてるの。それがいいとわかってるの。そうすれば、もう桐野君に迷惑をかけなくて済むわけだし、会いたくない人に会わなくても済むでしょう。ちゃんと考えてる

んだけど、どうしても怖いの。あいつらも怖いけど、警察も怖いの」

「鈴音ちゃんの気持ちは、わかってるつもりだよ。だから、そんなに悩まなくていいさ。とりあえず、今夜は、ここで飯を食って、どこか安いホテルを探して泊まればいい。あまり先のことを考えても仕方ないから、今日のことだけ考えよう。明日のことは明日になったら考えればいいさ」

「ごめんね、桐野君」

「大丈夫。どんなところにも道はあるし、どんなに狭くても門がある。そんなことが聖書に書いてあった」

令市が笑うと、鈴音も口許に笑みを浮かべ、指先で涙を拭う。

二〇

「しばらく帰ってないようだな」

政岡伸也が言うと、

「ああ、そうらしい」

池田義彦がうなずく。

二人とも鼻に大きな絆創膏《ばんそうこう》を貼っている。京介にパターで殴られて、骨が折れたのだ。

令市と鈴音が警察に駆け込む前に、二人の身柄を確保しろ、と京介から厳命されている。万が一、しくじったら命がないぞ、とも言われている。それがただの脅し文句でないことを二人は知っている。京介は顔色ひとつ変えずに平気で人を殺せる人間なのである。だから、二人は必死だ。自分たちの命がかかっているのだから、必死にならざるを得ないのである。

初めのうちは令市と鈴音のアパートを見張ったり、実家の様子を探ったりしていたが、そんな手緩《てぬる》いやり方では駄目だと判断し、もっと強引なやり方をすることにした。法を破るようなことをしてでも何とか手がかりをつかみたいと考えたのだ。警察に捕まるリスクはあるが、警察よりも京介の方が恐ろしいのである。

最初に鈴音のアパートに行くことにした。部屋を見張るためではなく、部屋に侵入するためだ。玄関の鍵を壊して部屋に入った。何か、鈴音の行方を知る手がかりはないものかと念入りに家捜《やさが》しした。

大して役に立ちそうなものは見付からなかった。弟の和俊から届いた手紙があった。お金を送ってほしいと頼む内容だ。住所も書いてあったが、池田も政岡もすでに知っている。だから、実家まで見張ったのだ。「プリンクラブ」では、女の子を雇い入れるとき、その身元をかなり念入りに調べる。本人のことだけでなく、家族のことも調べるのだ。普通、水商売では、そこまではしない。「プリンクラブ」が普通ではないということだ。

「プリンクラブ」は悪質なぼったくりバーで、法に触れる強引なやり方で客から大金を毟《むし》り取る。時には、目を覆いたくなるようなやり方もするので、気の弱い女の子がビビって逃げ出すこともある。そんなとき、女の子の弱味を握っていれば、警察に通報される怖れがない。おまえだけじゃない、家族もただじゃ済まないからな、と脅せば、誰でも口を閉ざすものである。そのために調べるのだ。

「パン屋は、どうかな？」

「家に戻ってないのに仕事に行くか？」

二人は鈴音が古川ベーカリーに勤務していることも知っている。

「じゃあ、あの学校は？」

「まあ、一応、確かめた方がいいだろうな」

鈴音が下総室町学園の出身ということまでは調べがついている。もっとも、どういう事情で学園で暮らすようになったか、ということまでは、さすがに調べていない。

「あまり親しい友達もいないようだ」

「男だろう」

「桐野か？」

「そうだ。あの野郎、見付けたら、ぶっ殺してやる。なめた真似をしやがって」

スキンヘッドの池田の顔が怒りで赤く染まる。

「じゃあ、桐野の部屋に行くか。ここには手がかりはないようだぜ」

「そうだな」

二人は、鈴音の部屋を出て、杉並にある令市のアパートに向かうことにする。


一時間後……。

池田と政岡は令市の部屋に侵入した。安普請の古ぼけたアパートだから、鍵もちんけで、簡単に壊れた。その気になれば、誰でも容易に忍び込むことができそうだが、こんなアパートに住んでいるのは貧乏人ばかりで、盗みに入ったところで、金目のものなど、ろくに見当たらないであろう。

六畳と四畳の部屋に、狭い台所と狭い風呂がついている。埃っぽくて狭苦しい部屋だが、それほど窮屈な感じがしないのは荷物が少ないせいだ。

六畳間にはテレビとテーブルがあるだけだし、四畳間には布団が敷きっぱなしになっているだけだ。それ以外の家具といえば、プラスチック製の衣装ケースが何個か、部屋の隅に積み上げられているのが目に付く程度である。家電にしても、テレビの他には冷蔵庫と電子レンジがあるだけだ。

何もないので、家捜しも時間がかからない。二人がかりで三〇分も調べると、もう調べるところがなくなってしまう。

「何もないじゃねえか。どんな暮らしをしてやがるんだ？」

政岡が首を捻る。

「あいつの家族は、どこにいるのかわからなかったんだよな？」

池田が訊く。

「そう、わからなかった。もっと金と時間をかけて調べればわかっただろうけど、ボーイにそこまでやる必要もないからさ」

「ああ、そうだな」

ボーイの身元は女の子の身元ほど念入りには調べない。なぜなら、ボーイの場合、入店した日から、ぼったくりの片棒を担がされる。つまり、共犯になるから、警察に駆け込んだりすれば、自分も罪に問われることになる。それに女の子と違って、ボーイは、いくらでも替えが利くのだ。

「もう帰るか。無駄足だったな」

政岡がぼやく。

「簡単に言うな。帰るのはいいが、それから何をする？　何も手がかりが手に入らなかったら、今度こそ、おれたち……」

「命がない、か」

政岡が溜息をつく。

「考えるんだよ。頭を使うんだ。何かあるはずだぜ。あんな奴らが、そう長く逃げていられるはずがない。だってよ、そんなに親身にかくまってくれる人間が何人もいるか？　頼りになる人間が周りに何人もいるなら、そもそも、うちで働こうなんて考えないだろう。誰も頼りにならないから、金ほしさにやばい仕事をしてたわけだろう。おれは、そうだったぜ。できることなら、真っ当な仕事をしたかったけど、そんなのは無理だった」

「確かに、そうだな。おれも、そうだ」

「何かあるはずだ……」

池田が大きく息を吐き、腕組みして思案する。

ふと、政岡が、

「この部屋の保証人は誰なんだろう？」

と口にする。

「保証人？　親とか兄弟じゃないのか」

「だけどさ、桐野の家族は、どこにいるのかわからなかったんだぜ。そんな家族が保証人になるかな」

「ああ、そうか……」

池田がハッとする。

「家族以外の誰かが保証人になっていれば、何か困ったことがあったとき、桐野は、その誰かを頼るだろうな」

「そういうことさ」

「だけど、保証人って、どうやって調べればいいんだ？」

「やっぱり、不動産屋に訊くのがいいのかな」

「不動産屋がこのボロアパートの大家ってことか？」

「おれに訊かれてもなあ」

「それじゃ、わかる奴に訊くか」

「誰に？」

「このアパートに住んでる奴なら知ってるだろうさ」


池田と政岡は令市の部屋を出る。

隣の部屋は真っ暗だ。表札も出ていない。留守なのか、それとも空き部屋なのかわからない。その隣の部屋には表札が出ていたが、部屋の中が暗い。チャイムを押しても、ドアをノックしても応答がないから留守なのであろう。

更にその隣の部屋は、表札は出ていないが、窓から明かりが洩れている。チャイムを押すが、応答がない。ドアをノックする。しつこく、ノックを続けると、部屋の中で人の動く気配がして、

「誰?」

だるそうな男の声がする。

「宅配です」

政岡が怒鳴りながらドアを叩き続ける。

「何で、そんなに乱暴に叩くかなあ……」

ドアが押し開けられる。

政岡と池田がドアを引っ張り、玄関に入り込む。

眼鏡をかけた小太りの若い男が政岡にぶつかって尻餅をつく。

「何をするんだよ、まったく。最近の宅配は……」

「おい、この野郎」

政岡が男の胸ぐらをつかんで立ち上がらせる。

「このアパートに入るには保証人が必要だな?」

「は? 何を言ってるんだ? さっさと荷物を寄越せ……」

背後から池田が一歩踏み出し、男の腹に拳骨《げんこつ》を叩き込む。男は、うげっ、と声を発し、顔を歪める。

「質問してるのは、こっちなんだよ。余計なことを言うんじゃねえ。わかったか?」

「あ……」

「わかったかと訊いてるだろうが」

池田が男の横っ面をビンタする。

「わかったか？」

「は、はい」

鼻血を流しながら、男がうなずく。

「で、質問だ。このアパートに入るには保証人が必要だな？」

「はい、そうです。保証人が必要です」

「それは不動産屋でもわかるのか？」

「不動産屋に行けばわかるでしょうし、大家に訊いてもわかると思います」

「大家？　どこにいるんだ」

「このアパートの、すぐ先にある理髪店のマスターが大家ですけど」

「何ていう理髪店だ？」

「バーバー坂上《さかうえ》です」

「本当だな？」

「本当です」

「てめえ、嘘だったら戻ってくるからな」

「う、うそなんか何も……」

「本当なら、それでいいんだよ。余計なことは何も言うな。おれたちのことは忘れろ。いいか？」

「…………」

「返事」

「はい、わかりました」

「それでいい」

池田と政岡はその部屋を出ると、男に教えられた理髪店に行く。

そこで店主を呼び出し、桐野が店の金を持ち逃げしたので捜している、桐野の保証人を教えろと迫った。店主はすぐには承知しなかったが、アパートの男と同じように、いくらか手荒い対応をされると、すっかりビビってしまい、大慌てで保証人を教えた。

宇津井祥雄《さちお》、すなわち、宇津井神父である。

二

ドアを開けて、警視庁と新宿署の捜査員たちが「プリンクラブ」に入ってきても、ボーイもホステスも客たちも、さして驚いた様子はなかった。

それも当然で、捜査員たちがやって来ることを事前に知らされていたからである。

ボーイとホステスは、ごく普通に仕事をしていろ、と指示された。「ごく普通に」というのは、つまり、他の一般的な店でやっているように接客していろ、という意味だ。それは「プリンクラブ」では当たり前のこととは言えない。この店で当たり前のことと言えば、水で薄めた安い酒を法外な値段で客に出したり、小皿の柿ピーをお通しとして五千円で出したり、客が頼んでいない酒や料理を勝手に伝票に書き込んだり、請求金額を聞いて腹を立てた客を奥の小部屋に連れ込んで暴行したり、というようなことなのである。

スーツ姿の客たちは、ホステスたちと談笑しながら、おとなしく酒を飲んでいる。

実は、彼らは、サクラである。

数時間前、新宿署の生活安全課に所属する刑事から、諸星孝一に電話がかかってきた。うちと本庁の捜査員が店に行くから、今夜はヤバいことはしない方がいいぞ、と忠告する内容だった。

今夜はガサ入れではなく、ある事件に関わっていると思われる男について話を聞きに行くだけだが、その事件は殺人だというし、その男というのは、どうやら「プリンクラブ」のボーイらしいから、用心した方がいい、というのである。その刑事には、月々、情報提供料を支払っている。その見返りとして、ガサ入れを事前に教えてもらえるし、客が被害届を出したりすれば、その内容を連絡してくれたりもする。

諸星はすぐに京介に知らせた。二人で相談し、その刑事の忠告に従うことにした。

客たちは、ボーイやホステスの知り合いである。

柏原が経営している渋谷と池袋の店からもボーイを何人か呼んだ。

そこまで周到に準備した上で、捜査員たちの来訪を待ち構えていたのだから、ごく真っ当な店に見えるのも当然なのであった。

「あ、どうも、菅野《すがの》さん」

店の奥から諸星が出てきて、顔見知りの刑事に挨拶する。新宿署の刑事課に所属している中年の巡査長である。

「池田は？」

「ちょっと体調を崩して休んでます」

「政岡は？」

「あいつは有休です」

「店長も副店長も休みかよ」

菅野が舌打ちする。

「お話なら、わたしが伺いますが」

「…………」

菅野がちらりと横を見る。警視庁の捜査員たちだ。一人は捜査一課強行犯三係の巡査部長・芹沢義次《よしつぐ》で、もう一人は、同じく三係の巡査部長・新見学《にいみまなぶ》だ。

芹沢が軽くうなずくと、

「桐野令市という男がここで働いているな？」

菅野が訊く。

「はい。うちのボーイですが」

「今、いるか？」

「いいえ、桐野は今月になってから一度も出勤してません」

諸星が首を振る。

「一度もだと？」

芹沢が口を開く。

「理由は？」

「わかりません。連絡も取れませんし……」

「それで？」

「それで、とおっしゃいますと？」

「従業員が三週間以上、無断欠勤しているわけだろう？　部屋に様子を見に行くとか、実家と連絡を取るとか、そういうことはしてないのか、という意味だよ」

「何もしてません」

「なぜだ？」

「この商売では、ボーイやホステスが突然いなくなるというのは大して珍しくないからです。手間をかけて捜すより、次を見付ける方が簡単なんですよ。それに桐野は、まだ正式に採用したわけではなく、見習い期間でしたから手間暇かけるだけ無駄です」

「親しくしていた者はいるか、ボーイでもホステスでも？」

「いないと思いますが……」

「あんたではなく、直にあの人たちから話を聞きたいんだけどな」

芹沢がボーイやホステスたちの方を顎でしゃくり、

「話を聞いてもいいかね？」

「ええ、もちろん、構いません」

諸星がうなずく。

当然ながら、そういう展開を予想していたから、鈴音や令市に関して警察から何か質問されても、自分たちは何も知らない、と答えるように命じておいたのだ。だから、彼らは余計なことは何もしゃべらないはずであった。それに、実際のところ、令市や鈴音と親しくしていた者などいないのだ。二人が逃げた後、池田や政岡と共に諸星が彼らを追及したから、よくわかっている。

「正式な採用でなくても、雇うときには履歴書くらいもらっただろうな？」

「事務所にあるはずです」

「見せてもらおうか」

諸星は芹沢たちを事務所に案内し、令市の履歴書を差し出す。

芹沢は受け取った履歴書をちらりと見ると、コピーを取らせてもらうぞ、と言う。

「差し上げますよ。うちには、もう必要ありませんから」

諸星が肩をすくめる。

芹沢は履歴書を新見に渡す。ざっと見ただけだが、すでに調べがついていることしか書いていないとわかる。大して役に立たないということだ。

それから、一時間ほどかけて、ボーイとホステスを順繰りに事務所に呼んでもらい、令市について話を聞いたが、何ら有益な情報を手に入れることはできなかった。話を聞いている間、新見が手帳を開いてメモの用意をしていたが、メモしなければならないようなことは何もなかった。

「桐野から連絡があったら、すぐに知らせてくれないか。それ以外にも何も思い出したことがあれば連絡してほしい」

芹沢が名刺を差し出すと、

「わかりました。必ず連絡するようにします」

恭《うやうや》しい態度で、諸星は名刺を受け取る。

「忘れるなよ。大事なことだからな」

菅野が念押しする。

芹沢たちが引き揚げると、

「馬鹿どもが」

諸星が事務所の椅子に坐り込み、机の上に足を投げ出す。

「捜査一課、芹沢義次か。ふんっ、冴えない中年親父だぜ……」

名刺を見ながら、つぶやく。

携帯を取り出し、京介に電話をする。

「今し方、警察が帰ったよ。何も問題ない。打ち合わせた通りさ。うまくいった……。いや、あいつらが訊いたのは桐野のことだけだった。夏美のことは何も訊かれなかった……。警察が桐野の行方を追ってるのは、うちとは何の関係もない事件についてらしいけど、その事件というのが殺人だっていうからなあ……。詳しいことは聞けなかった。その事件に夏美が関わっているのかどうかもわからない……。池田と政岡からは、まだ連絡がないよ……。もちろん、何かわかったら、すぐに知らせる」

諸星は電話を切ると、ふーっと大きく息を吐き出す。京介とは長い付き合いだが、今でも京介と話をするときは、特に京介の気に入らない話をするときは、かなり緊張する。怒りに火がつくと何をするかわからない男だとわかっているからだ。京介の怒りを買ったために、京介の暴力の餌食《えじき》になり、病院送りにされた者は数え切れない。命を奪われた者も何人かいる。そのほとんどの現場に諸星は立ち会っている。だからこそ、京介を恐ろしいと思うのだ。電話の向こうで、次第に京介の機嫌が悪くなってくるのを、諸星は察した。今頃は部屋で暴れているのではないか、と想像する。その場にいなくてよかった、と本心から思う。

二二

律子の全身からは汗が噴き出している。

二〇分ほど軽くストレッチをして体をほぐした後、ジムにあるマシンを使って、体の様々な部位の筋肉に負荷をかける。マシントレーニングを四〇分して、それから、エアロバイクを三〇分漕《こ》ぐ。最後の仕上げがランニングマシンだ。時速一五キロの速さで三〇分走るのである。

マシントレーニングで全身が汗ばみ、エアロバイクで汗が流れ出した。今は汗が滝のように流れ落ちている。体中の汗を絞り出そうとでもするかのように、律子は一心不乱に走り続ける。

ランニングマシンが止まる。タオルで顔の汗を拭いながら、律子はランニングマシンから降り、ジムの隅にあるベンチに腰を下ろす。ペットボトルのスポーツドリンクを手に取って飲み始める。喉を鳴らしながら、一気に飲み干してしまう。生き返るような気持ちになり、全身に充実感が満ちてくる。アルコールを飲みたいという欲求は心の中から消えている。

二三

一〇月二五日（木曜日）

最近、目覚めが早い。

と言うか、よく眠ることができない。

なかなか寝付くことができず、ようやく眠気が訪れても、その眠りは浅く、何かの拍子に意識が覚醒してしまう。それが真夜中だと、起きるには早すぎるから、また眠ろうとするが、やはり、なかなか眠気は訪れてこない。そんなことを繰り返していると、起きているのか眠っているのか、まだ起きていて考え事をしているのか、それとも、もう眠っていて夢の中で考え事をしているのかわからなくなってしまう。

夜が明けると、自然に目が開くものの、まったく疲れは取れない。かなり睡眠は不足しているだろうと思う。起きてからしばらくは頭の中がぼーっとしているし、頭痛もする。顔色も悪く、目の下には濃い隈《くま》ができている。神経がすり減り、体調も悪化しているのがわかる。日々、寿命を削っているようなものなのだろう。

だが、それでも、別に構わない。長生きすることなど望んでいない。

おれの望みは、一日も早く、芙美子と俊也の元に旅立つことだからだ。

もちろん、今すぐというわけにはいかない。芙美子と俊也の命を奪った連中を、この世に残していくことなどできない。地獄への道連れにしてやるのだ。

すでに二人は殺した。金村正彦と永島慎吾を一足先に地獄に叩き落としてやった。

金村は闇金を営んで弱い者を苦しめている悪党だったし、永島も似たようなものだ。自分の犯した罪をろくに反省もせず、朝からパチンコ屋に入り浸り、同居している女と子供に暴力を振るっていた。まさに、クズだ。永島を絞め殺すことに、おれは何のためらいも感じなかった。今もまったく後悔していない。

以前は週に一度くらいの割合で染井霊園に墓参りに出かけていたが、最近は、三日に一度は行くようになっている。他にすることもないのだ。

今日、墓参りに行くと、墓の周りがきれいだった。供花もあった。誰かがやって来たのだろうか。墓参りに来て、掃除までしてくれそうな人の心当たりはない。首を捻りながら、ざっと掃除をした。最初からきれいだったので、すぐに終わる。

墓の前にしゃがみ、おれは二人に話しかける。

「もうすぐだぞ。もうすぐ会える。待っていてくれよ……」

残っているのは、あと二人だ。

前島善樹、桐野令市。

まだ二人の居場所はわからないが、すぐにオペレイターが教えてくれるだろう。居場所さえわかれば、こっちのものだ。

オペレイターとの約束さえ果たせば、おれは間違いなく二人を殺すことができるはずだ。四人を殺したとき、おれの命も終わる。警察から逃げ回るつもりもないし、おとなしく捕まって刑務所に入るつもりもない。自分の始末は、きちんと自分でつけるつもりでいる。それは自分の罪を償うということでもある。たとえ相手がクズだとしても、それでも人の命を奪うのは罪深いことである。その罪から逃げるつもりはない。自分の命で、その罪を贖うつもりでいる。

とうの昔に覚悟を決めているから、おれは何も怖くないし、心に何の迷いもない。

墓の前にいると落ち着く。

できることなら、ここで眠りたいくらいだ。きっと、よく眠れるに違いない。

二四

第三係。

朝礼が終わると、電話が鳴る。

片桐《かたぎり》みちるが電話を取る。保留ボタンを押し、

「係長、篠原《しのはら》理事官からです」

「ん」

森繁係長が電話に出る。

「森繁です……」

篠原の話をしばらく聞いて、

「了解しました。すぐに行かせます」

と電話を切る。

「淵神君、藤平君、大部屋に行ってくれ。篠原理事官が待ってる」

「え、理事官が？」

藤平が怪訝な顔になる。

「何か、二人でヘマなことでもしたんかな？　大部屋から地下の第三係に飛ばされて、ここでも問題を起こしたら、もう次はないんやでぇ」

板東が笑う。

「係長、どういうことなんですか？」

円が訊く。

「わたしにもよくわからない。すぐに二人を寄越すように命じられただけでね」

「藤平、行こう」

律子が椅子から腰を上げる。


二人が大部屋に行くと、篠原理事官と話していた大石《おおいし》管理官が、

「おお、こっちだ」

と手を振る。

四人は応接室に入る。

そこに芹沢と新見もやって来る。六人がソファに坐る。

「二一日、日曜日の夜だが、金村正彦という闇金業者が笹塚のマンションで殺害された。知ってるよな?」

大石管理官が訊く。

「はい」

律子がうなずく。

「殺害現場から、何人分かの指紋を採取した。桐野令市と鷺沢鈴音の指紋もあった。この二人、知ってるよな?」

「はい」

「金村が殺害される以前から、おまえたちは鷺沢鈴音の行方を追っていただろう？　なぜだ？」

横から篠原理事官が口を挟む。

「それは……」

板東に頼まれて鈴音の行方を追っていたことを、律子は正直に説明する。別に隠すようなことではない。

「何か手がかりはつかんだのか？」

「パン屋の仕事をしながら、週末、水商売のアルバイトをしていたことまでは突き止めました」

「どうやって知った？」

「同僚の女性からです」

「何だと？」

芹沢が舌打ちする。

「くそっ、おれたちにはそんなことは何も言わなかったのに」

「………」

芹沢の顔を見て、なぜ、自分たちが呼ばれたのか、律子にはわかった。

芹沢と新見は、鈴音について調べるために下総室町学園や古川ベーカリーに足を運んだのに違いない。そこで、すでに警視庁の刑事さんたちにお話ししました、とでも言われたのであろう。その刑事さんたちというのが律子と藤平なのだ。

「桐野が金村を殺したんですか？」

藤平が訊く。

「容疑者の一人には違いないが、まだ指紋以外の証拠はないから、犯人なのかどうか何とも言えない。ゆうべ、別の事件が起こった。大塚の都営住宅で永島慎吾という男が絞殺された。その現場からも桐野令市と鷺沢鈴音の指紋が検出された。もっとも、指紋がなくても、永島と暮らしていた女が二人の写真を見て、その二人に間違いないと確認したんだが。ちなみに桐野の写真は少年院に入っているときに撮ったものだ。金村正彦、永島慎吾、桐野令市、それにもう一人、前島善樹という仲間がいて、四人は中学の同級生なんだが、一三歳のときに殺人事件を起こしている。金を盗むために忍び込んだマンションで三〇代の主婦と一歳の長男を殺した。一年ほど前に四人は少年院を出た。四人の仲間のうち、二人が殺されて、その殺害現場には桐野の指紋が残っていた。うちとしては、一刻も早く桐野を見付けたいわけだ。鷺沢鈴音は、桐野と行動を共にしているようだから、鷺沢鈴音の情報もほしい。鷺沢鈴音の行方を追うことが、桐野令市の居場所を知ることになるからだ。おれの言いたいこと、わかるよな？」

大石管理官が律子と藤平の顔を順繰りに見遣る。

「鷺沢さんは『キャットウォーク』というキャバクラで夜のバイトを始めましたが、ひと月ほどで辞め、すぐに別の店に移っています。同じ新宿にある店で『プリンクラブ』というらしいのですが……」

律子が言うと、

「何だと？」

芹沢の顔色が変わる。

「どうした？」

大石管理官が訊く。

「その『プリンクラブ』って店ですよ、桐野がボーイをしてたのは。ゆうべ、店に行ってきました」

芹沢が答える。

「え」

律子と藤平が同時に声を発する。

「繋がったな、桐野令市と鷺沢鈴音は同じ店で働いていた。同じ時期に行方をくらまし、その後、ふたつの殺人事件に関わっている。二人揃《そろ》って重要参考人ということだな。淵神と藤平は、しばらく芹沢たちと行動を共にしろ。おまえたちは、ずっと鷺沢鈴音を追ってきたわけだし、芹沢と新見は桐野令市を追っているところだ。お互いの情報をすり合わせれば、少しは捜査の役に立つだろう。森繁さんには話を通してあるから、このまま外回りに出ても構わんぞ」

篠原理事官が言う。

「お言葉ですが、この二人は別に必要ないんじゃないですかね。情報さえ、こっちに渡してもらえれば……」

芹沢が抵抗する。

「おい、何を言ってるんだ？　桐野と鷺沢の関係すらつかめなかったくせに、偉そうなことを言うな。おまえらが不仲なのは知ってるが、そんなことは捜査には何の関係もない。文句があるなら外すぞ。どうなんだ？」

「いいえ、何もありません」

「それでよし。きちんと話し合って、すぐにでも捜査を始めろ」

篠原理事官が立ち上がる。

二五

篠原理事官と大石管理官が応接室から出て行くと、後には、律子、藤平、芹沢、新見の四人が残される。

「長いものには巻かれろ、か」

芹沢が舌打ちする。篠原理事官の口癖であり、処世訓でもある。上の者に対しては絶対的なイエスマンだが、下の者には滅法強い、というのも篠原理事官の特徴である。警察官として大した実績もないし、さほど優秀なわけでもないが、己の処世訓を徹底することで上司からかわいがられ、今では捜査一課のナンバーツーにまで登り詰めている。

「仕方ないです。指示を拒否すれば、捜査から外されますし、根に持つタイプだから、次の異動で所轄に行かされてしまいます」

新見が生真面目な顔で言う。

「ふんっ、指示には従うさ。おれだって所轄に飛ばされるのは、ごめんだからな」

芹沢がじろりと律子を睨む。

「おい、そっちの手札を全部出せや」

「さっき話したことがすべてです。何も隠してませんよ」

律子が答える。

「鷺沢鈴音が『プリンクラブ』で働いてたってことか？」

「ええ」

「信じられねえ」

芹沢が両手を大きく広げて溜息をつく。

「それで全部かよ。何が情報のすり合わせだよ。笑わせるぜ」

「そっちは、どうなんですか？　わたしたちの知らない情報を持ってるんですか」

「例えば？」

「桐野令市は中学生のとき、四人で殺人事件を起こしたと大石管理官が話してたじゃないですか。そのうちの二人が殺されて、桐野は逃げている。あとの一人は、どうなってるんですか？」

「ああ、前島善樹な。今、所在地を確認中だよ」

芹沢が面倒臭そうに答える。

「ということは、わかってないわけですね？　どこに住んでいるか、どこで働いているか……」

「今は桐野を見付けることが最優先だからな。前島は殺人事件の容疑者ってわけでもない」

「これまでの流れを考えれば、次に狙われてもおかしくないじゃないですか？　それなのに、悠長なことをしていていいんですかね」

「おれは理事官でも管理官でもないんだよ。上から指示されたことをやってるだけだ。文句があるなら、上に言えよ」

「桐野たち四人によって命を奪われた母子ですが、その身内に関しては、どうなんですか？　復讐という線も考えられますよね」

「それも確認中だな」

「随分のんびりしてるんですね」

「嫌味か。勝手に言え。四人が少年院を出た後、たぶん、一年くらいは保護観察官が定期的に面談して、住む場所とか仕事のこととか、いろいろ相談に乗っていただろうから、所在地を調べるのは簡単だったろう。しかし、今は違う。どこにいるのか、わからないんだよ。親や兄弟と連絡を取り合っていれば何とか調べようもあるが、あの四人は、親兄弟とは絶縁状態だ。だから、前島善樹がどこで何をしているのか、警察でさえ、そう簡単に調べがつかない。それなのに、素人が突き止められると思うか？　被害者の身内っていう線は考えなくていいんじゃないのか。ふたつの現場に桐野の指紋が残ってたんだから、素直に桐野が犯人だと考えればいいのさ。桐野が第一容疑者だ。理事官や管理官も、そう考えてるはずだぜ」

「わかりました。『プリンクラブ』について教えて下さい」

「そっちの方が詳しいんじゃないのか？」

「わたしたちが知っているのは、そこで鷺沢さんが働いていたということだけですよ。『ジュピター』については、何か知ってますか」

「…………」

目を細めて、芹沢がじっと律子を見つめる。

「何ですか？」

「知ってるじゃないか」

「は？」

「なぜ、『ジュピター』を知ってる？　いい加減、正直に話したらどうなんだよ」

「名前しかわからないんですよ。鷺沢さんが『キャットウォーク』から『プリンクラブ』に移ったことを知って、『プリンクラブ』について調べていたら、その名前だけがわかったんです。ヤクザからも怖れられている集団だと聞きました。その名前を教えてくれた人も、すごく怖がっていて、それ以上、詳しいことは何も話そうとしなかったんです」

「店には行ったのか？」

「いいえ、まだです」

律子が首を振る。

「下調べしてからの方がいいかと思って……。新宿署には何人か知り合いがいますから」

「じゃあ、手間が省けたな。おれたちも新宿署の刑事から話を聞いた」

おい、教えてやれ、と芹沢が新見を促す。

「いいんですか？」

「隠すようなことでもないからな」

「わかりました……」

新見が手帳を開いて、「ジュピター」について説明を始める。

トップが柏原京介、ナンバーツーが諸星孝一。

「ジュピター」の構成員は若者ばかりだ。七割が二〇代で、あとは一〇代である。最年長の京介ですら三〇歳である。

元々は暴力的な若者の集団に過ぎなかった。普通、そういう集団は、リーダー格の若者たちが社会人になる頃に消滅するか、暴力団の下部組織として吸収されてしまう。

しかし、「ジュピター」は、そうはならなかった。

暴力団の傘下《さんか》に入ることもなく、自然消滅することもなく、独自の道を歩んで生き長らえることに成功した。

当初は、盗品や違法薬物の売買を資金源にしていたが、まとまった資金が手に入ると、京介は新宿に店を開いた。それが「プリンクラブ」である。

違法行為で稼ぐだけでは、そのうち行き詰まると見越して、「ジュピター」を会社組織にしたのである。構成員を社員にして、きちんと給料も支払った。構成員の生活を安定させることが組織の強化に繋がると京介は考えたのだ。

女の子の質の高さと濃厚なサービスが評判になり、「プリンクラブ」は、すぐに人気店になった。その儲けで、京介は渋谷や池袋にも進出し、キャバクラや風俗店を開いた。

もちろん、いくら人気店になったとはいえ、真っ当に商売しているだけで、短期間に姉妹店を出せるほどの儲けを出すことなどできるはずがない。ぼったくりまがいのことも平気でするし、女の子に酔った客の財布からクレジットカード情報を盗むようなこともさせる。

つまり、飲食店経営を表看板にしながら、その陰では依然として犯罪行為に手を染めていたわけである。ただ以前ほど露骨なやり方をしなくなったというだけのことだ。

新宿には、様々な犯罪組織が根を張って、自分たちの縄張りを守っている。何の挨拶もなしに新参者が飲食店や風俗店を出すことなど不可能で、そんなことをすれば、ただでは済まない。

当然ながら「プリンクラブ」が営業を始めると、すぐさま、その近辺を縄張りにしている暴力団が接触してきて、毎月、売り上げに応じた上納金を出すように迫ってきた。関西系の広域暴力団の流れを汲む、五〇人ほどの構成員を持つ中堅クラスの暴力団である。その要求を、京介は拒否した。

すぐさま嫌がらせが始まり、構成員たちが客として来店し、店で大暴れするようなことをした。

その翌日、その暴力団の事務所にガソリンが撒かれ、火をつけられた。死者は出なかったものの、何人かの構成員が大火傷《おおやけど》を負って病院に運ばれた。

その夜、暴力団の若頭が拉致《らち》された。二日後、組長のもとにクール宅配便が送られてきた。保冷パックの中には人間の心臓と眼球、それに指輪のはまったままの指が一本入っていた。その指輪は若頭のものだった。

それは京介からの無言のメッセージで、次は、おまえをやるぞ、という組長に対する恫《どう》喝《かつ》だった。

「プリンクラブ」への嫌がらせは収まり、京介が上納金を差し出すこともなかった。京介が渋谷や池袋に店を出したとき、地元の暴力団から嫌がらせを受けたり、上納金を要求されたりしなかったのは、新宿の一件が知れ渡っていたからだと言われている。

「そんなところですかね」

新見が手帳を閉じる。

「事務所にガソリンが撒かれたのは本当だ。新聞にも載ったからな。ただ、その後のことは、どこまでが本当かわからない。信憑性《しんぴょうせい》のある噂っていう感じだな。その組長が心臓や指を警察に持ってきたってわけじゃないからな。あくまで噂に過ぎないが、若頭は行方不明になっちまった。おれたちに教えてくれた新宿署の刑事は本当だと信じてたな。本当のことだから、ヤクザでさえ、『ジュピター』とは関わろうとはしないってことなんだろう。相手をへこませるためなら、どんな汚いことでもするらしい。これも噂だが、渋谷だったか池袋だったかに出て行ったとき、因縁《いんねん》をつけてきたヤクザの娘をさらったそうだ。

小学生の娘だぜ。何をしたのかは知らないが、相手は『ジュピター』の言いなりになったんだろうよ。まあ、その娘は行方不明にはならなかったそうだが」

芹沢が言う。

「警察沙汰にはならなかったんですか？」

律子が訊く。

「なってないな。その一件に限らず、『ジュピター』とヤクザとの抗争では被害届は、まったく出ていない。ま、当然だろう。ヤクザにも面子《メンツ》があるからな」

「警察も積極的には関わろうとしなかった、ということなんじゃないんですか？」

「ふんっ、素人みたいなことを言うなよ。犯罪者同士が潰し合うのに、何で、警察が首を突っ込む必要がある？　共倒れになってくれればありがたいってのに」

「そんな危険な連中が経営していたぼったくり店で、桐野と鷺沢さんは働いていたわけですよね？　そして、二人一緒に姿を消した。何があったんでしょうか？」

藤平が首を捻る。

「向こうは、何と言ってるんですか？　話を聞きに行ったんですよね」

律子が訊く。

「おれたちが会ったのは、諸星という奴だ。『ジュピター』のナンバーツーだな。諸星が言うには、ボーイが何の連絡もしないで姿を消すのは、そう珍しくもないってことだった。いくらでも代わりがいるってな。諸星の説明には特に不自然なところはなかったな」

芹沢が答える。

「鷺沢さんの行方を捜しているときなんですが、アパートや実家の近くで、堅気には見えない男たちを見かけたんですよ。一人はスキンヘッドでした。鷺沢さんの行方を追っているような気がしたんですが、店にスキンヘッドの男はいませんでしたか？」

「スキンヘッド……。見なかったな」

なあ、と芹沢が新見に訊く。

「自分も見てませんね」

新見が首を振る。

「詳しい事情は何もわかりませんが、『プリンクラブ』がまともな店ではなく、『ジュピター』が暴力団以上に凶悪な組織だとすれば、桐野と鷺沢さんは『ジュピター』から逃げてるんじゃないでしょうか？　アパートや実家も見張られているくらいなら、鷺沢さんが身を寄せられるところはない。だから、桐野は昔の仲間を頼って逃げている……そんな推測は成り立ちませんか？」

藤平が言う。

「じゃあ、金村正彦と永島慎吾を殺したのは『ジュピター』ってことか？」

芹沢が訊く。

「可能性としてはあり得るんじゃないでしょうか」

「ふうむ……」

芹沢が腕組みする。

「ヤクザの若頭を拉致して殺すような連中なら、金村や永島を殺しても不思議はない。ひとつ疑問なのは、そうまでして、なぜ、桐野と鷺沢さんを追うのか、ということね。もうひとつの疑問は、なぜ、二人が逃げ回っているのかということですね。なぜ、警察に助けを求めないんでしょうか？」

律子がつぶやく。

「自分たちも何らかの悪事に荷担してるからじゃないのか？」

芹沢が言う。

「それなら二人が警察に助けを求めないことも納得できますね」

新見が大きくうなずく。

「想像ばかりしてても仕方ない。そろそろ、行くか」

「そうですね」

「今日は朝一で桐野のアパートに行くつもりだったんだよ。おまえら、どうする？　無理に来いとは言わないが」

「もちろん、同行させていただきますよ」

律子が言う。

第三部・ジュピター

一

大家の坂上が鍵を差し込んでドアを開けようとする。

「あれ？」

「何か？」

芹沢が訊く。

「いや、鍵が開いてるみたいで……」

坂上が鍵を回しても、何の手応えもなく、くるくる回るだけなのだ。

「ちょっといいですか」

律子が言うと、坂上は鍵穴に鍵を差し込んだまま、場所を空ける。

律子はしゃがみ込んで、鍵穴を覗き込む。

「壊されてますね。かなり乱暴なやり方ですよ」

律子が立ち上がって、ドアを開ける。

　ざっと部屋を見回すと、

「荒らされてますね」

「何だと？」

　芹沢も靴脱ぎに入る。

「確かに乱雑だが……。元々、こういう部屋なのかもしれないぞ。一人暮らしの男の部屋なんて、大抵、汚いからな」

「そうだとしても、自分の部屋に土足で上がり込む人はいないでしょう」

　律子が床を指差す。床に泥が飛び散り、いくつか足跡が残っている。

「きっと、あいつらだ……」

　坂上がつぶやく。

「あいつらって、誰ですか？」

　振り返って、律子が訊く。

「ゆうべ、変な奴らがうちに来ましてね。桐野君が店の金を持ち逃げしたので捜している、桐野君の保証人を教えろって、大きな声を出して、わたしの胸倉をつかんだんです。殴られるんじゃないかと思いました」

　坂上が説明する。

「店の金を持ち逃げした、と言ったんですか？」

律子が訊く。

「ええ」

坂上がうなずくと、律子と芹沢がちらりと視線を交わす。桐野が店の金を持ち逃げしたとすれば、その店というのは「プリンクラブ」に違いない。そうだとすれば、坂上を脅したのは「ジュピター」の構成員であろう。

「どんな連中でしたか？　見かけとか……」

「二人組でしたが、どちらも体が大きくて、一人はスキンヘッドでした。怖い顔をしてましたよ」

「スキンヘッドですか？　もしかして、ぼくたちが見た男でしょうか」

藤平が律子に言う。

「新宿署に問い合わせてもらえませんか？『ジュピター』にスキンヘッドの構成員がいないかどうか。できれば写真もほしいですね。前科持ちなら記録があるはずです」

律子が芹沢に言う。

「わかった」

芹沢はポケットから携帯を取り出し、部屋の外に出る。

その間に、律子と藤平、新見の三人は部屋の中を調べる。令市の行方を知る手がかりを探したのだ。

「何もありませんね」

「うん。あったとしても、もう持って行かれちゃったでしょう。これだけ荒らされてるんだから」

そこに芹沢が戻ってくる。

「スキンヘッドは何人かいるらしい。気になるのは、『プリンクラブ』の店長をしてる池田って奴がスキンヘッドだってことだ。背の高さも一八〇以上あるから、かなりでかい。副店長の政岡もでかい。こいつは一九〇くらいあるらしい。二人とも風営法違反でパクられたことがあるから新宿署に写真があるそうだ。もうすぐ送られてくる」

と言い終わると、お、来たようだ、と芹沢が携帯を操作する。

「どうです、見覚えありますか？」

芹沢が池田の写真を坂上に見せる。

「ああ、その男ですよ。間違いありません」

「じゃあ、こっちは？」

次に政岡の写真を見せる。

「はい。その男もいました。その二人組です」

坂上がうなずく。

「おまえらの携帯にも転送する。アドレスは？」

芹沢が律子と藤平に訊く。

池田と政岡の写真を、律子、藤平、新見に転送すると、

「ここを荒らしたのは池田と政岡だ。店の金を持ち逃げしたってことなら、店長と副店長が必死に追うのもわかるな」

芹沢が言う。

「桐野のことはよくわかりませんが、少なくとも、鷺沢さんは他人のお金を盗むような人ではありませんよ」

律子が言う。

「誰にでも魔が差すってことはある。盗んだのは桐野で、桐野と付き合ってる鷺沢が一緒に逃げたってことも考えられる」

「二人が付き合っていたという話は、誰からも聞いていませんけどね」

「辻褄《つじつま》も合うじゃないか。なぜ、桐野と鷺沢は警察に助けを求めないのか？　自分たちも泥棒だからさ。それに鷺沢が無関係なら、こいつらが鷺沢のアパートを見張ったり、鷺沢の実家にまで行く理由がないだろう。桐野と鷺沢が一緒に逃げていると確信しているから、そんなことをするわけだ。つまり、桐野と鷺沢は共犯ってことだな」

「鷺沢さんがお金を必要としていたのは事実ですけど、泥棒をするとは思えないんですけどね」

律子が首を捻る。

「金村と永島を殺したのも池田と政岡ってことになるんですかね？」

新見が訊く。

「桐野を匿《かくま》ったというだけで殺したりしますか？」

藤平が疑問を呈する。

「桐野が盗んだ金額にもよるだろう」

芹沢は、今回の事件の原因は金銭トラブルだと完全に信じ込んでいるようだ。

「店の売り上げを盗んだとしても、せいぜい、数十万くらいのものじゃないですか？　数百万、数千万ということはないでしょう。それだけのお金を取り戻すために二人も殺すでしょうか？」

「金庫にダイヤでもあったのかもしれないだろう」

芹沢が藤平を睨む。

「現場から池田と政岡の指紋は出ていないはずですが」

「こいつらは素人じゃないんだぞ。暴力団並みの犯罪組織の構成員だ。誰かを殺すときには、指紋を残さないように手袋をするくらいの知恵は働くだろうぜ」

「ですが……」

「ここであれこれ言っても仕方ないでしょう。ここには何もない。次は、どうするんですか？」

律子が芹沢に訊く。

「せっかくだから鷺沢の部屋にも行ってみるか。それから池田と政岡は桐野の保証人の名前を知りたがっていたそうだから、念のために、そっちも押さえておくかな」

芹沢が坂上に保証人について質問する。町田《まちだ》に住む宇津井という神父だという。

二

「ここも荒らされてるな」

芹沢がドアを開ける。鍵が壊されているのだ。

この部屋を仲介した不動産会社の社員にスペアキーを持参して同行してもらったが、その必要はなかった。

室内を調べているとき、芹沢の携帯が鳴る。

相手の話に耳を傾け、すぐに切る。

「前島善樹だがな、ほら、桐野たちと中学時代に事件を起こした四人組の一人だ。新宿でホストをしてるらしい。勤務先とか住所とか詳しいことはまだわかってないから、とりあえずの中間報告ってところだな」

「これまでの流れから考えると、桐野と鷺沢が前島に会いに行き、その居場所を突き止めた池田と政岡が前島を殺す……そうなるんですかね？」

新見が言う。

「そう単純な話かどうかはわからないが、桐野、鷺沢、前島の三人を『ジュピター』より先に見付けないと、また事件が起こりそうな気がするな」

芹沢がつぶやく。

「鷺沢の保証人はわかってるんだよな？」

「ええ、下総室町学園の石峰先生ですね」

律子がうなずく。

「鷺沢から連絡はないんだろう？」

「ありません。そもそも、何も連絡がないから、鷺沢さんを捜してくれないか、と園長先生から頼まれたわけですから」

「じゃあ、そこに行っても仕方がないな。次に行くのなら、桐野の保証人のところか、それとも、『ジュピター』の本丸だな」

「本丸って何ですか？」

新見が訊く。

「ふんっ、『ジュピター』の親玉がいる場所ってことだよ。つまり、柏原京介ってことだ。ナンバーツーの諸星には会ったが、あいつ、猫を被ってやがった」

ちっ、なめた真似をしやがって、と芹沢が舌打ちする。

「じゃあ、本丸に行きましょうよ。なぜ、必死に桐野と鷺沢さんを追うのか訊いてみましょう」

律子が言う。

「正直に答えるはずがないだろう」

「その反応も見たいじゃないですか。どういう嘘をついて、ごまかそうとするのか」

「面白そうだな」

「ゆうべ、池田と政岡が桐野の保証人の名前を聞き出したということは、そこを訪ねるつもりだということでしょう。後回しにしていいんですか？」

藤平が訊く。

「池田と政岡は指名手配されてるわけじゃない」

「桐野と鷺沢さんの部屋に不法侵入しましたよ」

「証拠はないぜ。鑑識に調べさせれば、指紋のひとつやふたつは出てくるかもしれないが、そんな必要はないだろう。手っ取り早く、奴らを引っ張るとすれば、あの坂上っていう大家に対する脅迫罪くらいだが、そんなことをして何の意味がある？　あいつらだって、桐野と鷺沢の居所を知らない。だから、必死になってるんだ」

「しかし……」

「桐野と鷺沢が次に頼るとすれば前島だろうよ。保証人じゃないはずだ」

芹沢が首を振る。

「柏原に会った後で保証人に会いに行きましょう。芹沢さんの言うように、優先順位としては柏原の方が上だから」

「わかりました」

律子に言われて、藤平も納得する。

三

「おい、赤だぞ」

池田が言うと、政岡が慌ててブレーキを踏む。横断歩道を渡ろうとしていた老人が驚いたように車に顔を向ける。

「何を見てやがる、クソじじいが」

ウィンドーを下ろして、政岡が怒鳴る。老人が小走りに走り去る。肩越しに何度も振り返る。

「おい、落ち着けって」

「ああ」

「信号無視なんかでパクられたら困るぞ。そう急ぐ必要はないんだ。カリカリするなよ」

「随分と冷静なんだな」

政岡が横目で池田を見る。

「冷静じゃないさ。冷静になろうとしてるだけだ」

「そうか」

政岡が溜息をつく。

「柏原さんとは長い付き合いだし、ずっと忠実だったつもりだけど、そんなことは関係ないのかね？」

「関係ないだろうな。平気でおれたちを殺すぜ」

池田がうなずく。

「ゆうべは、かなり頭に血が上ってたしな」

信号が青になったので、政岡がゆっくり車を発進させる。池田の言うように、交通違反で警察に捕まったり、事故を起こしたりすれば、時間を無駄にすることになる。今は一分一秒の時間も惜しいのだ。

昨夜、警視庁と新宿署の刑事が「プリンクラブ」にやって来た。それは事前にわかっていたから、サクラを用意し、諸星孝一が如才なく対応した。

刑事たちは納得して帰った。

納得しなかったのは柏原京介だ。

マンションに池田と政岡を呼びつけ、

「てめえらがもたもたしてるから、こんなことになるんだよ」

いきなり二人を殴り始めた。

先だっては、ゴルフのパターで鼻の骨を折られている。それに比べれば、拳で殴られる方が二人にとっては、ましである。子供の頃から喧嘩慣れしているので、拳で殴られることには、さほどの恐怖を感じないのだ。京介の頭に血が上っていたおかげで、殴られるだけで済んだ。いくらかでも京介が冷静さを保っていたら、たぶん、また何かの小道具、例えば、ペンチとかハサミを使って、時間をかけて二人をいたぶったに違いない。

二人が顔中を血だらけにして倒れたところで諸星が止めに入って、京介を宥めた。

「いいか、もう一度、はっきり言っておくぞ。おまえらより先に警察が夏美を見付けたら、おまえらの命はないからな。楽に死ねるなんて思うなよ」

「…………」

池田と政岡は言葉を失った。

二人とも京介の恐ろしさをよく知っている。京介が人を殺すところを間近で何度も見ているからだ。

もちろん、池田と政岡の手も汚れている。京介の指示で人を殺したことがある。しかし、人を殺すと一口に言っても、やり方というものがある。池田と政岡が人を殺したときは、そうせざるを得なかったからそうしたまでのことで、人殺しを喜びもしなかったし、それを楽しんだりもしなかった。

京介は違う。殺人という行為を楽しんでいる。新宿に「プリンクラブ」を出店したとき、地元のヤクザから嫌がらせを受けた。みかじめ料を払えという脅しである。京介は微《み》塵《じん》も動ずることなく、その組の若頭を拉致した。その若頭を生きたまま解体したのは、その男が京介を挑発するようなことを口走って、京介を怒らせたからだ。普通の神経の持ち主であれば、とてもできないようなことを京介は平然と、しかも、笑い声さえ発しながらやった。あまりのおぞましさに、そういう光景を見慣れている諸星ですら血の気が引いて真っ青になっていたし、池田と政岡は何度も嘔吐《おうと》した。それからの数日、悪夢に魘《うな》されたほどである。

最近は、京介が自ら手を汚すことは多くない。それは京介が穏やかになったからではない。商売がうまくいって金回りがよくなり、贅沢な暮らしに馴染んだことで、それを失うことを怖れるようになったからに過ぎない。つまり、自ら危ない橋を渡って、何かの拍子に逮捕される危険を冒《おか》さないように用心しているのである。諸星ですら、そういう役回りを好まなくなり、池田と政岡ばかりが割を食う格好になっている。

「何とかしないとなあ」

池田がつぶやく。

「ああ、桐野や夏美のために死ぬなんてごめんだからな」

「まったくだ」

政岡が険しい表情でうなずく。

四

令市と鈴音は、ファミレスで、前島善樹と向かい合って坐っている。

善樹の金髪の髪はぼさぼさで、目がしょぼしょぼしている。二日酔いの上に寝不足なのだ。善樹が勤めているホストクラブは、早朝の五時まで営業しているから、普通の勤め人とは生活のサイクルがまったく違っている。普段は昼過ぎまで寝ており、午前中に外出することなど滅多にない。

「よく連絡先がわかったな」

コーヒーを飲みながら、善樹が訊く。

「正彦に教えてもらった」

「正彦か。しばらく会ってないな。おれたち四人の中では、正彦が出世頭だ。闇金なんて、世間からはゴキブリみたいな目で見られるけど、それが何だってんだ？　大したもんだよ。しっかり稼いでるからな。地に足が着いてるよ。そう思わないか？」

「そうだな」

「おれも今の仕事を始めるまで、うまくいかないことが多くてさ。仕事もないし、金もないし、頼りになる親兄弟も友達もいないし、どうしようもなくて行き詰まってたとき、正彦が金を貸してくれた。高い利息は取られたけど、それでもありがたかったよ。おまえも苦労したんだろう？」

「似たようなもんだな」

「慎吾はデリヘル嬢のヒモさ。知ってるか？」

「知ってる」

「で、おまえは何をしてるの？」

「新宿のキャバクラでボーイをしてる」

「ふうん、新宿か。おれの店も新宿だぜ。歌舞伎町か？」

「ああ」

「歌舞伎町といっても広いし、人の数も店の数も多いから、たまたまどこかで出会《でくわ》すなんてことはないよな」

「人が多いからね」

「連絡先を知ってたのなら、もっと早く連絡してくれてもよかったじゃないか」

「すまない」

「別に謝ることでもないさ。で、おれに用って？」

「できれば、何日か泊めてもらえるとありがたい」

「ふうん……」

善樹が鈴音に顔を向ける。

「その人と二人でってことか？　鷺沢さんだっけ」

「鷺沢鈴音です」

鈴音がぺこりと頭を下げる。

「困ってるのか？」

「うん、困ってる」

「どういう理由で？」

「それは……」

「言いたくないか？」

「できれば」

「おまえは正直じゃない。隠しごとをしてる。何も言わずに、ただ助けてほしいと言ってるだけだぜ」

「そうだな」

「正彦が死んだことを、なぜ、隠す？」

「知ってるのか？」

令市が驚いた顔で善樹を見る。

「ホストだって新聞も読むし、ニュースも観る。笹塚のマンションで誰かに殺されたらしいな。まだ犯人はわからないようだが、誰に殺されても不思議はないよな。人に恨まれるようなあくどいやり方で金を稼いでたわけだから。正彦が死んだことを知ってたんだろう？」

「は？」

「知ってる。おれたちが死体を見付けた」

今度は善樹が驚いたように両目を大きく見開いて令市を見つめる。

「マジか？」

「正彦のマンションで世話になってた。日曜日の夜、一緒に晩ごはんを食べに行くことにしたんだが、途中で正彦は部屋にライターを忘れたと言って戻った。いつまで経っても店に来ないから、変だなと思って部屋に行ってみたら死体があった」

「誰がやったんだ？」

「わからない」

令市が首を振る。

「おまえは、その場から逃げたのか？」

「逃げた。もちろん、生きていれば救急車を呼んで何とか助けようとしたけど、もう死んでたんだ。正彦には悪いと思ったけど、おれたちには何もできないから」

「それから、どうした？」

「慎吾に連絡を取って、火曜日の朝に会った。その日は泊めてもらって、翌朝、そこを出た。昨日だ」

「一泊しただけか？」

「そうだ」

「何で？　出て行けと言われたのか」

「そうじゃないよ」

「居心地が悪かったのか？　それとも、ヒモの世話になるのが嫌になったのか」

「そうじゃないんだけど……」

「じゃあ、何だよ？」

「一緒にいる由美さんという人と、由美さんの子供、まどかちゃんというんだけど、顔や体に痣があった」

「痣？　DVってことか」

「たぶんな」

「ふうん、あの慎吾がねえ。まあ、昔から弱い者いじめの好きな奴だったけどな。三つ子の魂百まで、ってところか。自分より強い者には、へこへこするくせに、弱い相手には威張ってたもんな。それが嫌で部屋を出たのか？」

「鈴音ちゃんが嫌がったんでね」

令市がちらりと鈴音を見遣る。

「昨日の朝、慎吾の部屋を出て、それから慎吾とは連絡を取ってないのか？」

「うん」

「何か嘘をついてないか？」

「嘘？　いや、本当のことだよ」

「信じていいのかな？」

「どういう意味だ？」

「おれに隠し事はないか？」

「ないよ」

「本当か？　本当に嘘も隠し事もないか？」

「ないって」

令市がムッとする。

「じゃあ、慎吾が死んだことを何で言わない？」

「え」

令市の顔色が変わる。

鈴音もだ。

「ちょっと待ってくれ。慎吾が死んだって、どういうことだ？」

「ふうん……」

善樹は令市と鈴音の顔を順繰りに眺める。

「その顔を見ると、本当に知らなかったらしいな。嘘だとしたら、すごい役者だ」

「詳しく教えてくれ」

「ゆうべ、誰かに首を絞められて殺されたってことしか知らないよ」

「犯人は捕まってないのか？」

「そうらしい。おれは、てっきり、おまえがやったんだと思ったよ」

「おれが？」

「最初に正彦、次が慎吾、で、おれ」

善樹が自分の顔を指差す。

「何で、おれがそんなことを……」

「わからないけど、そう考えれば、辻褄は合うだろう？」

「あいつら……」

鈴音がつぶやく。

「ん？」

令市と善樹が鈴音の顔を見る。

「あいつらじゃないかな？」

「誰か心当たりがあるのか？」

善樹が訊く。

「いや……」

「隠し事をするのなら、これまでだ。妙なことに関わるのは、ごめんだからな」

善樹が腰を上げようとする。

「待ってくれ。話す」

「何もかもだぞ」

「わかった。一ヵ月くらい前、九月最後の土曜日だ。店長の池田さんと副店長の政岡さんが金を払おうとしない客を事務所に連れ込んだ。毎度のことだが、そうなると、店を閉めて、ボーイや女の子は先に帰される。おれが最後まで残ってたのは、次の日、掃除当番だったからだ。ボーイが順番に早出をして、掃除をすることになってるんだ。政岡さんから鍵を預かったとき、事務所から池田さんの怒鳴り声が聞こえた。客も大きな声で言い返していた。誰がこんな金を払うか、おまえらは泥棒だ、どうせボーイや女もグルなんだろう、警察を呼べ、てめえら、みんな訴えてやる……とか何とか。肝の据わった客だなあと感心した。普通は、ビビって声も出なくなるし、中には泣き出すような客もいるからさ。池田さんたちは、最初は穏やかに料金の内訳を説明して、おとなしく支払うように促す。でも、そもそも料金の中身が滅茶苦茶だから客が納得するはずもない。すると、今度は脅しにかかる。客がビビると、いくらか値引きして、お茶を濁して終わる」

「おまえが勤めてた店って、ぼったくりなのか？」

「ああ、ぼったくりさ。誰にでも吹っ掛けるわけじゃなく、常連客には当たり前の請求しかしないけど、一見《いちげん》の客に、こいつはカモだと目をつけると、ぼったくるのさ」

「その客には、いくら吹っ掛けたんだ？」

「確か、二五万。最初のセットが三千円、追加のドリンクが一杯千円、女の子の指名料なし、という話で呼び込みに連れられて店に来た。若くてかわいい女の子がいる歌舞伎町の店で、そんなに安く遊べるはずがないのにな」

「良心的な店でも、二万や三万は取られるよな。しかし、二五万なら、間違いなくぼったくりだ。もっとも、おれの店では、一〇〇万単位の請求をすることも珍しくないけどな」

「ホストクラブとキャバクラは違うだろう」

「まあ、そうだな。で、その後は？」

「店を出るとき、柏原さんに会った。店のオーナーさ。かなり酔ってるみたいだった」

「柏原？　下の名前は？」

「京介」

「柏原京介……。何ていう店だよ？」

「ああ、『プリンクラブ』っていうんだ」

「おいおい、まさか、柏原って『ジュピター』のトップか」

「知ってるのか？」

「名前だけはな。おっかねえ奴なんだろう？」

「店に顔を出すことは滅多にないし、おれなんか口を利いたこともなかったよ。噂は耳に入ってきたけど、それが本当かどうかもわからない。店を出て、どこかでタクシーを拾って帰ろうと歩き出したとき、小走りに戻ってきた鈴音ちゃんと会った。ロッカーに財布を忘れて取りに来たんだ。あの夜、おれが店の鍵を持っていなければ、今夜はこのまま帰った方がいいよ、と鈴音ちゃんに言ったと思う。更衣室は事務所の隣だし、池田さんたちがまだ客を脅しているかもしれないと思ったからさ。ロッカーに忘れたのが財布でなければ、それでも戻るのを止めたかもしれないけど、財布がないと困るだろうと思って、一緒に戻ることにした。こっそり財布を取って、すぐに出れば大丈夫だろう、と考えたんだよ。裏口の鍵を開けて、鈴音ちゃんを店に入れた。おれはドアのそばで待った。なかなか出てこないから変だな、何かあったのかな、と心配になってきたところに、顔色を変えた鈴音ちゃんが飛び出してきた。すぐ後ろから池田さんと政岡さんがものすごい形相で追ってきた。二人の顔を見て、ああ、鈴音ちゃんがやばいことに巻き込まれたんだな、とわかった。どうしようと考えたのは、ほんの一瞬だった。二人が悪党だということはわかっていた。そのときは、鈴音ちゃんのことを、そんなによくは知らなかったけど、二人よりも悪い人間だとは思えなかった。どちらかの味方をするのなら、少しでも善人の味方をしようと思ったから、おれは鈴音ちゃんを連れて逃げた。裏口だったのがよかった。ドアの横にゴミ袋とか酒の空き瓶を入れた箱とか、そんなものが山積みになっていた。それをドアの前にひっくり返して、すぐにはドアが開けられないようにしたんだ。それで時間稼ぎをして、おれたちは逃げた」

「何があったんだ？」

善樹が横目で鈴音を見ながら訊く。

「…………」

鈴音は目を伏せて、肩を震わせている。思い出すだけでも恐ろしいらしい。

「タクシーを拾って、四谷まで行った。歌舞伎町から離れなければいけないと思ったんだ。鈴音ちゃんは怯えて、ぶるぶる震えて、口も利けなかった。話ができるようになるのに一時間以上かかった。事務所からものすごい音と悲鳴が聞こえて、びっくりして、ドアの隙間から何が起こったのかと覗いてしまったんだ。で、とんでもない場面を目撃した」

「とんでもない場面？」

「事務所には防犯用にバットを置いてあるんだけど、そのバットで柏原さんが客を殴り殺したそうだ」

「は？」

善樹の表情が強張る。

「人殺しを目撃したってことか？」

「うん、そうなんだ」

「信じられない。『ジュピター』のトップが人殺しする場面を目撃かよ……」

そりゃあ、『ジュピター』は必死で追いかけてくるよなあ、と善樹は溜息をつき、

「でも、何で、おまえら、逃げてるの？　警察に行けばいいだけのことじゃないか。おまえらが殺したわけじゃないんだから」

「鈴音ちゃんが嫌だって言うから」

「何で嫌なの？」

「うん……」

令市は、鈴音が幼い頃に家族から虐待されていたことを簡潔に説明した。保護されたとき、家に踏み込んできた警察官たちが恐ろしかったという印象が今でも強く残っており、

警察に行く気になれないのだと説明する。

「おれだって、警察なんか大嫌いだしな。鈴音ちゃんの気持ちはわかる。だから、鈴音ちゃんの気持ちが落ち着くのを待つつもりでいる」

「それ、理屈として、おかしくないか？　警察が怖いのはわかる。好きじゃないのもわかる。おれだって大嫌いだよ。だけど、時と場合によるだろう。柏原が人殺しをする場面を目撃したなんて、ただ事じゃないぜ。目撃者がいれば、柏原は刑務所行きだ。二年や三年では出られないだろう。必死で、目撃者を消そうとする。おれが聞いた話では、『ジュピター』っていうのは平気で人殺しをする集団らしいからな。そんな連中から逃げ切れるはずがない。ひょっとして、正彦と慎吾を殺したのも『ジュピター』じゃないのか？　おまえらの居場所を突き止めて、おまえらの身代わりに殺されたんじゃないのか？」

「そんなことはないと思うけど……」

「じゃあ、他に誰が殺すんだよ？　正彦だけなら、客に恨まれて殺されたのかもしれないと思うさ。だけど、デリヘル嬢のヒモ男を誰が殺す？　正彦が殺された直後に、たまたま慎吾が強盗にでも殺されたっていうのか？　そんな偶然があるか？」

「………」

「もし『ジュピター』が正彦と慎吾を殺したとすれば、おまえたちがまだ生きてるのは、ただのラッキーってことなんだぜ。正彦や慎吾ではなく、おまえたちが死んでも不思議じやなかったんだからな。そんな危ない立場なのに、なぜ、警察に行かないんだ？」

「だから、鈴音ちゃんが……」

「あんた、嘘をついてるだろう？」

善樹が鈴音を睨む。

「…………」

鈴音は青い顔をしてうつむいている。

「警察が怖いから、警察が好きじゃないから、警察に行かないなんてのは絶対に嘘だ。自分たちが殺されるかもしれないのに、そんなふざけたことを言ってる余裕はないはずだからな」

「…………」

「あんただけじゃない。令市も殺されるぞ。それでもいいのか？」

「おい、善樹、よせって」

「あんたのせいで正彦と慎吾は死んだ。次は、令市か？　それとも、おれか？　自分が助かれば、他人を犠牲にしてもいいのか」

「もういい。おまえには頼らない。行こう、鈴音ちゃん」

令市が鈴音の手を取って立ち上がろうとする。

しかし、鈴音は動かない。

「ごめんなさい……」

小さな声で言う。

「え」

「ごめんなさい。言えなかった。正直に言えなかった。だって、警察に行けば、わたし、捕まるもん。あのお客さんが死んだのは、わたしのせいなんだから」

鈴音は涙声である。

「どういうことなんだよ、それ、どういう意味なの？」

令市が訊く。

「あの……あの……」

「正直に言った方がいいぜ」

善樹が言う。

「黙ってろ」

令市が睨む。その迫力に気圧《けお》されて、善樹が口をつぐむ。

「慌てなくていいから、ゆっくりでいいんだよ。おれ、何があっても鈴音ちゃんを守る。その気持ちに変わりはないから」

「わたし、ひどいことをしたの」

「え？」

「あのお客さん、ものすごく酔っていて、トイレに行くときも、わたしが肩を貸してあげたのよ。そうしないと、今にも倒れそうだったから。トイレの前で転びそうになったとき、上着から財布が落ちたの。一万円札がぎっしり詰まっているのがわかった。すぐに拾って渡そうとしたけど、お客さん、そのままトイレに入ってしまって……」

「で、自分のものにしたわけか？」

善樹が目を細めて訊く。

「返そうと思ったけど、できなくて、つい……つい、ロッカーに隠したの」

鈴音が泣きながら言う。

「お客さんが事務所に連れ込まれたのはわかったから、財布もないし、きっと大変なことになると思って、すごく心配になったから、財布を返そうと思って店に戻ることにしたの。でも、間に合わなかった。バットで滅多打ちにされて、血だらけになって……。わたしのせいなの。警察に行って正直に話したら、きっと、わたしは捕まる。だから、警察には行けないの」

「なるほどねえ。そりゃあ、客が怒るのも無理はないぜ。財布を盗まれた上、二五万も払えと言われたら、誰だって、怒る。確かに、ボーイも女もグルだと疑うよな。で、その財布、どうしたの？」

「まだロッカーに……」

「それも、そうか。金の詰まった財布があれば、どこにだって逃げられる。正彦や慎吾に頼る必要なんかないもんな。当然、『ジュピター』はあんたのロッカーを調べただろうから、その財布も見付けたはずだ。あんたが財布を盗んだと思っただろうし、そう簡単に警察にも行かないと考えただろう。実際、今でも、こそこそ逃げ回っているわけだしな」

呆れるぜ、何て自分勝手な女なんだ、と善樹が鈴音を睨む。

「おまえもお人好しだな、令市。もっとうまく立ち回れる奴だったのに、少年院で人が変わっちまったのか？　こんな厄介な嘘つき女を庇って逃げ回るなんて信じられないぜ。間抜けなことをしたな。そのおかげで、昔の仲間が二人も死んだ。おれも巻き込む気か？」

「いや、そんなつもりはないよ……」

令市が力なく首を振る。鈴音の告白にかなり衝撃を受けたようだ。

（善樹の言う通りだ。おれは、お人好しの間抜けだ……）

鈴音の言葉を鵜呑みにして、必死に逃げ回ってきたのだ。自分の愚かさに腹が立つというより、笑いたくなる。冷静に考えれば、殺人現場を目撃したにもかかわらず、すぐに警察に行こうとしないのはおかしかったし、マンションで正彦の死体を発見した後、頑なに警察に行くことを拒んだのもおかしかった。警察に対する恐怖心が鈴音を萎縮させているのだろうと令市は好意的に解釈したが、善樹のような第三者の立場からすれば、鈴音の態度はあまりにも不自然で、何か隠していることがあるのだろうと疑うのは当たり前だ。

実際、その通りだった。

鈴音は、ずっと令市に嘘をついていた。隠し事をしていたのだ。その隠し事を、初対面の善樹に追及されて、あっさり白状した。令市が気落ちするのも無理はない。

「悪いが、おまえたちを匿う気はない。部屋にも入れないよ。ここで、バイバイだ。もちろん、令市、おまえと縁を切ると言ってるわけじゃない。その疫病神《やくびょうがみ》の女と手を切ったら、また連絡してくれ。おまえ一人だったら、喜んで部屋に泊めるし、できることがあれば力になる。だけど、その女と一緒というのは断る。迷惑だよ」

善樹が伝票を手にして立ち上がる。レジで会計をすると、振り返りもせずに店を出て行く。後には、令市と鈴音が残される。しばらく二人とも口を利かなかった。

やがて、

「桐野君、ごめん。怒ってるよね？」

涙ぐみながら、鈴音が言う。

「怒ってないよ。いや、それは嘘だな。怒ってるよ。だけど、怒ってる以上に、悲しいというか、淋しいというか、まあ、善樹の言ったように、おれが間抜けってことなんだろうけど」

「違う、桐野君は間抜けじゃない。悪いのは、わたしなの。桐野君は、いい人。わたしにとっては神さまみたいな人だよ」

「…………」

令市の口許に微かに笑みが浮かぶ。己を嘲笑うかのような醒《さ》めた笑いである。

「わたし、警察に行くよ。これ以上、桐野君に迷惑をかけられないもん。桐野君の友達、金村君や永島君だって、わたしのせいで死んだのかもしれないし。さっきの人の言った通りだよね。わたし、疫病神」

「そんなことはない。それは違うよ」

令市が首を振る。

「おれは何も後悔してない。正彦と慎吾を殺したのが『ジュピター』なら、あいつらには本当に申し訳ないと思うけど、でも、それだって運命なんだよ。おれたちは、昔、何の罪もない母と子の命を奪った。少年院に何年か入ったくらいでは償いきれないほど大きな罪だよ。少年院を出てからも罪を償わなければならないのに、正彦は違法な金貸しをして、弱い人たちから生き血を吸うような真似をしていたし、慎吾は由美さんにたかって遊び暮らし、由美さんやまどかちゃんに暴力を振るっていた。罰が当たったのかもしれない」

「そんなことを言っては駄目よ。二人は、わたしたちを助けてくれたんだから」

「うん、そうだね」

溜息をつきながら、令市がうなずく。

「もちろん、おれは鈴音ちゃんと一緒に警察に行く。ぼったくりの手助けをしてたんだから、おれだって罰せられるべきだ。あの夜、柏原さんが客を殺す現場は見てないけど、何があったのかは知っている。きっと、おれの証言も役に立つはずだ」

「ありがとう」

鈴音が令市の手に自分の手を重ねる。

「ひとつ、お願いがある」

「何？」

「警察に出頭する前に宇津井先生に会いたいんだ。罪を懺悔《ざんげ》してから警察に行きたい。いいかな？」

「ええ、もちろんよ」

鈴音がうなずく。

五

携帯が鳴る。

電話に出ると、ザーッというノイズ音がする。

(オペレイターからだ)

全身が緊張する。

「三人目の居所を教える。前島善樹だ」

機械的な声である。本当の声をわからないようにするためにデジタル処理をしているせいだ。

「約束を覚えているな？」

「ああ、覚えてる」

「前島善樹の次は淵神律子を殺してもらう。それがうまくいったら、四人目、桐野令市の居場所を教える」

「わかってる。約束は守る」

「警察も前島善樹の行方を追っている。居場所がわかれば保護しようとするだろう。そうなったら手出しできなくなる。急ぐことだ」

「教えてくれ。おれは、すぐに動くことができる」

「よかろう。前島善樹は……」

六

律子、藤平、芹沢、新見の四人は本八幡から新宿に向かう。柏原京介のマンションは新宿御苑の近くにあるのだ。

マンションの前に、見るからに私服刑事という感じの男が二人立っている。一人は新宿署刑事課の巡査長・菅野である。

「あ、どうも、芹沢さん」

菅野が軽く会釈する。

「お手数をかけてすいませんね」

「いいえ、とんでもない」

芹沢は、菅野を通して京介とのアポを取ったのである。

「刑事課の山下《やました》巡査部長です」

菅野が連れを紹介する。菅野より一回りくらい年下に見える。

「新見には、この前、会いましたよね。こっちの二人ですが……」

芹沢が律子と藤平を紹介する。藤平がキャリアだと知って、菅野と山下が驚いたような顔になる。

「では、行きますか」

菅野が言う。

六人がマンションに入っていく。

インターホンで柏原を呼び出し、エントランスのロックを解除してもらう。

エレベーターで五〇階に上がる。京介は南西の角部屋に住んでいる。

菅野がチャイムを鳴らす。

ドアを開けたのは諸星である。

「何だ、おまえもいるのか」

菅野が呆れたように言う。

「皆さんにお茶でも出そうかと思いましてね」

諸星がにやりと笑う。

さあ、どうぞ、と諸星が芹沢たちを室内に招じ入れる。

六人がリビングに入ると、ソファの中央に京介が坐っている。立ち上がって迎えようとはせず、

「どうぞ、おかけ下さい」

と自分の正面に置いてあるソファを指し示す。大きなソファなので、六人が並んで坐っても窮屈ではない。

律子は素早く室内に視線を走らせる。

高価な家具が置かれているものの、小綺麗なショールームにでも案内されたかのような無機質な感じがする。あまり温かみの感じられない部屋だと思う。

額に入れられて壁に飾られている何枚かの写真に目が行く。海の写真である。ヨットの写真もある。遠目なので、人の顔まではっきり判別できないが、柏原京介も写っている

に違いない、と思う。

リビングの隅にあるキャビネットの上には、クルーザーの模型がある。よほどマリンスポーツが好きなのだな、一〇月下旬だというのに、日焼けした肌をしているのも、ヨットやクルーザーに乗っているせいなのだろう、と推察する。

「あ〜っ、どうも」

菅野がソファの端に腰を下ろし、

「こちら、警視庁の……」

「警視庁の芹沢さんと新見さんですね。ゆうべ、うちの店にいらした方たちでしょう？ 諸星から聞きました」

「ああ、そうですか……」

「もちろん、菅野さんと山下さんのことも覚えていますよ。以前、お目にかかったことがありますから。そちらのお二人は……」

「警視庁捜査一課の淵神と藤平です」

芹沢が口を開くと、律子と藤平がそれぞれ、

「淵神です」

「藤平です」

と軽く頭を下げる。

「何かお飲みになりますか？」

「いや、結構ですよ」

芹沢が首を振る。

「いらないそうだ」

京介が言うと、諸星が京介の隣に坐る。

「で、どんなご用件でしょうか？　質問には、ゆうべ、諸星が答えたはずですが」

「鷺沢鈴音のことを黙ってたな？　なぜだ？」

芹沢が諸星に訊く。

「質問されなかったからです」

「おい、なめるなよ、クソガキが！」

芹沢がテーブルを蹴る。

「鷺沢は桐野と一緒に逃げてるんだろう？　違うのか」

「…………」

諸星は表情も変えずに、じっと芹沢を見る。

「鷺沢鈴音というのは……？」

京介が小首を傾げる。

「夏美だよ」

諸星が言う。

「ああ、夏美か。鷺沢鈴音というのが本名なんだな。なるほど、桐野と鷺沢ね。あの二人は泥棒ですよ」

京介が芹沢に言う。

「泥棒？」

「ええ、店の金を盗んで姿を消したんです」

「ゆうべは、そんなことを聞いてないぞ」

「自分たちの恥になることですからね。できれば誰にも知られたくありませんから」

「なぜ、警察に届けない？」

「それこそ、大きな恥になります。店で雇っていたボーイと女の子に売り上げを持ち逃げされて警察に泣きついたりしたら、歌舞伎町で店なんかやっていけませんよ。なめられますから」

京介が肩をすくめる。

「それで自分たちで何とかしようとしてるわけか？」

「どういう意味でしょうか？」

「池田と政岡に二人を追わせてるだろう？」

「わたしは何も命令してませんが、二人とも責任のある立場ですから、自分たちで何とかしようとしたとしても不思議はありませんね。このまま二人の行方がわからなければ、持ち逃げされた金の穴埋めは二人がすることになるわけですし」

「いくら持ち逃げされたんだ？」

「言えません。恥ですから」

「池田と政岡は、桐野と鷺沢のアパートに鍵を壊して無断で侵入した。立派な犯罪だ。それだけじゃない。ふたつの殺人事件に関与している疑いもある。殺人事件の容疑者なんだ。庇うつもりなら……」

「待って下さい。あいつら、そんなことをしてるんですか？　とんでもない奴らだ。おい、連絡はあったか？」

　京介が諸星に訊く。

「いや、何もないね」

「刑事さん、金を取り戻したいのは山々ですが、犯罪行為をしてまで取り戻したいとは思ってません。あいつら、何か勘違いしてるようだ。連絡があれば、すぐに知らせます。捜査に協力しますよ」

「二人の連絡先を聞いておこうか」

「ええ、もちろん」

　京介がうなずくと、諸星が池田と政岡の住所や携帯の番号を新見に教える。新見が手帳にメモする。

「柏原さん」

律子が口を開く。

「はい？」

京介が律子に顔を向ける。

「あなた、嘘をついてますよね。さっきから白々しい嘘ばかりついている」

「どういう意味でしょうか？」

京介の表情は何も変わらない。

「あなたの部下が桐野令市と鷺沢鈴音を必死に追っているのは、あなたが命じたからでしょう？」

「わたしは何も命じてませんよ」

「また嘘をつきましたね。嘘ばかりつかれると、あなたの話には何の真実も含まれていないという気がします。そうだとすれば、二人が店のお金を持ち逃げしたというのも嘘なんじゃないんですか？」

「なぜ、そんな嘘をつかなければならないのでしょうか？」

「二人を追っている本当の理由を隠すためでしょう」

「本当の理由とは？」

「あなたの口から聞きたいですね」

「何も言うことはありません」

「質問されなかったから鷺沢鈴音の話をしなかった、とも言いましたね。それも嘘でしょう？　正確に言えば、鷺沢鈴音のことは話したくなかった。質問されなくてありがたかった。だけど、今日は質問されたから仕方なく嘘をついてごまかそうとしている。違いますか？」

「わけがわかりません」

京介が首を振る。

「あなたは嘘をつくのが、とても上手ですね。嘘をつくことに慣れている感じがします。でも、そっちの人は、諸星さんでしたか、柏原さんほど嘘をつくのがうまくない。落ち着きがなくなってきましたね」

律子が諸星を見つめる。

「全然そんなことはありません。落ち着いてますよ」

諸星が首を振る。

「ごまかそうとすると、更にボロが出ますよ」

「…………」

諸星が黙り込む。

「おかげで話がわかりやすくなりましたよ。あなたたちが話した嘘を裏返して考えていけば、真実に近づけるわけですからね。二人は何か理由があって逃げており、あなたの部下が必死に追っている。それは、お金の問題ではないが、『プリンクラブ』に関係している。桐野令市と鷺沢鈴音の行方を追っていると言いましたが、どちらかと言えば、鷺沢鈴音の方が重要なんじゃないんですか？　あら……」

律子が口許に笑みを浮かべる。

「柏原さん、初めて反応しましたね。今、目蓋《まぶた》がぴくりと動きましたよ。図星ですか？　鷺沢鈴音に何か重大な秘密でも握られているのかしら」

「できるだけ協力しているつもりですが、この刑事さんは不愉快なことばかり言う。まるで、こっちが悪者扱いだ。そろそろ、お引き取り願いたいんですがね」

京介が苛立ってくる。

「あなたの部下が殺人事件に関与しているとすれば、しかも、殺人の容疑者だとすれば、殺人という重い罪を犯してでも桐野令市と鷺沢鈴音を捕まえたい理由があるわけですよね？　そうまでして、何を取り戻したいのか……いや、何を隠したいのか、と言うべきでしょうか。そこに興味がありますよ」

「…………」

京介がじっと律子を見つめる。怒りを必死に抑えているという感じである。

「嘘ばかりつかないで、一度くらい正直に話してみたら、どうですか？」

「申し訳ないが、もう帰ってもらえませんか。この後、大切な約束があるんですよ。十分に協力したと思いますがね。かなり不愉快な思いをさせられましたが」

京介が諸星に顎をしゃくる。こいつらを追い出せ、という意思表示であろう。

「ふふふっ……」

律子が小さく笑う。

「また嘘をつきましたね。大切な約束なんてないでしょう？　わたしたちを追い出すための口実ですね」

「………」

京介のこめかみに青筋が浮き上がる。今にも怒りが爆発しそうである。

そのとき、芹沢の携帯が鳴る。

「失礼」

ソファから立ち上がって部屋の隅に行き、芹沢が電話に出る。そうか、わかった、すぐに行く……短い会話で電話を切る。

「じゃあ、そろそろ失礼するとしようか」

芹沢が言う。

「………」

律子が訝《いぶか》しげな視線を芹沢に向ける。このまま京介をつっけば、何かわかるのではないか、と考えているのだ。その意図を察し、芹沢が首を振る。もっと大切な用件がある、と言いたいらしい。

「そうですね」

律子が納得したように腰を上げる。

「柏原さん、何か思い出したら連絡して下さいますね？」

「ええ、もちろん。淵神さんでしたよね？　ぜひ、またお目にかかりたいですよ」

にこりともせずに京介が言う。

七

芹沢たち六人が部屋を出る。

エレベーターホールまで諸星が見送る。対応が丁寧だというのではなく、六人が立ち去るのを見届けようという感じである。

扉が閉まり、エレベーターが下降を始めると、

「何があったんですか？」

律子が芹沢に訊く。

「前島善樹の住んでいるマンションがわかった」

「ああ……」

律子がうなずく。

それならば、芹沢が急ぐ理由もわかる。

桐野令市、金村正彦、永島慎吾、前島善樹の四人は中学生のときに殺人を犯し、少年院に入った。金村正彦と永島慎吾は何者かによって殺害された。それぞれの殺害現場には桐野令市の指紋が残っていた。

とすれば、前島善樹の身にも危険が迫ることが心配されるし、桐野令市が前島善樹を訪ねることも予想される。前島善樹を保護するためにも、桐野令市の足取りをつかむためにも、少しでも早く前島善樹に会う必要があるのだ。

「住所は、どこですか？」

「富久町《とみひさちょう》だ。菅野さん、申し訳ないが一緒に行ってもらえませんか」

芹沢が頼む。

「ええ、もちろん」

菅野が強張った表情でうなずく。この一連の事件における前島善樹の重要性を認識しているのであろう。

律子たちがエレベーターに乗り込むのを見届けて、諸星が部屋に戻る。ドアを開けると、室内から、何かが壊れる大きな音が聞こえた。慌てて部屋に入ると、京介がリビングの真ん中に立っている。足許には、ガラス製のテーブルが砕け散っている。

「お、おい、大丈夫か」

ガラス製といっても、かなり頑丈な作りなので、そう簡単に壊すことができるものではない。京介のふたつの拳からは血が滴り落ちている。

「あの女……」

「え」

京介の形相を見て、諸星が後退る。激しい怒りが滲み出ており、こういうときの京介がいかに危険かということを諸星はよく知っている。

「淵神とかいったな。おれをコケにしやがって。ぶっ殺してやる」

「おい、待てよ。気持ちはわかるが相手は警視庁の刑事だぜ。下手に手出しすると……」

「わかってんだよ、そんなことは！」

テーブルの脚を持ち上げると、それを何度も床に叩きつけ、最後に壁に投げつける。

(何てことだ……)

諸星が呆然《ぼうぜん》とする。

テーブルは輸入物の高級品で、二〇〇万くらいする。フローリングの床には何ヵ所も穴が空いている。壁にも大きな傷がついた。テーブルを買い替えたり、床や壁を修復したりするのに、何百万もかかることになる。諸星にわかるくらいだから、金銭感覚が優れている京介もわかっているはずだ。

にもかかわらず、自分の怒りを抑えられなかったのだから、つまり、それほど律子に対して強烈な怒りと憎しみを感じたということなのである。

「今すぐじゃない。しかし、おれは絶対に忘れないぞ。いつか、あの女をぶっ殺す」

「………」

「なあ」

「ん？」

「池田と政岡が殺人事件に関与しているかもしれない……そんなことを言ってたよな？どういうことだ、何か聞いてるか？」

「いや、何も」

諸星が首を振る。

「あいつら、おれに何か隠してるんじゃないだろうな？」

「そんなことはないだろう。京介に隠し事をするなんて……」

「おれも、そう思うが、刑事がでまかせを言うとも思えない。くそっ、わけがわからない。ただ……」

「何だい？」

「とうとう、警察も夏美を追い始めたってことだ。桐野だけを追ってるうちはよかったが、今は桐野も夏美も警察が追ってる。やばいぞ。警察が見付けるより早く、あいつらを見付けてぶっ殺さないとな」

「池田と政岡に連絡を取ってみるよ」

「ああ、そうしてくれ」

京介がどっかりとソファに腰を下ろす。

壊れたテーブルを見下ろしながら、

「これ、気に入ってたんだけどなあ」

残念そうにつぶやく。

八

オペレイターから電話連絡を受けた後、おれはすぐに部屋を出た。金村正彦と永島慎吾を殺したときは、どういうやり方で殺してやろうかとプランを立ててから実行した。

しかし、今日は、そうはいかない。

時間がないのだ。

オペレイターによれば、警察も必死に前島善樹を捜しているのだという。警察の保護下に置かれれば、そう簡単に手出しできなくなってしまう。それ故、警察が前島善樹とコンタクトを取る前に、ケリをつけなければならない。

だから、急がなければならない。

心配な点は、いくつもある。

そもそも、おれは前島善樹の顔を知らないのだ。

もちろん、事件を起こした当時、中学生のときに、どんな顔をしていたかは知っている。未成年ということで、名前も顔写真も報道されなかったが、独力で調べたのだ。

だから、正確に言えば、今現在、どういう顔をしているのか知らないのだ。中学生の頃と現在では、成長して身長も伸びているだろうし、顔つきも変わっているだろう。金村正彦と永島慎吾のときには、事前に現在の顔を確認することができた。確認しなければ、うまくいったかどうかわからない。

なぜなら、実際、金村正彦は体も大きくなり、昔とは顔の感じもまるで違っていたからだ。永島慎吾には、かなりはっきりと昔の面影が残っていたが、それでも下調べしていなければ、永島慎吾だとはわからなかったかもしれない。

人違いで別人の命を奪ったのでは笑い話にもならないから、下調べが必要なのだ。

その点で、今日は不安がある。

教えられた住所に向かう道々、おれは、そのことばかり考えていた。

相手が前島善樹だと確認した上で襲うということになれば、素早い攻撃を仕掛けるのは難しくなる。金村正彦や永島慎吾のときのように不意打ちを食らわせるのは、まず無理であろう。

どういうやり方で殺害するのか、ということもまだ何も考えていない。

金村正彦はナイフで刺殺した。闇金で稼いでいるせいで、時に客や同業者と揉めて暴力沙汰を起こすこともあり、自分を守るために熱心に体を鍛えているようだ、とオペレイターから知らされたので、ナイフを使うことにしたのだ。ナイフなら、最初のひと突きで相手の動きを封じることができるからだ。

永島慎吾は素手で絞め殺した。同居人がいて、その一人は小さな女の子だと聞いたから、殺害現場を血の海にするわけにはいかないと考え、ナイフを使うのはやめた。

前島善樹は、どんな男なのか？

大男なのか、小男なのか？

体を鍛えているのか、いないのか？

一人暮らしなのか、それとも、同居人がいるのか？

何ひとつ情報がないのだ。

オペレイターですら、住所以外はわからないというのだから仕方がない。

教えてもらったマンションのそばにスーパーマーケットがある。軍手と帽子、消臭スプレーを買う。有料のレジ袋を断り、「ご自由にどうぞ」と張り紙された場所にたくさん置かれている段ボール箱をひとつもらう。大きめの段ボール箱を選んだ。買った物の値札をはがし、段ボール箱に入れて店を出る。

店の外で帽子を被り、軍手をはめる。消臭スプレーはラップをはがして、すぐ使えるようにする。

前島善樹のマンションはセキュリティが緩く、住人の部屋まで勝手に行くことができる。金村正彦を殺したマンションと同じだ。おかげで、こっちは助かる。

両手で段ボール箱を抱えて、エレベーターに乗り込む。部屋は二階だ。天井に防犯カメラがあるのはわかっているから、足許に視線を落とす。帽子を被っているので、おれの顔は映らないはずだ。

エレベーターが動き出してから、

(前島が留守だったら、どうしよう?)

と心配になる。

前島の生活サイクルなどはわからない。普通に会社勤めしている人間なら、家にはいない時間なのである。

そのときは運がなかったと諦めるしかない、と自分を納得させる。

警察が先んじていた場合も同じだ。部屋に警察がいたら、宅配業者が部屋を間違えた振りをして引き揚げようと決める。

成り行き任せ、行き当たりばったり……こういうやり方を、おれは好まない。きちんと段取りをつけ、その段取りに着実に従っていくというのが、おれのやり方だ。だからこそ、今まで成功してきたのだし、警察に捕まってもいないのだと思っている。やむを得ない事情だとはいえ、いつもと違ったやり方をすることに、どうしても不安を拭い去ることができない。

エレベーターを降り、おれは大きく息を吐く。

廊下には誰もいない。フロア全体が静まり返っている。

ドアの前に立って、インターホンを押す。

応答がないので、もう一度押す。

それでも応答がないので、

(留守なのか?)

と諦めかけたとき、

「はい?」

と、インターホンから声が聞こえる。

「お荷物のお届けです」

「荷物？　ちょっと待って」

インターホンが切れる。

段ボール箱から消臭スプレーを取り出す。

同居人がいたら、どうするのか、警察がいたら、どうするのか……何もわからないまま前島善樹と対面しようとしていることに不安を感じ、脇の下にじっとり汗が滲む。

ガチャッとロックを外す音がして、ドアが押し開けられる。

金髪の若い男が顔を出す。顔色が悪く、体もあまり大きくない。中背で痩せており、どちらかというと貧弱な体格と言っていい。寝ていたのか、ぼんやりした表情で欠伸を噛み殺している。

「前島善樹さんですか？」

「そうだよ。はい、判子《はんこ》」

前島善樹が三文判を差し出す。

室内に目を走らせ、耳を澄ませる。

玄関には薄汚れたスニーカーと安っぽいサンダルがあるだけだ。そのサンダルも女物ではない。室内からは何の物音もしない。

(誰もいない。こいつは一人だ)

そう確信し、おれは前島善樹の顔に消臭スプレーを噴射した。うわっ、と叫び、前島善樹は両手で顔を押さえて後退る。

おれは玄関に入り、ドアを閉める。段ボール箱は床に捨てる。

正面にトイレがある。ドアが開いているので、トイレの横にユニットバスがあるのも見える。左手に小さな台所があり、その奥がワンルームになっている。部屋の中央に大きなベッドがあり、部屋の半分以上を占めている。ベッドの向こう側にテレビと衣装ケースが置いてある。衣装ケースの横にガラス戸があり、今はカーテンが引かれているが、そこからベランダに出られるようになっているようだ。

ベッドが乱れているのは、寝ていたせいなのか、それとも、だらしがないから、いつも乱れているのか、おれにはわからない。

「ちくしょう、てめえ、誰だ、こんなことをしやがって」

前島善樹は悪態を吐きながら、ベッドを乗り越えようとする。ベランダに逃れようとしているのだと察し、おれもベッドに跳び上がる。

部屋に同居人や警察がいなかったこと、前島善樹本人だとすぐに確認できたこと、先制攻撃を仕掛けることに成功したこと……おれが抱いていた不安がいくつも解消されたことで、おれの心には余裕が生まれていた。

いや、余裕ではない。油断というべきだろう。

前島善樹の首根っ子を捕まえ、こっちに振り向かせたとき、おれは左の脇腹に鋭い痛みを感じた。

　小型ナイフが刺さっている。果物ナイフのようだ。

　正直に言おう。

　おれは前島善樹を見くびっていた。寝ぼけ顔の金髪の優男《やさおとこ》を目にしたとき、こんな奴を殺すのは簡単だ、と侮ったのだ。

　そのしっぺ返しを強烈に食らった。

　自業自得である。

　消臭スプレーは、相手を驚かす程度の効果はあっても、相手に痛みを与えたり、目を見えなくさせることはできない。催涙スプレーとは違うのだ。

　恐らく、前島善樹は玄関から部屋の中に逃げ込むとき、台所を通り過ぎるわずかの時間に、そのナイフをつかんだのに違いない。逃げることだけを考えていたわけではなく、反撃することも考えていたということだ。

　おれにツキがあったとすれば、それが果物ナイフだったことだ。もっと刃の長い包丁だったら、おれは身動きできなくなっていただろうし、もしかすると、この場で死んでいたかもしれない。果物ナイフだったから、それほど深くは刺さらず、出血も大したことがなく、かろうじて痛みに耐えることもできた。包丁だったら、そうはいかなかっただろう。

　とは言え、おれの動きが鈍くなったのは間違いない。

だからこそ、逃げようとしていた前島善樹が反撃してきたのだ。臆病なだけの男なら、さっさとベランダから逃げ出していたであろう。

「この野郎、ふざけやがって。何が宅配だよ。強盗じゃねえか」

前島善樹の拳がおれの横っ面に炸裂する。

おれは、脇腹に果物ナイフが刺さったままの状態で、ベッドから転がり落ちる。

「いきなり、おかしなスプレーなんかかけやがって……。ん？　そう言えば、おれの名前を確認してたな。そうか、おまえだな、正彦と慎吾を殺しただろう？　どうだ、違うか」

前島善樹がおれの太股《ふともも》を蹴る。

「死んで当然だ」

「は？　てめえ、何を言ってるんだ？」

「人の命を奪った者は自分の命で贖わなければならない。何年か少年院にいたくらいで罪を償ったなどと考えるな」

「ああ……。そういうことかよ。わかったぞ。てめえ、あの女の亭主か。間抜けなガキの父親ってわけだな」

「口を慎め」

「ふんっ、クソガキが泣き喚いたりしなければ、おれたちが捕まることもなかったんだ。ガキを殺さずに済んだかもしれない。まあ、女には死んでもらうしかなかっただろうけどな」

「前島……」

「笑えるよ。女房子供の復讐ってわけか？　スーパーマン気取りなんだな。その揚げ句、このざまか。大事な友達を殺しやがって。警察なんか呼ばないぞ。何しろ、てめえは強盗だ。こっちは正当防衛なんだからな。食らえ」

前島善樹がおれを蹴る。太股、腹、顔……どこであろうと容赦なく蹴る。

「死ね」

顔を蹴られて、一瞬、目の前が暗くなり、意識が途切れそうになる。

咳《せ》き込んで意識が戻る。鼻血が出て、息が詰まったのだ。

前島善樹は、クソ野郎、死ね、と叫びながら、何かに取り憑かれたように興奮気味に、おれを蹴り続ける。目が据わっている。顔つきが普通ではない。

「ぶっ殺してやる」

再びおれの顔を目がけて踵《かかと》を振り下ろしてくる。まったく手加減する様子はない。本気でおれを殺そうとしているらしい。実際、鼻柱を踏み砕かれたら、おれは死ぬだろう。身をよじって、かろうじて踵をかわし、おれは前島善樹の右足をつかむ。バランスを崩して、前島善樹が尻餅をつく。

おれは脇腹に刺さった果物ナイフを引き抜いて、前島善樹に飛びかかる。前島善樹がおれを殴ろうとする。その拳がおれの顎に命中する寸前、おれは果物ナイフを前島善樹の首に突き刺した。力を込め、できるだけ深く刺した。

これは殺し合いだ。

前島善樹はおれを、おれは前島善樹を殺そうとしている。容赦する必要はない。

前島善樹の首から勢いよく血が噴き出す。

前島善樹が倒れ、白目をむき出して体を痙攣《けいれん》させる。

おれは立ち上がり、傷口を押さえて洗面所に行く。

鏡に映ったのは、ひどい顔だ。鼻血で顔や首が赤く染まっている。殴られたり蹴られたりしたところが紫色に腫れている。時間が経てば、もっと腫れ上がるだろう。着ている物にも血がかなりついている。こんな格好で外を歩くわけにはいかない。

軍手とシャツを脱ぎ、上半身裸になる。

鼻血は止まったが、脇腹の傷からは、まだ出血している。

救急箱を探したが見当たらない。仕方がないので、畳んだタオルを傷口に当て、ガムテープを腹にぐるぐる巻きにした。応急処置とも言えない程度だが、しばらくの間は出血を抑えることができる。うちに帰ったら、きちんと処置すればいい。

顔についた血を洗い流し、手や首筋もきれいにする。シャワーを浴びる方がよいとわかっているが、できるだけ早く部屋を出たかったので、簡単に済ませた。

身に付けているものが血だらけだったので、何か着替えはないかとクローゼットを探す。ズボンをはき替えたかったが、前島善樹とおれとでは体格が違いすぎて、ズボンをはくのは無理だ。シャツやセーターもかなり小さい。

ロングコートがあった。少し小さめだが着れないことはない。おれの膝下あたりまでの長さがあるから、ズボンの血もほとんど目立たない。これを着れば、特に着換える必要はなさそうだ。

部屋を出る前に、前島善樹の様子を確認する。体の周囲に血溜まりが大きく広がっている。ぴくりとも動かない。見開かれたふたつの目が天井を見上げている。

水洗いした軍手をはめ、タオルを手にする。素手で触ったところをタオルで拭う。それほど多くはない。水道の蛇口とか、クローゼットの取っ手とか、ほんの数ヵ所である。

この部屋で傷を負ってしまい、あちこちに血痕を残してしまったから、いずれ、DNA鑑定で、おれの身元は特定されるだろうが、指紋照合よりは時間がかかるはずだ。犯罪歴はないが、DNAや指紋など、おれの個人情報はすべて自衛隊に登録されているから、指紋が見付かると、たちまち身元が判明してしまう。

別に身元が判明しても構わないし、警察に捕まることを怖れてもいない。但し、やるべきことをすべて終わらせてからである。

四人組のうち三人は殺した。残るのは一人だ。

最後の一人、桐野令市を殺してしまえば、この世に思い残すことはない。

もっとも、その前にもう一人、殺さなければならない。それがオペレイターとの約束だ。淵神律子という女刑事を殺さなければ、桐野令市の情報をオペレイターから受け取ることができないのである。その女には何の恨みもないので、正直に言えば、後ろめたさを感じないわけではない。

だが、オペレイターによれば、淵神律子は、警察官という立場を利用し、必要のない暴力を容赦なく振るい、正当防衛という理由を楯に、これまでに何人もの容疑者を死に至らしめたり、重傷を負わせている悪徳刑事なのだという。それが事実なら、殺されても文句は言えないだろう。

今まで、オペレイターは、おれに嘘をついたことはない。常に真実を伝えてくれた。淵神律子に関する話だけが嘘だと疑う理由はない。

おれは前島善樹の部屋を出る。

うちに戻って傷の治療をしなければならない。アドレナリンが出ているときは痛みなどまったく感じなかったが、もう普通の状態に戻ったから、ごく当たり前のように痛みを感じる。体力も消耗した。傷の治療をして体を休め、体力を回復させなければならない。そして、オペレイターからの連絡を待つのだ。それは淵神律子の居場所を知らせる内容になるだろう。淵神律子を殺せば、いよいよ、桐野令市を殺すことができる。そのとき、おれの人生は完結する。何も望むことはなくなる。芙美子と俊也の元に行くことができる。

九

律子たちは二台のタクシーに分乗して、前島善樹のマンションにやって来た。先を行くタクシーに、芹沢、新見、菅野が、後続のタクシーに、律子、藤平、山下が乗った。マンションの手前の信号で、律子たちのタクシーだけが赤信号で停止したので、律子たちは芹沢たちより遅れてマンションに着いた。と言っても、せいぜい、一分くらいのものである。タクシーがマンションの前に停車する。すでに芹沢たちはマンション内に入っている。助手席の山下が料金を支払い、運転手が領収書を出すのを待っている。刑事が外回りをするときは、それが警視庁の刑事であろうと所轄の刑事であろうと、きちんと領収書をもらう。間違っても自腹でタクシー代を払ったりはしない。それほどの高給取りではないのだ。

マンションから人が出てくる。何の気なしに律子が顔を向ける。帽子を被り、ロングコートを着ている。うつむいて背中を丸めている。足早に歩き去って行く。

「……………」

律子が小首を傾げたのは、その男に奇妙な違和感を覚えたからだ。その違和感が何なのか、はっきりとは説明できないが、何となく気になる。時間に余裕のあるときなら職務質問して、その違和感の正体を探りたいところである。

「お待たせしました」

領収書を受け取った山下がタクシーから降りてくる。

「おい、遅いぞ。早くしろ」

マンションから芹沢が顔を出して怒鳴る。

「今行きます」

律子たちがマンションに入る。その男のことは律子の脳裏から消えた。

六人がエレベーターに乗り込み、三階の前島善樹の部屋に向かう。

芹沢がインターホンを押す。

返事がない。

もう一度押すが、やはり、返事がない。

「いないのかな?」

「本人とは連絡を取ったんですか?」

律子が訊く。

「わからん。おれは住所を聞いただけだ。連絡が取れたとは言ってなかったから、わかったのは住所だけで、電話番号はわからなかったのかもしれないな」

芹沢が首を振る。

「今時の若者は固定電話を置かず、携帯しか持ってないのが普通みたいですからね」

菅野が言う。

「あれ？」

新見が首を捻る。

「どうした？」

「鍵がかかってませんね」

新見がドアノブをガチャガチャと回す。

「ドアを開けて、声をかけてみろ」

「はい」

新見がドアを開け、前島さん、いらっしゃいますか、警察ですが、と大きな声で呼びかける。

返事はない。

「いないようですが」

新見が芹沢を振り返る。

「そこに……」

律子が靴脱ぎを指差す。何かが落ちている。

「三文判ですね」

新見が拾い上げる。

「そこの壁……それに床にも……血の跡じゃないですかね？」

律子が正面の壁と洗面所の前の床を指差す。それほど量は多くないが、確かに血のようなものが付着している。

「血だと？」

芹沢の表情が険しくなる。新見を押しのけて玄関に入り、首を伸ばして室内を覗き込む。

「おい、人が倒れてるぞ。血まみれだ。入るぞ。おまえたちは、ここで待て」

芹沢が土足で室内に上がり込む。

何らかの事件が起こったとすれば、土足で現場に上がり込むのは、まずいやり方だ。しかし、今は現場保存よりも被害者の救助を優先しなければならないから、敢えて芹沢は室内に入る。被害者の状態を確認するのは自分一人でいいから、他の者には玄関に残るように指示した。六人が上がり込めば現場は完全に滅茶滅茶になってしまい、犯人が残した証拠を消失させてしまうことになる。芹沢の意図は五人にも伝わった。

「救急車を呼べ」

血溜まりの中に倒れている前島善樹の首筋に指先を当てながら、芹沢が怒鳴る。

「了解です」

新見が携帯を取り出す。

芹沢が玄関に戻ってくる。

「助かりそうですか？」

律子が訊く。

「どうだろうな。脈は取れないが、まだ体が温かい。床の血も固まってない。それほど時間は経ってないな。本庁と新宿署にも連絡。鑑識も呼んだ方がいいな……」

ちくしょう、現場を荒らしちまったぜ、と芹沢が舌打ちする。

山下と藤平も携帯を取り出し、電話をかけ始める。

新見は消防署に、山下は新宿署に、藤平は本庁に連絡している。

「被害者は前島善樹なんでしょうか？」

律子が訊く。

「さあ、どうだろうな。たぶん、そうだと思うが、本人確認ができないからな。被害者が前島善樹だとすれば、犯人は桐野令市ってことになるのかな」

芹沢が首を捻る。

「あ」

律子が声を発する。

「あの男だ……」

「あの男？」

「マンションの前ですれ違った男ですよ。ロングコートを着ていた……」

その男を見たとき、律子は違和感を覚えた。それが何だったのか、今になってわかった。ズボンの裾が黒ずんでいたのだ。その黒ずみが気になったのである。ズボンが汚れていることは、その男もわかっているはずなのに、なぜ、わざわざ汚れたズボンをはいて外出するのだろう、と不思議に思ったのである。その黒ずみは、恐らく、血であろう。ズボンの生地に吸い込まれたので、黒ずんで見えたのだ。

それを芹沢に告げ、あのとき職務質問していれば、と唇を嚙む。

「ロングコートの男か……。桐野だったか？」

「わかりません。帽子を被ってたし、うつむいてましたから」

「桐野なら、鷺沢鈴音も一緒のはずだよな。菅野さん、この付近の巡査に連絡して、帽子を被ったロングコートの男を捜すことはできますかね？」

「課長に連絡して緊急配備を要請してもらいます。交番巡査だけでなく、署にいる捜査員も使えると思います」

「特に駅の周辺を重点的にお願いします」

「はい」

菅野が携帯電話を取り出し、新宿署の刑事課に電話をする。

「時間との勝負だな。犯人が電車かバスで移動しちまってたら、もうお手上げだ」

芹沢が顔を顰める。

「チャンスはありますよ」

律子が言う。

「被害者が前島善樹なら、中学時代に事件を起こした四人組のうち、三人が死んだことになる。桐野は、なぜ、昔の仲間を殺すんだ？」

芹沢は、令市が犯人だと決めつけている口振りである。

「……………」

律子は黙り込んでいる。わからないことばかりなのである。確証はないが、マンションの前ですれ違った男は桐野令市ではないような気がする。

そうだとすれば、誰が前島善樹を殺したのか？

何もわからないから、律子は黙っている。口を閉ざして考えている。

一〇

最初に到着したのは救急車である。新見が電話して一〇分でやって来た。

当然ながら、救急隊員は現場の証拠保存など考慮せずに、ずかずかと室内に上がり込む。被害者の体が完全に冷たくなっていて、もう死んでいると確信できれば、芹沢も口を出しただろうが、まだ温かく、助かる可能性があるかもしれないと思っているから、苦い顔をしてはいるものの、救急隊員のなすがままにさせている。

それから一五分ほどして、新宿署の署員と鑑識課の職員たちがやって来た。

芹沢は、菅野や山下としばらく話してから律子のところにやって来て、

「おれたちは本庁に帰ろうぜ。後のことは菅野さんに頼んだ。パトカーで送ってくれるそうだ」

「そうですね」

律子がうなずく。

これから先、しばらくは鑑識課の職員たちが主役になる。律子たちにできることは何もない。

だから、鑑識が証拠を採取している間に本庁に戻って、被害者を発見するに至った経緯を報告するのだ。それをもとに上層部が今後の捜査方針を決めることになる。

(まさか先手を取られるなんて……)

被害者が前島善樹であり、その前島善樹が助からないことを律子は確信している。保護しなければならなかった前島善樹を、むざむざと殺させてしまったのは、警察の大きな失

点である。

(あと二〇分……いいえ、一〇分でも早く着いていれば、被害者は助かったかもしれないし、犯人を捕まえることもできたかもしれない)

そう考えると悔しさがこみ上げてきて、律子は唇を強く嚙む。

二

警視庁に着くと、芹沢と新見は大部屋に、律子と藤平は第三係に戻ることにした。これまでの状況報告をするだけなら四人は必要はない。報告は芹沢に任せて、律子と藤平は第三係で待機することにしたのだ。

「おう、お疲れさん」

二人が第三係の部屋に入っていくと、板東が右手を挙げて声をかける。イヤホンをつけ、日経新聞を読んでいる。

森繁係長がちらりと顔を上げ、すぐにまた手許に視線を落とす。また詰め将棋でもやっているのであろう。

「精算するものがあったら、すぐに伝票を回してね」

片桐みちるが言う。

「戻って早々、悪いんだけどね」

円が杖を手にして立ち上がり、ドアを目で指し示す。何か話があるらしい。

「係長、ちょっと休憩してきます。淵神君と藤平君も連れて行きますが、構いませんか？」

「ん」

顔を上げず、森繁係長がうなずく。

三人が廊下に出て、第一七保管庫に向かう。

「前島善樹の件は残念だったね」

椅子に腰を下ろしながら、円が言う。すでに藤平から電話で知らされているのだ。

「マンションの前で犯人らしき男とすれ違ったんですが……」

律子が残念そうに顔を顰める。

「すぐに新宿署が緊急配備体制を敷いてくれましたから、うまくいけば網に引っかかるかもしれませんよ」

藤平が慰めるように言う。

「どうかしらね」

律子が渋い顔をする。あまり期待していないようである。

ドアが開き、板東が入ってくる。

「どうしたんだい、あんたには声をかけてないよ」

「そんな冷たいことを言わんでもええやないか。わし、鈴音ちゃんのことが心配なんや。石峰先生もものすごく心配しとる。何かわかったのなら教えてほしい」

板東が円の隣の椅子に坐る。

「前島善樹が殺されました」

律子が言う。

「前島って……確か、鈴音ちゃんが一緒にいる桐野とかいう奴の仲間やろ？」

「今は、どうか知りませんが、中学生時代の仲間です。四人で事件を起こし、四人とも少年院に入ってました。その四人のうち、すでに金村正彦と永島慎吾は殺害されました。前島が三人目の犠牲者です」

「桐野が殺したんかい？」

「まだ、わかりません」

律子が首を振る。

「ああ……」

板東が両手で頭を抱える。

「何で、あんないい子がこんな事件に巻き込まれなあかんのや。殺人やなんて……。石峰先生、寝込んでしまうわ」

「鷺沢さんは『ジュピター』という凶悪なグループが経営する店でアルバイトをしていて、そこで桐野と知り合ったんですよ。『ジュピター』は、桐野だけでなく、鷺沢さんの行方も追っています。と言うか、鷺沢さんの方を熱心に追っている気がします」

「何で？」

「わからないんですが、何かしら、そうしなければならない理由があるはずです。『ジュピター』のトップ・柏原京介という男が言うには、二人は店の売上金を持ち逃げしたらしいのですが」

「嘘や。鈴音ちゃんは盗みなんかせんで」

「それは表向きの理由で、本当の理由が他にあるのではないかと思うんですが、その理由が……」

「わからんことばかりなんやなあ」

板東が大きな溜息をつく。

「三人を殺したのが誰なのかもわからないんですよ。芹沢さんは桐野の仕業だと決めつけているようですが、明確な決め手があるわけではありません」

「金村と永島の殺害現場に桐野の指紋が残ってましたが、それだけで犯人だとは断定できませんからね。桐野以外の人間の指紋もありましたから」

藤平がうなずく。

「けど、指紋は有力な手がかりやろ？　前島のマンションからも桐野の指紋が出るやろか？」

　板東が心配そうな顔をする。令市を心配しているのではなく、令市と一緒にいるであろう鈴音の身を案じているのだ。

「今、鑑識が調べてますよ。それに、『ジュピター』の二人も容疑者ですからね。桐野を追跡する過程で、桐野を匿った金村と永島を殺害したという可能性もありますから」

　藤平が言う。

「実は、容疑者はもう一人いるかもしれないんだ」

　円が口を挟む。

「どういうことですか？」

　律子が訊く。

「桐野や『ジュピター』に関しては大部屋でも入念に調べているだろうから、わたしの出る幕はない。違う角度から何か調べられないかと考えた。三人の犠牲者は、過去に重い犯罪を犯している。母親と幼い子供の命を奪っている。その被害者の家族を調べてみた」

「家族が加害者に復讐するということですか？　犯人を憎んでいるとしても、三人も殺すなんてあり得ないと思います。しかも、このタイミングで……。やはり、可能性としては、桐野がかつての仲間を殺しているというのが最も辻褄が合いそうな気がします。何で、そんなことをする必要があるのかわかりませんが……」

藤平が言う。

「いやいや、だからさ、わたしも別に何か確信があって調べたわけじゃないんだよ。大して意味はないだろうと、何の期待もせずに調べただけさ。君たちが外歩きしている間、わたしは時間を持て余しているだけだから」

「円さん、それは言い過ぎや。まるで第三係の職員が遊んでいるみたいやないですか」

板東が口を尖らせる。

「そうではないと否定できるかね？」

円がじっと板東を見つめる。勤務時間中に板東が株式情報をイヤホンで聞いているのを知っているのだ。

「まあ、捉え方は人それぞれやろうけどなあ……」

板東が言葉を濁す。

「円さん、三人も殺すことができるような人間が被害者の身内にいたんですか？」

律子が訊く。

「そういう能力のある人間を見付けた」

「え、本当ですか？」

藤平が驚く。

「被害者二人の夫であり、父親である堂林俊数だ。彼は当時、自衛隊にいた。事件の後、辞めたがね」

「自衛隊では何をしていたんですか？」

「事件の捜査報告書には、陸上自衛隊の需品科で資材の調達を担当していた、と書いてあったよ」

「需品科ですか。レンジャー部隊とか戦車隊にでもいたというのなら……」

藤平がつぶやく。

「そういう部隊に所属していれば、人殺しもできると思うかね？」

「そうは言いませんが、需品科だと、あまり実戦訓練もしていないのではないかと思って」

「ここから先の話は完全なオフレコということにしてもらえるかな？」

「ええ、もちろん」

律子と藤平がうなずく。

「あんたは、どうだい？　できれば席を外してもらいたいところなんだが」

円が板東に顔を向ける。

「誰にも言わんよ。信用してくれ」

板東が拳で自分の胸を叩く。

「いいだろう。信じるよ」

円が大きくうなずく。

「わたしには弟がいる。三つ下で、陸上自衛隊にいる。かなり上のレベルにいるんだよ。警察官に例えれば、副総監くらいの地位にいると思ってくれていい。そのコネを使って、堂林について調べてみた。普通なら、そんなことはしないんだが、堂林の履歴が何となく腑に落ちなくてね。なぜ、と言われると答えに窮するんだが、恐らく、学生時代の堂林の経歴が引っかかったせいだと思う」

「何か気になることが経歴にあったんですか？」

藤平が訊く。

「中学時代に陸上選手として国体に出場している。高校生のときも陸上で国体、水泳で県大会に出てるんだよ。それだけの勲章があれば、どこかの大学にスポーツ推薦で進学できただろうが、堂林は自衛隊に入った。何か事情があったのだろうが、それはわからない。しかし、そんなスポーツ万能の男を自衛隊は需品科のような閑職に置いておくだろうか、と不思議だった」

「何か問題を起こして左遷されたということも考えられますね？」

「そうだね」

律子の言葉を聞いて、円がうなずく。

「まあ、そのあたりが気になったので、たまたま身内が陸上自衛隊にいることでもあるし、もう少し調べてみようかという気になったわけさ。ところが、弟の奴、口が固くてね。なかなか話そうとしないんだ。兄弟だから押し問答になったが、そうでなければ、相手にされず、すぐに電話を切られていただろうね。しゃべらせるのに苦労したが、そのあたりのやり取りは省略しよう。堂林だがね、確かに需品科に籍はあったものの、それはカモフラージュで、実際には特殊部隊に所属していたらしい」

「特殊部隊？　なぜ、カモフラージュする必要があるんですか？　自衛隊や海上保安庁に特殊部隊が存在するのは秘密ではないはずです。警察にもＳＩＴやＳＡＴという特殊部隊がありますよ」

律子が言う。

「それは合法的な活動をする特殊部隊のことだろう。堂林が所属していたのは、そうではない」

「非合法活動をする特殊部隊ということですか？」

「そうだ。もちろん、陸上自衛隊は、そんな組織が存在することを公式には認めていない。だから、カモフラージュが必要になるわけだ」

「具体的には、どういう組織なんですか？」

「さすがに、そこまでは教えてもらえなかったが、ひとつだけ、はっきりしたことがある。堂林は殺人の技術を身に付けている。恐らく、実際に人を殺したこともあるはずだ」

「そういう男であれば、現場に証拠を残すことなく三人を殺すこともできるということですね」

藤平が驚き顔になる。

「そう思う。それに動機もある」

「なるほど……」

律子の携帯が鳴る。

「はい、淵神です……」

黙って相手の話を聞き、了解しました、すぐに行きます、と電話を切る。

「芹沢さんからでした。桐野のアパートの保証人に会いに行きます」

「そうか。行ってくれ」

円が杖を手にして腰を上げる。

「わたしは堂林について、もう少し調べてみるよ」

「今のことを芹沢さんに話しても構いませんか?」

「堂林が非合法の特殊部隊にいたこと、わたしの弟が陸上自衛隊の幹部だということは伏せてもらえると助かる」

「わかりました」

一二

新見が運転し、芹沢は助手席に坐っている。

律子と藤平は後部座席だ。

「教会は町田だからな。少し時間がかかるぞ」

芹沢が言う。

高速に乗って間もなく、芹沢の携帯が鳴る。

「はい、芹沢です……」

しばらく相手の話に耳を傾けていたが、

「了解しました。ご苦労さまです」

と電話を切る。

「新宿署の菅野さんからだ。どうやら空振りだったようだな」

前島善樹のマンションの前で律子が目撃した男、すなわち、帽子を被り、ロングコートを着ていた男が前島善樹を殺害した容疑者であると律子や芹沢は考え、新宿署に要請して捜査員や制服巡査を緊急配備してもらった。電車や地下鉄の駅を重点的に見張ったが、容疑者は、その網に引っかからなかったらしい。

「被害者だが、やはり、前島善樹だった。病院に搬送されたときには、もう死んでいたそうだ。出血多量でな」

「やはり、犯人は桐野だと考えているわけですか？」

「そうだろうな。おれだけの考えじゃない。上も、そう見てるぜ」

「しかし、マンションの前ですれ違ったロングコートの男は桐野の特徴とは一致しませんよ。顔は見てませんが」

「その男が本当に犯人かどうかわからないだろう」

「堂林という男をご存じですか？」

「堂林俊数のことか？」

「知ってるんですか？」

「桐野たち四人に妻子を殺された男さ」

「では、元自衛官だということも？」

「ああ、知ってるよ。最初の被害者・金村正彦が殺された段階で、堂林の名前も容疑者の一人として挙がった。殺害動機が怨恨《えんこん》だとすれば、当然、そうなるさ。ただ金村の場合、闇金業者としてあくどいこともしていたらしいから、金村を恨んでいた人間は多かった。そのままだと容疑者を絞り込むのに苦労しただろうが、次に永島慎吾が殺されたことで、その点は、かなり楽になった。金村と永島、どちらにも関わりのある人間、二人を恨んでいる人間に絞り込めばよくなったわけだからな。桐野がダントツで第一容疑者だが、堂林も二番手、三番手の容疑者ってところだ」

「事情聴取はしたんですか？」

「所在不明で、今も調査中だ。前島善樹と同じだな。どこにいるのかわからない。居場所がわかったと思って、そこに行ってみたら、とっくに引っ越した後ってわけだ。それも最近、引っ越したわけじゃなく、引っ越して何年も経ってたりする。役所に転居届を出して住民票を移していれば見付けるのは簡単だが、なぜか、住民票はそのまま残ってたりする。昔は借金取りやＤＶの亭主から逃げて、今現在の居場所を知られないように、わざと住民票を移さないってことはあったけど、最近は、特に理由もないのに、面倒だとか忘れてたとか、そんな下らない理由で住民票を移さない奴も多いみたいだな」

芹沢がぼやく。前島善樹の所在地をつかむのに苦労したし、堂林俊数の所在地をつかむのにも苦労していると言いたいのであろう。

「自衛隊でどんな任務に就いていたかはわかってるんですか？」

さりげなく藤平が訊く。

「自衛官といっても内勤業務だったらしい」

「…………」

律子と藤平がちらりと視線を交わす。

そうではない、内勤業務などではなく、非合法活動に従事する特殊部隊に所属していたのだ、と言いたいのを、ぐっとこらえる。それを知れば、芹沢も悠長に構えてはいられないだろうし、捜査本部ももっと熱心に堂林の行方を追うはずである。

しかし、それを口にすれば、円に迷惑がかかる。円だけではなく、自衛隊幹部の円の弟にも迷惑がかかる。だから、二人は黙っているしかない。

また芹沢に電話がかかってくる。

律子はシートにもたれて物思いに耽《ふけ》る。今のうちに頭の中を整理しておこうとする。

(あのロングコートの男が堂林だとして……)

そういう仮定で、律子は考えてみる。

その場合、なぜ、警察に先回りして、前島善樹を殺すことができたのか、という疑問が生じる。令市であれば、昔の仲間だから、伝手《つて》を辿って前島善樹の住んでいる場所を探り当てたとしてもおかしくはない。

しかし、堂林は、そんな伝手など持っているはずがない。警察ですら、前島善樹の居場所を突き止めるのに苦労したのだ。民間人が調べるのは並大抵の苦労ではないはずだ。にもかかわらず、堂林は警察より先に前島善樹のマンションにいた。どうやって情報を手に入れたのか?

そこまで考えて、

（オペレイター……）

ふと思いつく。

犯罪の被害に遭った者の身内が、その犯人に復讐するのに手を貸すのがオペレイターのやり方だから、オペレイターが堂林に手助けしても不思議はない。オペレイターが前島善樹の居場所を堂林に教えたとすれば辻褄は合う。

だが、それでも疑問は残る。

なぜ、オペレイターは、それほど早く情報を知り得たのか、ということだ。警察よりも早く……いや、そうではない。律子たちが、もう少し早く前島善樹のマンションに着いていれば、前島善樹を救うことができたかもしれないのだ。ということは、律子たちとオペレイターは、ほとんど同時に前島善樹の居場所を知ったことにならないだろうか……。

（まさか……）

恐ろしい想像である。

オペレイターは警察関係者ではないか、と気が付いたのだ。

だから、民間人には入手できそうにない情報も手に入れることができるのではないか。

しかし、警察関係者なら誰でも前島善樹の情報を簡単に入手できるわけではない。当然、警視庁の人間でなければならないし、しかも、捜査に従事している者か、捜査部門の上層部でなければ無理である。

そう考えると納得できるが、律子としては、そんなことは信じられないし、信じたくないという気持ちである。

「どうかしましたか？」

「え」

律子がハッと我に返る。

藤平が怪訝な顔で律子を見ている。

「何？」

「いや、顔色が悪そうに見えたので、車酔いでもしたのかと心配になって」

「ありがとう。大丈夫よ。ちょっと考えごとをしていただけだから」

「ふふんっ、新見の運転は荒いからな。助手席だとそうでもないが、後ろに坐ってると具合が悪くなるかもしれないな」

芹沢が鼻で嗤う。

「…………」

律子は口を閉ざし、流れていく景色に目を向ける。

明確な証拠を手に入れるまで、このことは誰にも言うまい、自分の胸の中にしまっておこう、と決める。軽々しく口にできることではないからだ。

一三

令市と鈴音は新宿から小田急小田原線の快速急行に乗った。町田に行って、宇津井神父に会うためだ。

少年院を出てから今日までに自分が犯した罪を懺悔し、神の許しを受けた上で、鈴音と二人で警察に出頭したいというのが令市の望みなのである。それを鈴音も承知した。

平日の日中なので電車は空いている。町田までは三〇分少々の乗車時間である。

二人は並んで坐っている。

「もうすぐ一ヵ月か……」

令市がつぶやく。

「え？」

鈴音が令市に顔を向ける。

「ほら、あのことがあって、おれたちが店から逃げ出したのは、九月最後の土曜日、確か、二九日だった。今日が一〇月二五日だから、もうすぐ一ヵ月だよ。金もないのに、よく今まで逃げ回ったよなあ」

令市が、ふふふっと笑う。

「わたしね……」

「ん？」

「こんなことを言っていいのかどうかわからない。桐野君、すごく大変だったし、昔の友達まで死なせることになったわけだから」

「うん、そうだね」

「でもね、わたし、すごく楽しかった」

「え？」

「楽しいっていうのは変なのかな。古川ベーカリーに勤めて、初めて仕事をして、社長さんや他の社員さんたちからいろいろ教えてもらって、そのときも、すごく楽しかった。お金がほしくて、お酒を飲む仕事を始めたけど、それはあまり楽しくなかった。特に『プリンクラブ』に移ってからは、お客さんを騙さなければならないことも多かったから、苦しいことばかりだったの。で、あの夜、すごく悪いことが起こった。今までで最悪。でも、その後、桐野君と二人で逃げて、わたし、今日まですごく楽しかった。できれば、このまま、ずっと桐野君と一緒にいたいと思ってる」

「鈴音ちゃん……」

「あ……変なことを言ったかな？　わたし、バカだから、言っていいことと悪いことの区別ができないし……」

「何も変じゃないよ」

令市が鈴音の手をそっと握る。

鈴音も令市の手を握り返す。

二人は見つめ合い、優しい微笑《ほほえ》みを交わす。

一四

「あれだな」

政岡が路肩に車を停めて、前方を見遣る。静かな住宅街の中に、こぢんまりとした教会が建っている。

「うむ」

池田がうなずき、

「おまえ、教会って、行ったことあるか？」

と訊く。

「おれ？　ないね」

政岡が首を振る。

「お寺ならあるよ。じいちゃんとばあちゃんの葬式のときにな」

「おれも、そうだ。教会には行ったことがない。中には人がいるのかな。お寺だと、まあ、大きいお寺は別かもしれないが、小さいお寺だとあまり人がいないだろう」

「教会も同じじゃないか？　土日なら多いかもしれないけど、平日の昼間だぜ」

「そういうものかな……」

池田が首を捻る。

「何が心配なんだよ？」

「いや、保証人の神父の他にも人がいたら面倒かなと思ってな。素直にしゃべればいいが、そうでないと……」

「人前で痛めつけるのは厄介だってことか？」

「そういうことだ」

「それなら夜まで待つか？　暗くなれば、神父と家族くらいしかいないだろう」

「駄目だな。そんなにのんびりしていられない。柏原さん、かなり頭に血が上ってるからな。桐野と夏美を見付け出さないと、マジでキレるぜ」

「おれたちが消されちまうな」

「あいつらも必死で逃げてるんだろうが、こっちだって必死なんだ。お互いに命懸けってことさ」

「それなら行くか。神父が何も知らなければ、次の手を考えないとならないし」

「ああ、そうだな。神父が桐野の居場所を知ってることを神さまに祈りたい気分だぜ」

池田は大きく息を吐き出すと、助手席のドアを開けて車から降りる。政岡も続く。

二人は教会に近付いていく。

門扉を押し開けて敷地に足を踏み入れる。門扉から真っ直ぐ小道が続き、正面が礼拝堂になっている。礼拝堂の左手に二階建ての住居がある。

二人は住居に向かい、インターホンを押す。

「はい、どちらさまでしょうか？」

落ち着いた女性の声が応答する。

「桐野令市君のことで宇津井神父さんに会いたいのですが」

「桐野君のこと？」

少々、お待ち下さいませ、と言って、インターホンが切れる。

すぐに玄関のドアが開けられ、五〇代半ばくらいの年格好の小柄な女性が現れる。

池田と政岡を見て、その女性の表情が強張ったのは、二人の姿にどことなく普通でないものを感じたからであろう。特に今は苛立っているので、表情も険しく、相手を威圧するような、ただならぬ雰囲気を漂わせている。

「奥さんですか？」

池田が訊く。

「家政婦の平山《ひらやま》です。桐野君のことで何か神父さまにお話があるとか……？」

「お留守ですか？」

平山の質問を無視して、池田が訊く。

「いらっしゃいますけど、今は礼拝をなさっておりまして、もし、お急ぎでないのであれば……」

「礼拝？　信者の人たちと一緒ですか？」

「いいえ、お一人で静かに祈っておられます」

「じゃあ、隣にいるのかな？」

政岡が礼拝堂に顔を向け、行ってみようぜ、一人だってよ、と池田に言う。

うむ、とうなずき、池田は礼拝堂の入り口に向かう。

「あ、お待ち下さいませ」

平山が慌てて二人の後を追う。

平山の呼びかけを無視して、池田と政岡は礼拝堂の扉を開け、勝手に中に入り込む。

礼拝堂の中は、それほど広くはない。

中央に通路があり、それを挟んで左右に四人掛けの長椅子が五つずつ並んでいる。定員は四〇人ということだ。

正面にある祭壇の前に人が跪《ひざまず》き、頭を垂れている。

宇津井神父である。

人の気配に気が付いたのか、宇津井神父が肩越しに振り返る。年齢は六〇過ぎぐらいで、温和な表情をしている。

「お祈りの邪魔をして申し訳ありません」

平山が宇津井神父に謝り、

「勝手に入られては困ります」

と、池田と政岡を引き戻そうとする。

「うるせえ」

政岡が腕を振る。大して力を入れたようにも見えないが、小柄な平山は壁際まで吹っ飛ばされ、背中を強く打って床に崩れ落ちる。

「何をなさるんですか」

宇津井神父が立ち上がり、池田たちの方にやって来る。平山に駆け寄ろうとする宇津井神父の袖を池田がつかみ、ぐいっと自分の方に引き寄せる。

「聞きたいことがある」

「待って下さい、平山さんが……」

「放っておけ。こっちの話が先だ」

「何の話ですか？」

「桐野だ。桐野令市」

「え、桐野君？　あなたたち、桐野君に何の用ですか？」

「桐野は、どこにいる？」

「どこって……」

「最近、連絡はあったか？」

「これは、どういうことなんですか？」

「おい、質問してるのは、こっちなんだよ」

池田が舌打ちして、宇津井神父の右腕をねじ上げる。

「わたしは暴力など怖れません」

宇津井神父が池田を睨み返す。

「かっこつけやがって。この野郎、ちょいと痛めつけてやろうか」

政岡が肩を怒らせて宇津井神父に近付こうとする。

「待て」

池田が政岡を制し、宇津井神父の腕を放す。

「すまなかったな。おれたち、ちょっと気が立ってるんだ。桐野のせいでな」

平山に顔を向けて、池田が言う。平山は床に坐り込んだまま、青い顔をしている。

「なあ、神父さん。よく聞け。桐野は泥棒なんだよ」

「え、泥棒？　桐野君が」

「ああ、そうさ。あいつは泥棒なんだ。店の金を盗んで逃げたんだよ。だから、おれたちは桐野を捜してるんだ。居場所を知ってるのなら教えろ」

「そんなことは信じられません。桐野君がそんなことをするはずがない」

宇津井神父が首を振る。

「ふんっ、本当さ。あいつは泥棒野郎なんだ。あいつを庇うと、あんたも共犯になるんだぜ」

「それなら、なぜ、警察に行かないのですか？」

「………」

一瞬、池田は言葉に詰まるが、

「うちの社長は心が広いんだ。盗んだ金を返せば、桐野を許すと言ってる。だから、おれたちが桐野を捜してるんだよ。警察沙汰になれば、あいつは刑務所行きだ。盗んだのは大金だからな。桐野が少年院上がりだってことは、おれたちも知ってる」

「ああ、そういうことなのですか……」

宇津井神父が大きく息を吐く。

「桐野君が盗みを働くなどとは、とても信じられません。しかし、人間、誰しも魔が差すことはあるものです。そう言われれば、以前は月に一度か二度は必ず顔を見せてくれたのに、しばらく、ここに来ていません。連絡もないので、どうしたのだろうと心配していたところです」

「いつから来てないんだ？」

「今月は一度も来てませんね」

「連絡もか？」

「はい。連絡もありません」

「……………」

池田と政岡が顔を見合わせる。宇津井神父が嘘をついているようには思えないので、どうしたらいいものか、と困惑した表情である。

そのとき、表の方で、すいません、誰かいませんか、という声が聞こえた。

池田と政岡がハッとする。令市の声である。

宇津井神父も気が付いたらしい。

「騒ぐなよ。桐野が逃げたら、おまえたちが痛い目に遭うことになるぜ」

「桐野君と話をさせてもらえますか？」

「ああ、いいさ。ここに呼べよ。おれたちは何もしない。あいつが盗んだ金を返してくれれば、おとなしく引き上げる」

「本当ですね？」

「約束する」

池田がうなずくと、宇津井神父は礼拝堂の扉を開け、桐野君、こっちだよ、と令市に声をかける。

「神父さま、礼拝堂にいらしたんですか」

令市が近付いてくる。何の警戒心も持たずに礼拝堂に入り、その後から鈴音もやって来る。政岡が背後から令市に飛びかかる。

「何をするんですか？　話をさせてくれるという約束ですよ」

宇津井神父が抗議する。

「うるさい、引っ込んでろ」

池田が宇津井神父の左頰を平手打ちする。宇津井神父がよろめいて後退る。

鈴音が悲鳴を上げる。

「何をするんだ、やめろ！」

令市が政岡の腕を振りほどいて、くるりと向きを変え、政岡の顎に頭突きを入れる。うえっ、と呻《うめ》いて政岡が仰《の》け反《ぞ》る。尚も政岡の顔を殴ろうとしたとき、

「桐野、やめておけ。夏美の腕を折るぞ」

池田が鈴音の腕をつかんで、鈴音の背中に回している。ほんの少し力を入れて捻るだけで、鈴音の細い腕など簡単に折れてしまうであろう。

それを見て、令市は観念した。

「何もしない。だから、鈴音ちゃんに乱暴するな」

「おまえ次第さ」

「この野郎……」

左手で鼻血を押さえながら、政岡が令市を殴る。

令市が床に膝をつく。

「やめて下さい！」

鈴音が泣きながら叫ぶ。

「そこにいろ。動くな」

池田が平山の脇腹を蹴る。平山がそろりそろりと扉の方に移動しようとしていたからだ。平山が体を丸めて床に倒れる。

池田は、鈴音の腕を押さえたまま携帯を取り出す。

「あ、社長ですか、池田です……。はい、桐野と夏美を見付けました。そうです、捕まえました……。ありがとうございます……。で、どうしますか、事務所がいいですか、それとも、倉庫の方が……。ああ、そうですか、確かに、そうですよね。了解です……。はい、すぐにそっちに向かいますので……。失礼します」

電話を切ると、

「一緒に来てもらう。おまえが逃げようとしたら、夏美の腕を折るからな」

「おれは逃げない」

「そうしろ」

「あなたたち、いったい、桐野君に何をするつもりなんですか？」

宇津井神父が怒りの滲む声で訊く。

「こいつらに罪を償ってもらうのさ」

「警察に連れて行くのですか？」

「まあな」

池田が肩をすくめる。

「嘘だ、こいつらは……」

令市が何か言おうとするが、政岡が令市の太股を蹴る。

「この神父とばばあも巻き込みたいのか？　こっちは、それでも構わないんだぜ」

「…………」

令市が口をつぐむ。

「おい、行くぞ」

「この二人、いいのか、このままで？」

宇津井神父と平山を交互に見ながら、政岡が訊く。

「放っておくさ。向こうで柏原さんが待ってるから急がないとな」

池田が鈴音の腕をつかんだまま、外に出る。

「おい、立てよ」

政岡が令市の襟首をつかんで、令市を立ち上がらせる。

扉のそばで、令市が肩越しにちらりと宇津井神父を振り返り、申し訳なさそうな顔で頭を下げる。

池田と政岡に引き立てられて、令市と鈴音が車まで連れて行かれる。

池田は鈴音を後部座席に押し込む。

「桐野は、こっちだ」

池田がトランクを開ける。

「おとなしく入ってろ。下手に騒いだら、夏美がどうなるかわかってるな?」

「ほら、入れ」

政岡が令市の背中を押して、トランクに入れようとする。トランクにはスペアタイヤや工具、ポリタンクやビニールシートなど雑多なものが入っているので、令市が入るには、かなり狭い。

「…………」

令市が体を折り曲げてトランクに入る。かなり窮屈そうだ。

池田がトランクを閉める。

「やったな」

「ああ」

池田と政岡が顔を見合わせて、にんまりと笑みを交わす。

「柏原さん、興奮してたぜ。大喜びだ」

「じゃあ、たっぷり、ボーナスを弾んでくれるかもしれないな」

「ああ、楽しみだぜ」

政岡が運転席に、池田は後部座席に乗り込む。鈴音を見張るためであろう。

車が発進する。

一五

池田たちが礼拝堂から出て行くと、宇津井神父が平山ににじり寄る。

「平山さん、大丈夫ですか？」

「ここがすごく痛くて……」

池田に蹴られた脇腹を押さえながら、平山が泣く。

「ひどいことをする奴らだ」

「警察に通報した方がいいと思います。桐野君たちも心配ですし」

「ああ、そうだね。警察に連絡しないといけないね。救急車も呼ばなくては……」

ここで待っていて下さい、電話してきますから、と宇津井神父がよろよろと立ち上がる。口では暴力を怖れていないと言ったが、暴力に慣れているわけではないから、池田に殴られたことで、宇津井神父も大きなショックを受けて動揺している。そのせいか、膝に力が入らないのである。

扉を開けて、礼拝堂の外に出る。壁に手をつきながら、ゆっくり住居の方に歩いて行く。隣り合っている建物で、普段なら、わずかな時間で行けるはずなのに、今は、その距離が遠く感じられる。

「何ということだ……」

深く息を吐きながら、宇津井神父が一歩ずつ足を進める。

「失礼ですが、宇津井さんでしょうか?」

背後から声をかけられて、宇津井神父が振り返る。

そこに律子たち四人が立っている。

「あなたたちは……?」

「警視庁の者です」

芹沢が警察手帳を提示する。

「警察……」

　宇津井神父の顔色が変わる。

「桐野令市をご存じですよね？」

「ああ……」

　令市が店の金を盗んで逃げたという話を、宇津井神父は信じ込んでいる。令市の雇い主が痺れを切らせて、令市を警察に訴えたのだな、と考えた。

「どうかなさいましたか？」

「桐野君なら、連れて行かれてしまいました」

「え」

　芹沢と律子が顔を見合わせる。

「どういうことですか？」

「二人組の男たちがやって来て、家政婦の平山さんに暴力を振るい、わたしも殴られました。平山さんは、どこか怪我をしたらしく、礼拝堂で動けなくなっています。だから、急いで救急車を……」

「藤平、救急車。所轄にも連絡。もちろん、本庁にもよ」

「はい」

　律子が言うと、藤平が慌てて携帯を取り出す。

「どんな男たちでしたか？」

芹沢が訊く。

「体が大きくて、一人は頭が……つまり、髪の毛がなくて……」

「スキンヘッドですね？」

「はい」

「あいつらだ、『ジュピター』の二人組だな」

芹沢がつぶやく。

「桐野を連れて行ったというのは、どういうことですか？」

律子が訊く。

「わたしが礼拝堂で祈っているところに、二人がやって来て、平山さんに暴力を振るいました。そこに、たまたま桐野君がやって来たのです。桐野君が何か悪いことをした、店のお金を盗んだが、警察沙汰にするつもりはないから、桐野君と話をしてお金を返してもらいたいだけだ、そう言うので、わたしは桐野君を礼拝堂に呼びました。すると、いきなり、彼らは桐野君に暴力を振るい、桐野君が抵抗すると、一緒にいた若い女性の腕をつかんで、桐野君をおとなしくさせたのです」

「女性が一緒だったんですね、若い女性が？」

律子が念を押すように訊く。

「そうです。若い女性でした。初めて会う人です」

「で、どうなったんですか？」

芹沢が訊く。

「桐野君とその女性を連れて行きました。警察に連れて行くようなことを言ってましたが……」

「車ですか？」

「恐らく、そうだと思いますが、わたしは車を見ていません」

宇津井神父が首を振る。

「他には何か？」

「桐野君たちを連れ出す前に誰かに電話をしてました。事務所だとか、倉庫だとか、そんなことを話していました」

「事務所？　倉庫？　そう言ったんですね」

「はい」

「新見、管理官に連絡しろ。『ジュピター』の事務所と倉庫、それに柏原のマンションに捜査員を送ってもらうんだ」

「了解です」

新見が携帯を取り出す。

「行くぞ」

芹沢が車の方に戻っていく。電話しながら、新見も後を追う。律子と藤平も一緒に行こうとするが、

「おまえたちは、ここに残れ」

「は？」

「救急車と所轄の署員が来るのを待て。家政婦と神父さんから改めて詳しい話を聞くんだ。何か話し忘れていることがあるかもしれない」

「その後は、どうすればいいんですか？」

「お役目ご苦労さんってところだな。本庁には電車で帰ってくれ」

芹沢がさっさと助手席に乗り込み、おい、早く出せ、と新見に声をかける。

「ご苦労さまでした」

新見が律子と藤平ににやりと笑いかけ、運転席に乗り込んで車を発進させる。

それを見送りながら、

「冗談じゃない。ぼくたちを馬鹿にしてませんか」

珍しく藤平が怒りを露わにする。

「桐野と鷺沢さんは『ジュピター』の二人組に連れ去られた。神父さんをどうやって騙したのかわからないけど、あいつらが警察なんかに行くはずがない。たぶん、行き先は事務

所か倉庫ね。そこに踏み込んで四人を捕まえてしまえば一件落着……そういう見立てなんでしょう。だから、もうわたしたちは必要ないってこと」

律子が肩をすくめる。

「腹が立たないんですか？」

「仕方ないわよ。同じ捜査一課といっても、わたしたちは第三係、大部屋の捜査員とは違うもの」

「…………」

律子が冷静なので、藤平は肩透かしを食ったように黙り込んでしまう。

「宇津井さんと家政婦さんに手を貸そう」

「そうですね」

二人が宇津井神父のところに戻ろうとしたとき、遠くから救急車のサイレンの音が聞こえてきた。

救急車が到着して、しばらくすると所轄の捜査員たちもやって来た。平山はすぐに救急車で病院に搬送された。

「わたしは顔を殴られただけですから、救急車に乗るほどのことはありません」

宇津井神父は搬送を断った。

律子は改めて宇津井神父から話を詳しく聞き直し、その間に、藤平は所轄の捜査員たちに事情を説明した。その後、円にも連絡を入れた。

「特に話し忘れていたことはないみたいね」

律子が藤平に言う。

やがて、本庁の捜査員たちもやって来た。必要なことを伝えると、律子と藤平は何もすることがなくなってしまう。

「どうしますか?」

「本庁に帰ろう」

「でも、まだ時間がかかりそうですよ」

藤平が本庁の捜査員たちの方に顔を向ける。彼らが乗ってきた車で帰ろうとするのなら、彼らが本庁に戻るまで待たなくてはならないが、それがいつになるかわからない。

「わたしたちは用済みだもの。電車で帰りましょう。誰も気にしないわよ」

律子が言うと、そうですね。誰も気にしないでしょうね、と藤平が自嘲気味に笑う。

一六

律子と藤平は、教会から駅まで、とぼとぼと歩く。

二人とも口を利かない。何とも言えない無力感に苛《さいな》まれている。芹沢たちが四人を発見し、鈴音が無事に保護され、事件も解決してくれれば満足だというのは本音だが、最後の最後で仲間外れにされてしまったような淋しさを感じているのも事実である。口を開くと、愚痴や恨み言が出てきそうだとわかっているから二人とも押し黙っている。

律子の携帯が鳴る。円からだ。

「はい、淵神です」

「ようやく桐野と鷺沢さんの足取りがつかめたね」

「もうちょっとというところで、すれ違ってしまいました。『ジュピター』の二人組に連れ去られてしまったんですよ」

「うん、藤平君から聞いたよ」

「桐野を警察に連れて行くと神父さんを騙したようだが、もちろん、嘘だろう。今のところ、どこの警察署からも彼らが出頭したという知らせは届いていないからね」

「ええ、出頭するはずがありませんよね。自分たちで口封じするつもりだと思います」

「事務所や倉庫、それに柏原のマンションにも捜査員が送り込まれているが、今のところ何の収穫もないようだ。本当に、そこに連れて行くつもりなのかね？　町田から車で移動しているのなら、とっくに三つのうちのどこかに着いているはずだが」

「…………」

律子が黙り込む。

「どうかしたかね？」

「柏原の部屋に行ったとき、海の写真がたくさん飾ってあったんです。船の模型もありました。大きな船、クルーザーっていうんですか、それに乗っている柏原の写真もありました。もしかすると、自分の船かもしれません。法人名義なのか、個人名義なのか、わかりませんが……」

「なるほど、船か。海に出れば、二人の口封じは簡単だろうね」

「的外れかもしれませんが」

「構わないさ。他にすることもないし、調べてみるよ」

電話が切れる。

律子は携帯をポケットに入れて歩き出す。

「何かわかりそうですか？」

藤平が訊く。

「どうだろう、何とも言えないわ。だけど、今のところ、事務所にも倉庫にも柏原のマンションにも現れていないらしいから、それ以外の場所に二人が連れて行かれた可能性も考えないといけないでしょうね」

「さっきの、クルーザーがどうこうという話ですね？　そう言われると、柏原の部屋には船や海に関係した写真や模型がありましたよね。淵神さんに言われるまで思い出しもしませんでしたが……。桐野と鷺沢さんは、どこかのヨットハーバーに連れて行かれたと考えているわけですか？」

「わからないけど、可能性がありそうなところを虱潰《しらみつぶ》しに捜さないといけないでしょう。二人は危険な状況にいるはずだから」

律子が首を振る。

「そうですね。無事でいてくれるといいですが」

藤平がうなずく。

二人は口を閉ざしたまま駅に入り、改札を抜けてホームに出る。小田急線の快速急行で代々木上原《よよぎうえはら》まで行き、千代田線に乗り換えて霞ケ関まで行くつもりだ。乗り継ぎがうまくいけば、一時間もかからない。ちょうど電車が行ってしまったばかりで、次の電車がやって来るまで一〇分弱ある。

律子と藤平はベンチに腰を下ろす。

律子の携帯が鳴る。

「淵神です。ああ、円さん……」

はい、はい、と円の話にうなずき、

「それなら行ってみます。どうせ本庁に戻るつもりでしたから。もちろん、急ぎの仕事でもあれば帰りますが」

「ふふふっ、それは皮肉かね？　係長は詰め将棋をしてるし、みちるちゃんはマニキュアを塗ってるよ」

　いつもと変わらぬ暇な部署ということだ。

「板東さんの様子は、どうですか？」

「落ち着かないね。動物園の熊みたいにうろうろしてるよ。ああ見えて、顔の広い人だから、柏原のクルーザーについて調べるのを手伝ってくれた。おかげで、こんなに早くわかったというわけさ」

「じゃあ、わたしと藤平は、これから葉山《はやま》に……」

「はい？」

「淵神君」

「このことだが、上に知らせてもいいのかな？　大部屋に、という意味だが」

「……………」

　一瞬、どう返事をしようか律子は迷う。オペレイターが警察の関係者であれば、この情報が堂林にも知らされるかもしれないからだ。当然、「ジュピター」の事務所、倉庫、柏原のマンションを捜査員が張り込んでいることも知っているであろう。

　しかし、もし律子の勘が当たって、令市と鈴音がヨットハーバーに連れて行かれたとしたら、律子と藤平の二人だけでは対処できないかもしれない。二人は丸腰で、何の武器も携帯していないのだ。令市と鈴音の安全を第一に考えるのであれば、オペレイターに情報が洩れるリスクを冒してでも、ヨットハーバーに捜査員を送ってもらうべきであった。もちろん、捜査員を送るかどうかは上が判断することで、律子がどうこうできることではないが、少なくとも、判断材料として、この情報を伝えるべきではないか、と律子は考える。

「管理官に伝えてもらえますか？」

「わかった。係長から話してもらうよ」

「お願いします」

律子が電話を切る。

「柏原はクルーザーを持ってるんですか？」

藤平が訊く。

「個人名義ではなく、法人名義になっているらしいわ。まだ、ローンを払っているみたいで、そのローンもクルーザーの維持にかかる経費も、会社の経費として落としているらしいわ。詳しいことはわからないけど、会社の税務記録からクルーザーの所在地を突き止めたらしい」

「さすが円さんですね」

「ええ、さすがね。板東さんも手伝ってくれたそうよ」

「板東さん、さぞ心配でしょうね」

「やきもきしてるみたいよ」

「クルーザーは、どこにあるんですか？」

「葉山のマリーナだって」

「葉山ですか。町田から葉山に行くとすると、横浜線で東神奈川まで行って、横浜からJRで逗子《ずし》に行くか、小田急線で藤沢まで行って、東海道線と湘南新宿ラインを乗り継いで大船《おおふな》から逗子に向かうという感じですかね。乗り継ぎがうまくいけば、逗子まで一時間で行けます。逗子からはバスかタクシーを使うことになります」

「すごいね。あんた、鉄道オタクなの？」

「まあ、嫌いではありません」

藤平が赤くなる。

一七

自宅に戻ると、おれはロングコートを脱ぎ捨てた。ズボンにはかなり血が染みていたから、ロングコートがなければ、かなり目立ったはずだ。腹に巻いたガムテープをはがすと、傷口に当てていた真っ赤なタオルが目に入る。出血がひどかったのだ。小型の果物ナイフだから、幸いにも動脈には傷がつかなかった。万が一、動脈が傷ついていたら出血多量で、途中で意識を失っていただろうから、前島善樹のマンションから自分の部屋に戻ることもできなかったはずだ。道端に倒れていれば、誰かが警察か消防に通報して、おれは病院に運ばれていただろうが、その時点で、おれの復讐劇は幕を下ろすことになっていたに違いない。

何とか部屋には戻ったが、かなり痛みがあるし、出血も完全に止まっているわけではない。放置すると、傷が化膿《かのう》して命取りになりかねない。治療しなければならないが、病院に行くことができないのであれば自分で何とかするしかない。

どういう処置をすればいいか、やり方そのものは自衛隊で身に付けた。自分の手で簡単な外科治療をするためのスキルを身に付けるのは、サバイバル訓練の必須項目なのだ。

まともな治療器具などあるはずもないから、ありあわせのもので何とかするしかない。一〇〇円ショップで買った裁縫用の針と糸、消毒用の焼酎《しょうちゅう》、タオル、ガムテープ、部屋にあるのは、そんなものだ。

台所で手を念入りに洗う。傷口も焼酎でよく洗う。同じように針も洗う。消毒としては不完全だが贅沢は言えない。麻酔はない。酒を飲めば少しは痛みに鈍感になれるだろうが、その代わり、手許が狂う怖れがある。迷ったが、素面《しらふ》のままで処置することにする。重ねたタオルを口に入れて強く噛み、傷口を縫い始める。強烈な痛みである。耐え難いほどの苦痛だ。歯を食い縛る。タオルを口に入れていなければ悲鳴が洩れただろう。顔から汗が噴き出す。手が震えるので時間がかかる。針を刺すたびに、激痛に襲われる。

何かの拍子に糸が切れて傷が開かないように念を入れたので一五針くらい縫った。ひどく不器用な処置である。

おれは仰向けにひっくり返り、息を整える。

いつの間にか、うとうとしていたらしい。

携帯が鳴って、ハッと目が覚める。

電話に出ると、ザーッというノイズ音が聞こえる。

オペレイターだ。

「淵神律子の居場所を教える」

「ああ、女刑事か」

おれは、すでに四人組のうち三人を殺した。

残っているのは桐野令市だけだ。

桐野令市の居場所を教えてもらうには淵神律子を殺さなければならない。

「淵神律子は葉山に向かっている。藤平という同僚の男性刑事が一緒だ」

「葉山？」

「場所を教える……」

オペレイターは淵神律子の向かった先を告げる。

「今は二人で行動しているが、あまり時間はない。応援が到着すれば、手出しするのは不可能になる。だから、急いでほしい。手強い女だから、何か武器を持っていく方がいい」

「その女を殺せば、桐野令市の居場所を教えてもらえるんだな？」

「教えよう。約束する。淵神律子の写真を送る」

電話が切れる。その直後、携帯に淵神律子の写真が転送されてくる。

「この女か……」

どこかで会ったような気がするが、今は思い出すことができない。出血と痛みのせいで、頭がぼんやりしているからだろう。思考能力もかなり低下している気がする。

おれは急いで身支度を調える。押し入れから特殊警棒を取り出す。オペレイターが手強いというくらいだから、何か必要だと思ったのだ。

傷がずきずきと痛む。安静にしているべきだと承知しているが、その余裕はない。急がなければならない。傷が化膿すれば、それが命取りになるかもしれない。だから、体が動くうちにやらなければならないことをやってしまおうと思う。

一八

京介と諸星が車で葉山に向かっている。諸星が運転し、京介は助手席に坐っている。

「これで、ひと安心だな」

諸星が言う。

「ああ、まったくだ。役に立たない奴らだと腹を立てていたが、ギリギリのところで、何とかケジメをつけてくれたな。あいつらも命拾いってところさ」

京介がにやりと笑う。

「桐野と夏美だけど、どう始末する？」

「足に重りをつけて海に沈めるさ」

「万が一ってことがあるぜ。死体が浮かんできたら厄介だ。重りが外れることだってあるからな。前に一度、そんなことがあっただろう？」

「そう言えば、そんなことがあったな……」

京介がうなずき、何事か思案する。

「おまえの言う通りだ。念には念を入れる方がいいな。手首を切り落として沈めれば、たとえ死体が浮かんできても指紋を照合される心配はない」

「指紋より、歯の治療痕の方がヤバいだろう。死体が骨になれば、指紋を照合される怖れはないけど、歯はいつまでも残るから」

「じゃあ、首を切断して、首と胴体を別々に処分する方がいいな。歯は、金槌かシャベルで徹底的に叩き潰せばいい」

「そこまでやれば、大丈夫そうだ」

「沖に沈めるだけなら、すぐにでも船を出したいところだが、そういう作業をするのなら、すぐってわけにはいかないな。時間がかかる」

「何で？　船でやればいいさ」

「船が汚れるじゃないか。あんなきれいな船を桐野や夏美の血で汚したくないんだよ」

　京介が顔を顰める。

「じゃあ、ボートハウスでやるか？」

「ああ、それがいいだろうな」

　ボートハウスというのは、海の近くにある保養施設で、クルージングに必要な機材や道具を置いてある。会社の保養施設という扱いにはしてあるものの、実際には京介個人の別荘と言っていい。まとまった休みが取れると、そこに腰を据えてクルージングを楽しむのだ。敷地が広く、周辺には同じような別荘が点在するだけで、普段はほとんど人気のない場所である。

「殺してから船に運ぶのなら、船を出すのは日が沈んでからになるかな。人目に付かないように」

「そうしよう。池田に連絡する。船ではなく、ボートハウスに二人を連れてくるように」

京介が携帯を取り出す。

一九

「くそっ、全然進まないな」

政岡がハンドルを叩いて舌打ちする。

高速道路で事故渋滞に巻き込まれたのである。一車線に規制されているので、停まったり徐行したりの繰り返しなのだ。

「しくじった。下道で行く方が早かった」

「そう急ぐことはないさ」

池田は、のんきな顔をしている。令市と鈴音を捕まえたので気が楽なのであろう。

「あの……」

鈴音がおずおずと口を開く。

「何だ？」

池田が顔を向ける。

「桐野君、息ができるんでしょうか？　あんな狭いところに入れられて……」

「は？」

池田と政岡が声を上げて笑い出す。

「すっかり忘れてたぜ。そうだった、桐野の奴、トランクに入ってるんだったな。今頃、窒息してるかもしれないな」

「そうなれば、手間が省けていいけどな」

「びくついて、クソでも洩らしてるかもしれないぜ」

「よせよ、何だか臭ってきそうだ。そのときは、おまえに掃除してもらうからな」

「冗談じゃないぜ。ようやく桐野と夏美を見付けたと思ったら、今度は桐野のクソの始末かよ」

政岡が顔を顰める。

「お似合いだぜ」

「ふざけるなよ」

「冗談だって」

「何だ、冗談かよ」

「クソの始末はしろよ」

「この野郎……」

と、いきなり、また二人が大きな声で笑い出す。

そんな二人の様子を、鈴音は不安そうに眺めている。

池田の携帯が鳴る。

「はい……。あ、社長ですか」

自然と背筋がピンと伸びる。はい、はい、と緊張した様子で相手の話に耳を傾ける。

「あ、それでですね……」

高速道路が渋滞しているので、そちらに着くのが遅くなりそうだ、と慌てて告げる。

電話を切ると、池田がふーっと大きく息を吐き出す。京介とは長い付き合いだが、今でも話をするときはかなり緊張するのである。

「何かあったのか？」

政岡が訊く。

「クルーザーじゃなく、ボートハウスに来いってよ」

「ボートハウス？　ああ、社長の別荘か。でも、何でだ？　クルーザーに乗せちまう方が手っ取り早いのに」

「知るかよ。それとも、おまえ、社長に電話して訊いてみるか？」

「怖いことを言うなよ。そんなことできるはずがないだろう」

池田と同じように政岡も京介を怖れている。京介の指示に異を唱えることなど恐ろしくてできるはずがない。

「それなら黙って言う通りにすればいいのさ」

池田が不機嫌そうに言う。

二〇

律子と藤平は電車で葉山に向かっている。

「さっきから何を熱心に調べてるのよ？」

律子が訊く。

藤平は携帯から顔を上げる。

「船を持って、週末を海で過ごすなんて自分には無縁の世界ですから、それがどういうものなのか、実際にそういう生活をしている人たちのブログを拾い読みしてるんです」

「ふうん、で、どんな感じなの？」

「柏原の船がどれくらいの大きさなのかわからないんですけど、部屋に飾ってあった写真がそうだとすれば、かなり大きいですよね？」

「ええ、小型のヨットという感じではなかったわね。クルーザーっていうんでしょう？」

「たぶん、海岸近くで遊ぶだけでなく、外洋航海もできるようなヨットだと思います。船の大きさによって呼び方が変わるわけではないみたいですが、一般的に、二五フィート以上のヨットをクルーザーを呼ぶようです」

「二五フィートっていうと……？」

「二五フィートは、三〇・四八センチなので、二五フィートだと七六二センチになります」

「七メートル以上か。大きいね」

「キッチンやラウンジ、寝室、シャワールームがあるのが普通だそうですから、何日でも船で生活できるようになっているわけですね」

「贅沢だなあ」

「そうなんですよ。すごく贅沢です。お金がかかります。お金持ちの道楽ですからね」

「柏原もお金は持ってるでしょうね」

「ブログを読んでいて気が付いたんですが、そういうクルーザーを持っているお金持ちというのは、大抵、その船の係留地の近くに家やマンションを持ってるんですよ。週末だけに利用する別荘ということなんでしょうね」

「柏原も持ってるかな？」

「むしろ、持ってない方が不自然じゃないでしょうか？　ブログを読むと、そういう人ばかりなので」

「そういうものなのか。一応、円さんにも伝えた方がいいわね。ヨットハーバーの近くに柏原が別荘を持ってるかもしれないから。会社名義かもしれないけどね」

「電車の中で電話するのはまずいですから、乗り換えのときに電話しましょう」

「うん、そうしよう」

律子がうなずく。

二

「芹沢です」

「円だが」

「あ……」

芹沢が息を呑み、無意識に声を潜める。

「何ですか？　今は忙しくて話など……」

「事件に関することだよ」

「え？」

「今のところ、『ジュピター』の事務所や倉庫、柏原のマンションに、桐野を連れ去った二人組は現れていないだろう？」

「ええ、まあ」

「淵神君と藤平君がそれ以外の場所に連れ去られた可能性があることに気が付いた。柏原にはマリンスポーツの趣味がある……」

柏原京介がクルーザーを持っており、葉山のヨットハーバーに係留してあることを円が説明する。

「柏原たちが桐野と鷺沢さんを殺すつもりなら、海に連れて行くというのは納得できる気がするんだがね」

「死体を海に沈めるということですね？」

「淵神君たちは、町田から電車で葉山に向かっている。柏原のクルーザーを見つけて、そこに誰もいなければどうということもないが、万が一、そこに連中がいた場合、神奈川県警と連携する必要があるだろうから、事前に根回しする必要がある。わたしにはそこまでできないから……」

「わかりました。それは任せて下さい」

「もうひとつ」

「何ですか？」

「今し方、藤平君から連絡があって、柏原がヨットハーバーの近くに別荘を持っている可能性を指摘してくれた。これから急いで調べるつもりだ」

「こっちでも調べさせます」

「君は今、どこにいるんだ」

「新宿です。『プリンクラブ』に来てみたんですが、誰もいません。ここの張り込みは他の者に任せて、わたしも葉山に行ってみます」

二二

京介と諸星が葉山に到着する。

海岸沿いの道から内陸に車を走らせる。周辺には緑が多い。坂道を五分ほど登り、森の中に入っていく。公道から私道に入ると、周囲を鉄柵に囲まれた大きな家が現れる。

京介は、この家をボートハウスと呼んでいるが、そんな呼び方に似つかわしくないような豪邸である。二階建ての洋館で、敷地面積だけで優に五〇〇坪以上はありそうだ。リゾート地にある贅沢な別荘という感じだ。

門前で車を停め、諸星がリモコンで門を開ける。

門から正面玄関まで白い砂利が敷き詰められている。車寄せで京介を下ろすと、諸星は駐車場に車を移動させる。

京介は家に入る。しばらく使っていないので、家の中が埃っぽい。一年のうち最も頻繁に利用するのは六月から八月までの三ヵ月ほどで、その間は、週に一度の割合でホームクリーニングを頼むようにしている。秋から冬にかけてはあまり利用することもないので、ホームクリーニングも頼んでいない。それで埃っぽいのだ。

諸星が来ると、

「あいつらは少し遅れるらしいから、今のうちに準備しておこうぜ」

言うまでもなく、令市と鈴音を殺害するための準備ということである。

京介は地下室に下りていく。ホームシアターにするか、ホームバーにするか、それとも、シンプルなオーディオルームにするか、いろいろ迷った揚げ句、今になっても何も決まっておらず、仕方なく倉庫として使っている。倉庫といっても大したものはない。壁際の棚にビールや缶詰を並べてある程度で、がらんと広いだけの地下室である。

「そのあたりにビニールシートがあるだろう。探してくれ」

京介が諸星に言う。

「ブルーシートなら何枚もあるよ」

探すまでもなく、隅に置いてある箱から、諸星がブルーシートを引っ張り出す。

「床に広げておけよ。床が血まみれになるのは避けたいからな」

「ブルーシートの上で殺せば、そのままブルーシートに死体を巻いて運び出すこともできるから一石二鳥だ」

「その通りだ」

京介がうなずく。

「ノコギリやサバイバルナイフ、それに……」

「金槌とシャベルだろう？」

「ああ、そうだ」

「任せてくれ」

五分も経たないうちに、諸星が必要なものを揃えて、壁際のテーブルの上に並べる。

「あれも出しておくか」

「あれ？」

「いずれここに飾るつもりでいるが、地下室の使い道が決まらないと飾りようもない。宝の持ち腐れだ」

「ああ……」

諸星がうなずき、地下室の奥に引っ込む。細長い絹の袋を携えて戻ってくる。

「袋から出してみてくれ」

「うむ」

諸星が中のものを袋から取り出す。日本刀である。

「抜いてみろよ」

「いや、おれには無理だよ。怪我するだけさ」

諸星が日本刀を京介に渡す。

「…………」

目釘《めくぎ》を唾で濡らし、鯉口《こいぐち》を切って、京介がゆっくり刀を鞘《さや》から抜く。

「おお」

思わず諸星が声を洩らす。研ぎ澄まされた刃が妖《あや》しく光っている。その光に思わず吸い込まれそうになる。

京介は刀を鞘に収めると、テーブルに置く。

「よし、準備はできた」

京介が満足げに微笑む。

二人が上に行く。

リビングに腰を下ろしてから、京介は何かを思い出したかのように腰を上げ、

「酒の用意をしておいてくれ」

と言い残して、リビングから出て行く。

しばらくして、京介が戻ってくる。諸星が用意した酒をぐいっと一口に飲むと、京介は無造作に拳銃をソファに放り投げる。

「ああ……」

諸星の目がその拳銃に吸い寄せられる。

かつて「ジュピター」が新宿に進出した頃、地元に根を張る暴力団と抗争が起きた。そのとき、密《ひそ》かに買い集めた拳銃である。今でも何丁か隠し持っている。九二式手槍と言われる中国の半自動式拳銃だ。口径は五・八ミリで、二一発装弾できる。人民解放軍の特殊部隊に支給されていたと言われる優秀な拳銃である。

「池田と政岡に撃たせようかと思ってな。最近、拳銃なんか撃ってないだろう。どう思う？」

「いいんじゃないか」

諸星が肩をすくめる。

一応、諸星の意見を聞くような言い方をしているが、実際には、これは決定事項なのである。自分が決めたことに賛成してほしいだけなのだ、と諸星にはわかっている。万が一、諸星が反対したりすれば、途端に京介は不機嫌になり、心の片隅で諸星を憎むようになるのだ。その憎しみが沈殿していくと、ある日、突然、爆発して、その人間は死ぬことになる。そういう事例を、諸星は幾度となく目の当《ま》たりにしてきた。だから、決して京介に憎まれないように心懸けている。そのおかげで今まで生き残ることができた。

「そうか、賛成してくれるか、よしよし」

京介は機嫌よさそうに笑うと、ガラステーブルの上にコカインを広げ、クレジットカードで細かく刻み始める。十分に細かくなると、ストローを鼻の穴に挿し、コカインを一気に吸い込む。コカインとストローも拳銃と同じ場所に隠してあったのであろう。

「ほら」

京介が鼻を拭いながら、ストローを諸星に渡す。

「ありがとう」

残ったコカインを、諸星がストローで吸い込む。

久し振りなので、噎《む》せてしまい、息が苦しくなる。

ガラス戸に駆け寄り、鍵を開けて外に出る。

手入れの行き届いた広い中庭である。

そこで大きく息を吸い込む。深呼吸を繰り返すうちに楽になってくる。

背後で京介の笑い声が聞こえる。

その笑い声が諸星の癇《かん》に障る。

しかし、何も言わない。

いや、何も言えないというのが正しいだろう。

京介の言いなりになっていることに不満を感じることがまったくないと言えば嘘になるが、その不満を決して表には出さず、自分の中で消し去ることに努めている。そのおかげで、まだ二〇代だというのに、諸星には莫大な財産がある。億単位の金融資産と不動産がある。それには満足している。

すぐにコカインが効いてくる。

ナンバーツーに甘んじていることに不満があるとしても、それを補って余りあるほどの余録があるのだから、文句など言っては罰が当たる、と諸星は自分に言い聞かせ、ガラス戸を閉めて、京介のそばに戻る。

二三

律子と藤平は駅からタクシーに乗って、ヨットハーバーにやって来る。一〇月下旬の平日というせいなのか、あまり人影がない。

管理事務所に行くと、中年の管理人がお茶を飲みながらスポーツ新聞を読んでいる。

「すいませんが」

「はあ、何か？」

「警察の者です」

律子が警察手帳を提示する。

「警察？」

管理人はスポーツ新聞を畳んでテーブルの上に置くと、椅子から腰を上げる。

「何でしょうか？」

「こちらに星雲興業という会社のヨットが登録されているはずなのですが」

藤平が手帳を見ながら言う。それが京介が社長を務めている会社で、「プリンクラブ」を始めとする飲食店を運営している。

「社長は柏原京介という男性です。たぶん、夏場にはよくここに来ているはずです」

「ああ、柏原さんのヨットですか。はい、ありますよ」

管理人がうなずく。

「今日は来てませんか？」

「柏原さんですか？　いいえ、来てません」

「会社の人間は、どうですか？」

「誰も来てませんね。あの……何か事件なんですか？」

「いいえ、ちょっとした調査です」

「そうなんですか」

「この事務所に寄らなくても勝手にヨットに乗ることはできるんですか？」

「係留しているヨットに乗り込むだけなら構いませんが、ヨットで海に出るときには、事前にここで届け出をしてもらうことになっています。ヨットに宿泊するときも届け出をお願いしています」

「夜は、どうなんですか？」

「夜でも出航することはできますが、この事務所が開いている時間に手続きすることになっています。今の時期は五時までです」

「星雲興業のヨットを見せてもらえませんか？」

「え、乗り込むということですか」

「いや、そうではなく、誰か来ていないか確認したいだけです。何か問題がありますか？」

「外から眺めるだけなら何も問題ありません。ご案内しましょう」

管理人が先になって事務所から出て行く。その後ろを律子と藤平がついていく。

ヨットの係留場所に向かいながら、

「柏原さんのことは、よくご存じなんですか？」

さりげなく律子が訊く。

「それほどではありませんよ。ここに来たときに挨拶する程度ですから。とても感じのいい人ですよね。親切だし、物腰も柔らかいし。手土産をいただくことも多いです。お菓子とか、暑いときには冷たい飲み物とか。若いのに気配りの行き届いた人だなあと、いつも感心させられますよ」

「……………」

律子と藤平がちらりと視線を交わし、信じられないといった様子で首を振る。

「あれですよ。側面にブルーのラインが入っているヨットです」

管理人が前方を指差す。白い船体に鮮やかなブルーのラインが入った、きれいなヨットである。

「誰もいないようですけどねえ」

「外から見て、わかるんですか？」

藤平が訊く。

「だって、中にいたら寒いでしょうから、暖房器具を使うじゃないですか。でも、船の発電機は動いてませんからね。それに船からは何の物音もしませんし」

「大きなヨットですから、中に隠れようと思えば、隠れていられるくらいのスペースはありますよね？」

「まあ、できないことはないでしょうけど、何のために、そんなことをするんですか？」

管理人が怪訝な顔になる。

「中を見せてもらうことはできませんか？」

さりげなく藤平が頼む。

「それは無理ですよ」

「ほんの少し覗かせてもらうだけでいいんですが」

「そんな無茶な」

管理人が呆れたように首を振る。

「柏原さんの許可がなければ駄目ですよ」

「事件の捜査に必要だとしてもですか？」

「わたしにそんなことを言われても困ります」

「もういいわ、藤平。無理だってことは自分でもわかってるでしょうに」

「そうですけど……」

藤平は不満そうだ。

律子の携帯が鳴る。

「はい、淵神です。ああ、円さん……」

円の話に耳を傾け、いいえ、いませんね、ヨットは空振りみたいです、と答える。

「え、ボートハウス？　柏原の別荘が近くにあるんですね？　わかりました。藤平と行ってみます。どうせ無駄足で元々ですから……」

律子が携帯を切る。

「やはり、別荘があるんですか？」

「うん、そうらしい。ここからそんなに遠くないみたいよ。行ってみよう」

二四

物陰に身を隠しながら、おれは携帯を取り出す。

オペレイターが送って来た写真を確認する。

ヨットのそばに三人いる。管理人らしきおっさんと若い男。それに女だ。男と女は刑事だろう。

その女刑事が淵神律子だ。間違いない。写真の女である。

(あの女さえ殺してしまえば……)

そうすれば、オペレイターが桐野令市の居場所を教えてくれる。それで、すべてが終わる。四人組の最後の一人を殺せば、おれの復讐は完結するのだ。

「う……」

思わず口から声が洩れる。

傷が痛む。また出血しているのかもしれない。

あまり時間はなさそうだ。

できるだけ早く淵神律子を殺さなければならない。そして、桐野令市の情報をオペレイターからもらい、桐野令市を殺すのだ。今日のうちに終わらせることができれば文句なしだ。なぜなら、明日になったら傷は更に悪化しているだろうし、傷が化膿したら、それこそ命取りになるだろう。もしかすると、普通に動くことすらできなくなってしまうかもしれないからだ。

とは言え、三人でいるところを襲うわけにはいかない。できるだけ関わりのない人間を巻き込みたくないし、余計な邪魔をされる怖れもあるからだ。淵神律子が一人になったときを狙うのだ。

三人がヨットから離れていく。

おっさんは事務所に戻るようだ。

淵神律子ともう一人の男は道路の方に歩いて行く。駅に戻るのだろうか。それは、まずい。このあたりには、ほとんど人影がないが、駅に戻れば、人が多くなる。淵神律子を襲うチャンスがなくなってしまう。

「くそっ」

あれこれ考えても仕方がない。とにかく、後をつけて、チャンスを窺うのだ。

二五

「すっかり遅くなっちまったなあ」

政岡がぼやく。

「仕方ないだろう。事故渋滞につかまっちまったんだから。おれたちのせいじゃない。柏原さん、機嫌がよかったから、いきなりキレたりはしないだろうさ」

池田が言う。

「そう願いたいぜ」

だけど、あの人は気分屋だからなあ、と政岡が溜息をつく。

やがて、目の前に大きな別荘が見えてくる。

「電話して、門を開けてもらってくれ」

「わかった」

池田が携帯を取り出し、京介に連絡する。

すぐに門が開き始める。屋内からでも遠隔操作できる仕組みになっているのだ。

政岡は徐行して、車を敷地内に入れる。

「柏原さんと諸星さんだぜ」

二人が玄関前に並んで立っている。

「あの人たちが出迎えてくれるなんて、びっくりだな」

「まったくだ」

池田がうなずく。

政岡が車寄せで停車させる。池田と政岡が車から下りると、

「おう、ようやく来たな。待ちかねたぞ」

京介が笑う。

その笑顔を見て、

(よかった。まだ機嫌がよさそうだ)

池田と政岡は安堵《あんど》の溜息をつく。

「おい、おまえも下りるんだよ」

池田が後部座席から鈴音を引っ張り出す。

鈴音は京介と諸星を見て、怯えて震えている。

「夏美、久し振りだな。元気そうじゃないか」

京介が目を細め、にやりと口許を歪める。

「桐野は？」

諸星が訊く。

「トランクに入れてあります」

「町田から、ずっとか？」

「ええ。もうくたばってるかもしれませんや」

政岡がトランクを開ける。

その途端、

「こいつ、小便をしやがったな」

政岡が顔を顰めて仰け反る。

令市は、ぐったりした様子で体を丸めている。ジーンズが染みになっている。小便を洩らしたのだ。

「ふんっ、クソを垂れるよりは小便の方がましさ」

池田が言う。

「どっちもごめんだぜ」

政岡が舌打ちする。

「いいから、早く出せ。地下室に連れて行くんだ」

諸星が命ずると、池田と政岡が二人がかりで令市をトランクから引きずり出す。ずっと同じ姿勢で狭いトランクに閉じ込められていたせいで筋肉が強張っているらしく、令市は自分で立つことができず、地面にひっくり返ってしまう。

「おい」

京介が池田と政岡を睨む。

「はい」

二人は大慌てで左右から令市を助け起こす。そのままの格好で家の中に入る。

「おまえも行くんだよ」

諸星が鈴音の背中を押す。

「…………」

鈴音は、おとなしく指示に従う。

鈴音と京介が家に入ると、諸星がドアを閉める。

二六

「はい、芹沢です」

「円だが」

「何でしょう？」

「移動中かね？」

「そうです。あと一時間くらいで葉山に着きます」

「柏原は、会社名義で葉山に別荘を持っている。一応、伝えておこうと思ってね」

「そこにいるかもしれないということですか？」

「直にヨットに行き、そのまま海に出る可能性もあるが、そうではないかもしれない」

「承知しました。場所を教えていただけますか」

二七

京介が先頭になって地下室に下りていく。

その次が鈴音、その後ろに諸星がいる。

令市は両脇を政岡と池田に支えられ、ゆっくり階段を下りていく。

地下室に下りると、諸星が鈴音を突き飛ばす。

鈴音は、あっ、と叫んでブルーシートに倒れる。

そこに政岡と池田も令市を放り出す。

「おまえたち、よくやってくれた」

京介が政岡と池田を誉める。

「ありがとうございます」

二人が背筋をピンと伸ばして頭を下げる。京介に誉められることなど滅多にないから緊張しているのだ。

「さてと……」

京介が壁際のテーブルを指差す。

「そこに金槌とシャベル、サバイバルナイフ、日本刀がある。どれを使う？」

「あの……どういう意味ですか？」

池田が遠慮がちに訊く。

「言うまでもないだろう。どれを使って二人を殺すのかってことだよ。金槌で歯を叩き潰してもらうし、シャベルで手首を切断してもらう。歯の治療痕とか指紋とか厄介なものは片付けるに限るからな。それだけじゃなく、金槌で頭を叩き割ることもできるし、シャベルで殴り殺すこともできる。日本刀でばっさり斬るのもいいだろうし、サバイバルナイフで心臓を刺せば、実に簡単だ。そうだろう？」

「え、ええ、まあ、確かに……」

池田と政岡がごくりと生唾を飲み込む。

「しかもだな、今日は特別大サービスだ。ほら」

京介がテーブルに拳銃を置く。

「これで撃ち殺すっていうやり方もある。サバイバルナイフで刺すより、もっと簡単だ。簡単すぎて面白味がないくらいだ。好きな道具を選んでいいぞ」

「あの……」

「何だ？」

「こいつらを……つまり、何て言うか、おれたちがこいつらを殺すんですか？」

「ああ、そうだよ。おまえたちがやるんだ」

「だけど、それは……」

池田がまた生唾を飲み込む。

「嫌なのか？」

「そういうわけじゃないんですけど……」

「幹部にしてやるぞ。これをうまくやれば、おまえたちを共同経営者にしてやる」

「え」

「給料は少なくとも今の二倍だな、将来的には五倍になる」

諸星が言う。

「………」

池田と政岡が信じられないという顔で視線を交わす。

「さあ、どうする？」

「や、やります。もちろん、やります。なあ？」

池田が政岡に顔を向ける。

「もちろんさ。やるに決まってる」

口では、そう言いながら、政岡の顔にはためらいの色が滲んでいる。

「だらしのない奴らだ。こっちに来い」

京介が二人をテーブルのそばに呼ぶ。

「度胸をつけさせてやるよ」

手鏡の上にコカインを撒き、それをクレジットカードで細かくする。コカインを四列に分ける。ポケットからストローを取り出し、まず自分が鼻から一列を吸い込む。

「ほら」

ストローを諸星に渡す。諸星も同じようにコカインを吸い込む。

「やれよ。気持ちよくなるぞ。何も怖いものがなくなる」

諸星がストローを池田に渡す。一瞬、迷うが、すぐに腹を決めたようにコカインを吸引する。続けて政岡も同じようにする。

「どうだ？」

京介が訊く。

「あ……ああ……」

池田と政岡の目がとろんとしてくる。コカインが効いてきたのだ。

「まだ迷ってるか？」

「いいえ、迷ってません！」

二人が大きな声を発する。

「武器を選べ」

「はい」

政岡が拳銃を、池田がサバイバルナイフを選ぶ。

「ブルーシートの上でやるんだぞ。床を血で汚したくないからな」

京介が注意する。

「は、はい」

池田がサバイバルナイフを手にして、令市と鈴音に近付く。

鈴音は怯えた表情で令市にしがみついている。

令市は、虚ろな目付きで、ぼんやりと池田を見つめている。

「おい」

池田が肩越しに振り返って、政岡を呼ぶ。

「…………」

政岡は目がとろんとして、焦点が合っていない。コカインが効きすぎたらしい。無造作に拳銃を構え、銃口を令市と鈴音に向けると、いきなり引き金を引こうとする。だが、弾丸は発射されない。

「安全装置を外すんだよ。そんなことも知らないのか」

馬鹿な奴だ、と諸星が苦笑いをする。

「あ?」

政岡が諸星に顔を向ける。目が据わっている。

ぎこちない仕草で安全装置を外すと、拳銃を諸星に向けて撃ち始める。手が震えており、きちんと狙いを定めたわけでもないので、でたらめな方向に弾丸が飛んでいく。何発も撃つので、発射音が地下室に大きく反響する。

「うわっ、この野郎」

諸星が尻餅をつく。弾が顔をかすめたのだ。

京介も大慌てで物陰に隠れる。

池田も両手で頭を抱えて、しゃがみ込む。

「鈴音ちゃん、今だ。逃げるんだ」

令市がよろよろと立ち上がり、鈴音の手を引いて階段の方に行こうとする。

池田が気が付き、令市を止めようとする。

政岡がまた拳銃を撃ち始める。二一発も装塡できるから、まだまだ弾は残っている。

わっ、と叫んで池田が床に腹這いになる。

政岡は令市と鈴音を撃とうとするが、まったく狙いが定まらず、どこに弾が飛んでいくかわからない。そんな状況だから、京介と諸星も動くことができない。その隙に、令市と鈴音が地下室から出て行く。

「待て、待たねえか、てめえら」

政岡も階段を上り始める。上りながら、ドアに向かって何発か拳銃を撃つ。誰もいないところに撃っているだけだから、もちろん、令市にも鈴音にも当たらない。

政岡が地下室から出て行くと、ようやく京介が物陰から姿を現す。

「みんなが同じだけのコカインを吸ったのに、何で、あいつだけおかしくなるんだ？」

「シャブなら慣れてるだろうけど、コカインは初めてだったのかもしれない。そのせいかな。かなり効いたみたいだな」

諸星も立ち上がる。

「おまえ……」

「ん？」

「顔から血が出てるぞ」

「え」

諸星が顔を触ると、手にべっとりと血が付く。弾が顔をかすめたせいだ。

「やばかったな。あと三センチずれてたら、おまえ、この世にいないぜ」

京介がにやりと笑う。

「笑い事じゃないぜ。くそっ、政岡の奴め、おかげで桐野と夏美にも逃げられた」

「あ、そうだった。おい、池田、いつまで寝てるんだよ。さっさと起きろ」

「すいません」

池田が体を起こす。

「さっさと二人を追いかけろ。絶対に外に出すな。政岡に撃たれないようにしろよ。同士討ちなんて洒落にもならないぜ」

「はい」

池田が階段を上る。

二八

律子と藤平は別荘の周囲に巡らされている柵の近くをうろうろしている。

「どうしますか、中には誰かいるみたいですけどね。ただ、それが桐野や鷺沢さんかどうかわからない。柏原かどうかも……」

車寄せや駐車場に車が停めてあるのは柵の外からでも見えるから、別荘には誰かいるのに違いない。

しかし、その誰かが問題だ。

正面の門は閉ざされている。ロックされているのか、いくら押しても、びくともしない。

「その気になれば、柵を乗り越えられそうだけど」

律子が柵を見上げる。先端に忍び返しがついていると、迂闊に柵を乗り越えようとするのは危険だが、そうはなっていない。足場さえあれば、何とかなりそうだな、と考える。

「まずいですよ。不法侵入になりますから」

「桐野と鷺沢さんがいるのなら、そんな悠長なことは言ってられないでしょう」

「二人がいれば、という話です。今は何の確証もないわけですから……」

建物の内部から銃声が聞こえてくる。

「あれ……銃声だわ」

「まさか、そんな銃声だなんて……」

また聞こえる。

「間違いない。あれは銃声よ。何発も撃ってる。ただ事じゃない。緊急事態だわ。これで令状がなくても中に入ることができる。きっと桐野と鷺沢さんは、ここにいる。本庁に連絡しなさい。応援を要請するのよ」

「淵神さんは……」

「先に行く。二人を助けないと」

そこに腰を屈めてちょうだい、悪いけど踏み台になってもらうわよ、と律子が言う。

「え、でも……」

「一刻を争うの。早くしなさい」

「はい」

藤平が両手で柵をつかんで腰を屈める。

律子は藤平の背中に乗り、柵の上部に手をかけて体を持ち上げる。普段、ジムで鍛えているから、それほど難しくはない。柵の向こう側に着地すると、

「じゃあ、本庁への連絡をよろしく」

そう言い残して、律子が小走りに去る。

律子の後ろ姿を見送りながら、藤平が携帯を取り出す。本庁に連絡し、神奈川県警の応援要請を依頼するのだ。電話を切ってから、

（そうだ、円さんにも知らせなければ……）

と気が付く。

背後で草を踏む音がする。

何の気なしに振り返った瞬間、頭部に強い衝撃を覚え、何もわからなくなってしまう。

膝から地面に崩れ落ち、そのまま横倒しになる。

特殊警棒を手にした堂林が藤平を見下ろす。力を込めて殴れば、恐らく、藤平は死んでいたであろうが、堂林は手加減した。藤平を殺すつもりはないからだ。標的は淵神律子である。とは言え、脳震盪《のうしんとう》を起こして失神したのだろうから、すぐに意識を取り戻すことはないはずだ。

堂林が柵の向こうに目を走らせる。

すでに律子の姿はどこにも見えない。

さっきの銃声を、堂林も耳にしている。この大きな家で何が起こっているのか、堂林には見当もつかないが、何らかの危険な事件が発生したのだろうという想像はつく。その事件の捜査に二人の刑事はやって来たのに違いない。

堂林は藤平が携帯で誰かと話しているのを見た。応戦要請したのに違いなかった。とすれば、あまり時間はない。ここに警官隊が押し寄せれば、もはや、淵神律子を殺すチャンスはないであろう。それ故、急がなければならない。

堂林が柵に手をかける。

「うっ」

思わず声が洩れる。脇腹の傷が痛むのだ。

体調が万全であれば、こんな柵を乗り越えるのは造作もない。

だが、今は万全ではない。

跳び上がって柵の上部をつかもうとするが失敗する。何度か繰り返して、ようやく成功するものの、そこから体を持ち上げようとすると、傷が疼《うず》いて痛み出す。

「うっ、うっ、うっ……」

歯を食い縛り、痛みをこらえて、必死に体を持ち上げる。

ようやく柵を乗り越えると、堂林は地面に倒れ、しばらく動くことができない。腹部に熱を感じ、脇腹を触ると、手に血がつく。また傷から出血しているのだ。しかも、出血量が多いから外に洩れている。このまま出血が続けば、やがて、意識を失って倒れるであろう。

(急がなくては……)

堂林は顔を歪めながら立ち上がると、脇腹を押さえて建物に向かう。

二九

地下室から出た令市と鈴音は、真っ直ぐ玄関に行こうとするが、背後で銃声が聞こえ、慌てて近くの部屋に飛び込む。リビングだ。

二人はソファの陰に身を潜める。

令市はまだ弱っているが、それでも少しずつ筋肉がほぐれてきたのか、普通の動きに戻りつつある。

「わたしたち、どうなるの?」

「大丈夫だ。鈴音ちゃんのことは、おれが守る」

「でも……」

「静かに」

令市が鈴音の口を手で塞ぐ。廊下で足音が聞こえたからだ。政岡である。

三〇

律子が玄関のドアに手をかける。

鍵がかかっている。

どこか、中に入ることのできる場所はないか、と律子が移動する。中庭に面したガラス戸に手をかけてみる。鍵がかかっていない。

律子は、そっとガラス戸を開けて室内に入り込む。大きなテレビや高そうなオーディオセット、京介のマンションに置いてあったのと同じような豪華なソファやテーブル……律子が素早く室内に目を走らせる。じっくり観察すれば、ソファの背後に身を潜めている令市と鈴音に気が付いたかもしれないが、そんな余裕はない。ふらふらした足取りで廊下から政岡がリビングに入ってきて、いきなり律子に向かって拳銃を撃ったからだ。

律子が床に身を投げ出す。政岡の動作が緩慢で、狙いもいい加減なおかげで助かる。これほどの至近距離であれば、ある程度、拳銃の扱いに慣れた者なら、まず狙いを外すことはない。運がよかった。

しかし、油断はできない。政岡が尚も律子を撃とうとする。まぐれ当たりも起こり得る。律子は床を転がって廊下に逃れる。

「殺す、殺す、みんな、ぶっ殺す……」

政岡がのろのろと律子を追う。もはや自分が誰を撃ったのかもわかっていないのであろう。目の焦点が合っていない。

背後でガタッと音がする。

政岡がゆっくり振り返る。

堂林がガラス戸を開けて、リビングに入ってきたところだ。静かに入るつもりだったが、壁に脇腹をこすってしまい、激痛に襲われて、思わず膝をついてしまう。慌ててガラス戸で体を支えようとしたときに、音を立ててしまったのである。

政岡が堂林に銃口を向ける。

それを見て、堂林が逃れようとするが、いつもの俊敏な動きではない。反応が鈍い。

政岡が続けざまに拳銃を撃つ。一発は天井に当たるが、もう一発は堂林の肩に当たる。

その衝撃で堂林が後退る。

政岡が尚も撃とうとするが、かなり朦朧《もうろう》としているらしく、足がもつれて転びそうになる。そこに堂林が飛びかかる。

政岡は拳銃の柄《つか》の部分で堂林の頭を殴る。

かなりの衝撃である。堂林がふらつく。

政岡が堂林の胸に銃口を押し当てる。

引き金が引かれる寸前、堂林は自分の体を政岡に押しつけ、銃身を左の脇の下に挟んでしまう。

政岡が拳銃を撃つ。

弾は堂林の背後に飛んでいく。

堂林は政岡を突き放し、次の瞬間、特殊警棒を力一杯、政岡の側頭部に叩きつける。手加減などしない。殺すか殺されるかという極限の状況なのである。ぐしゃっ、という鈍い音がして、政岡が横倒しになる。体を痙攣させて白目をむき出す。やがて、動かなくなる。死んだ。

堂林は荒い息遣いで体を起こすと、廊下に行こうとする。ふと足許を見ると、かなりの大きさの血溜まりができている。最初は政岡の血かと思ったが、そうではない。堂林の血である。脇腹だけでなく、撃たれた肩からも出血しているのだ。痛みを感じないのは、政岡との格闘で急激にアドレナリンが出たせいであろう。アドレナリンが麻酔代わりになったのだ。自分の血を踏んで、堂林がリビングから出て行く。

三一

地下室にいる京介と諸星の耳に何発もの銃声が聞こえてくる。

「あいつら、何をしてるんだ？」

京介が怒る。

「おれたちも行くか。二人に任せておくのは心配だよ。逃げられると、ヤバい」

「ああ、そうだな」

京介がテーブルの上にある日本刀に手を伸ばす。

「おまえも何か選べよ。手ぶらってわけにはいかないだろう」

「うむ……」

しかし、テーブルには武器らしいものは何も残っていない。仕方なく金槌を手に取る。

「景気をつけてから行くか」

京介がコカインのパケットを取り出す。手鏡の上で、クレジットカードを使ってコカインを手際よく細断する。それを二列に分け、まず自分がストローで一列を鼻から吸い込む。残った一列を、諸星が吸引する。

「どうだ、元気が出るだろう」

「確かに」

諸星がうなずく。実際、体の奥深いところからエネルギーが噴出してくる気がする。

「行くぞ」

「おう」

二人が階段を上っていく。

三二

律子は床を転がりながらリビングから廊下に逃れる。一息ついて立ち上がろうとしたとき、頭上から黒い影が覆い被さってくる。殺気を感じ、本能的に律子は身をよじる。サバイバルナイフを手にした池田が襲いかかってきたのだ。律子の反応がちょっとでも遅かったら、サバイバルナイフで胸を突き刺されていたはずだ。

「やめろ！」

律子が叫ぶが、池田の耳には聞こえていない。政岡ほどではないにしろ、池田もコカインでハイになっている。サバイバルナイフを振り上げて、律子を執拗《しつよう》に刺そうとする。

「うっ」

サバイバルナイフの刃が律子の肩を切り裂く。軽く触った程度だが、殺傷力が強いので、ブラウスだけでなく、その下の肉にまで達する。出血する。

律子は体を反転させて、池田の横っ面に蹴りを入れる。それほど強烈ではないが、カウンター気味に当たったので、池田が倒れる。

その隙に律子は立ち上がる。

池田は目が据わっている。口から涎《よだれ》が垂れている。相手が誰なのかもわからずに襲っているらしい。腰にサバイバルナイフを構え、律子に向かって突進する。最も危険な状況だ。下手に逃げようとすれば串刺しにされるだけである。咄嗟《とっさ》の判断で、律子は間合いを詰める。相手の距離感を鈍らせることで攻撃の機会を得ようというのだ。

実際、池田は間合いを計り損ねて、ほんの一瞬だが棒立ちになる。

その隙を見逃さず、律子は池田の鼻に右の正拳をお見舞いする。

池田が天を向く。

続けざまに左の拳を顎に叩きつける。

池田が後退る。

しかし、巨漢である。律子のパンチでは、そう簡単に池田を倒すことはできない。

池田は再び律子に向かって身構える。目には憎悪の炎が燃えている。うおーっと叫びながら、池田が突進する。

あたかも闘牛士のように律子は横に飛びながら、両足で池田の足を挟む。池田が前のめりに倒れる。そのまま動かなくなり、池田の顔の周りに血溜まりが広がっていく。倒れた拍子に、サバイバルナイフが自分の喉に突き刺さったのだ。

律子が荒い息遣いで池田を見遣る。首に手を当てて、脈を取ろうとしたとき、廊下の奥、地下室の入り口から人の話し声が聞こえる。京介と諸星が階段を上がってくるのだ。

律子は身を翻し、リビングに戻ろうとする。

が、目の前に見知らぬ男が立っている。堂林だ。

「淵神律子だな?」

堂林が特殊警棒を律子の左腕に叩きつける。うっ、と呻いて律子が床に倒れる。

三三

「あ……ううう……」

藤平が意識を取り戻す。頭が痛いのか、顔を顰め、右手で頭を押さえながら、体を起こす。ぼんやりした顔で周囲を見回す。自分がどこにいるのか、ここで何をしているのか、すぐには思い出すことができない。

(そうだ)

少しずつ記憶が甦る。家の中から銃声が聞こえ、律子が柵を乗り越えて侵入したのだ。その後、本庁に連絡して、円にも連絡しようとしたとき、誰かにいきなり背後から殴られた、と思い出す。

足許に携帯が落ちている。

大至急、応援を呼ばなければ、と考える。本庁の管理官が神奈川県警に応援要請してくれただろうが、まだ到着していないし、サイレンも聞こえない。急いでもらわなければ大変だと考えて、再度、管理官に連絡しようとする。

「淵神さん……」

連絡が終わると、藤平は立ち上がる。律子のように柵を乗り越えたいところだが、とても無理そうだ。

どこかから敷地内に入ることはできないだろうか、と考えながら、藤平は柵に沿って歩き始める。奥の方まで歩いて行き、ふと見上げると、柵のそばに大きな木が立っており、その枝が柵の向こうまで伸びている。その木に登って枝を伝っていけば、柵の向こうに行くことができるのではないか、と思いつく。

が……。

そもそも、その木に登ることができるかどうかが問題だ。

藤平は溜息をつきながら、その巨木を見上げる。

三四

床に倒れた律子に向かって、堂林が更に特殊警棒を振り上げる。

「てめえ、誰だ！」

京介が怒声を発する。

廊下には池田が血溜まりの中に倒れ、その向こうに律子が倒れている。京介の位置からは律子の顔は見えない。女だということも判断できないから、池田のそばに倒れているのなら政岡だろうと推測する。

池田と政岡を襲っているのなら、京介にとっても敵であろう。

堂林が京介の声に反応し、一瞬、律子から視線を逸らす。

律子は足の裏で堂林の膝を蹴る。堂林の体勢が崩れる。そこに律子が回し蹴りを入れる。たまたま、その蹴りが怪我をしている脇腹に当たり、堂林は呻き声を発して床に膝をつく。素早く立ち上がると、律子はリビングに走り込む。

床に政岡の死体が転がっている。あっ、と思ったときには、政岡の体に足を取られ、律子は前のめりに勢いよく倒れる。

きゃあっ、という声がする。

律子が顔を上げると、ソファの陰に令市と鈴音がいる。二人に会うのは初めてだが、写真で見た二人の顔は律子の脳裏にしっかり焼き付けられている。すぐに誰なのかわかった。

「桐野令市ね？　それに鷺沢鈴音さん」

「…………」

「わたしは警視庁の警察官です。あなたたちを助けに来たのよ」

「おまわりさん？」

「そうよ。石峰先生がとても心配している。板東さんもね」

「先生が……」

鈴音の目に涙が浮かぶ。

「危ない！」

令市が叫ぶ。

律子の背後から堂林が襲って来る。身をかわそうとするが、かわしきれず、特殊警棒が律子の背中に当たる。呻き声を発して、律子が床を転がる。

転がりながら、

「あなたたちは逃げなさい」

令市と鈴音に律子が声をかける。

「でも……」

「いいから」

堂林が律子に殴りかかる。その攻撃から逃れながら、

「早く！」

「は、はい」

令市が鈴音の手を引いてリビングから出ようとする。

「淵神律子」

堂林が律子を見下ろす。

「あんたには何の恨みもない。しかし、死んでもらわなければならない。オペレイターとの約束だから仕方がない」

「オペレイター？」

律子がハッとする。

「あなた、オペレイターに指示されて、わたしを襲っているの？　何を言われたか知らないけど、オペレイターの言葉なんか信じてはいけない。騙されてるのよ」

「何も言うな。楽に死なせてやる」

堂林が特殊警棒を振り上げる。

そのとき、

「おいおい、桐野、どこに行くつもりなんだよ？　ここから逃げられると思ってるのか」

という京介の声が聞こえる。

「桐野？」

堂林の表情が強張る。ゆっくり振り返る。

ドアのそばに日本刀を手にした京介と、金槌を持った諸星が立っている。その前に、青ざめた表情の令市と鈴音が身を寄せ合っている。令市が後退ろうとしているのは、隙があれば、ガラス戸から外に逃げようと考えているからに違いない。

「今、桐野と言ったか？」

堂林が訊く。

「何なんだよ、おまえは？　何者だ？　そっちの女は……」

律子を見て、京介がにやりと笑う。

「うちに来た刑事さんじゃないか。ここで何をしてるんですかね？」

律子から堂林に視線を戻すと、

「刑事を襲ってるってことは、おまえは警察の人間じゃないってことだよな？」

「もう一度、訊く。桐野と言ったか？」

「うるせえよ。だから、何だってんだ？　桐野令市と夏美、いや、鷺沢鈴音だったか」

「桐野令市だと……」

堂林が京介から令市に顔を向ける。

「おまえが桐野令市か？　芙美子と俊也を殺した四人組の一人なのか」

「え」

ハッとしたように令市が肩越しに堂林を見る。

「そうなんだな、おまえが桐野なんだな？」

「あんた……」

「おまえの仲間三人は殺した。残っているのは、おまえだけだ」

「あんたが正彦と慎吾と善樹を殺したのか？」

「おまえにも死んでもらう」

堂林が令市に向かっていく。

「何の話をしてるんだ、こいつら？」

京介が諸星を見る。

「さっぱりわからない」

諸星が首を振る。

「ただ、池田と政岡が殺されたのは間違いない。たぶん、こいつらがやったんだろう」

「てことは、生かしておけないな。桐野と夏美だけじゃなく、この男にも死んでもらう。そっちの刑事さんもな」

京介が言う。

「刑事は、まずくないか？」

「ここまで来たらやるしかないだろう。皆殺しだ。みんな、ぶっ殺して、バラバラにして海の底に沈めてやる。楽しそうだぜ」

「ああ、そうだな。そうするか。皆殺しだ」

諸星がうなずく。コカインの効果なのか、自分たちの言葉に酔っているようだ。自分が万能の存在だと信じ込んでいるかのようだ。

「邪魔するな。おれは桐野を殺す。それだけが望みだ。あとは、あんたたちの好きにすればいい」

堂林が言う。足許がふらついているのは目が霞んでいるからだ。大量の出血のせいで意識が朦朧としてきたのだ。自分に残された時間は、ごくわずかだ、と堂林は自覚する。

「ああ、そうかよ。じゃあ、好きにしな。三〇秒やろう」

京介が肩をすくめる。

「ありがたい」

堂林が重い足取りで令市の方に向かう。

「桐野君」

鈴音が令市にしがみつく。

「大丈夫だ。心配するな」

令市が鈴音を強く抱きしめる。

「これで終わる……やっと芙美子と俊也のところに行ける……」

堂林が特殊警棒を振りかぶる。

「やめて下さい。桐野君は、いい人です。悪いことなんかしていません」

鈴音が令市を庇おうとする。

「そこをどけ。こいつに罪を償わせる」

「やめなさい」

ようやく立ち上がった律子が堂林に向かって踏み出す。回し蹴りを繰り出すが、律子も弱っている。いつものキレがない。回し蹴りが空を切る。

逆に特殊警棒で足を殴られて転倒する。

堂林は令市に向き直り、じりじりと距離を詰める。

「お願いです。やめて下さい。桐野君は本当にいい人なんです。わたしにとっては、神さまみたいな人なんです。悪いのは、そいつらですよ。お金のために平気で店のお客さんを殺すような人たちなんですから」

鈴音が涙声で訴える。

「夏美、てめえ、よくもそんなことを言いやがったな」

京介の頭に血が上る。

「やっちまえ」

諸星に命ずる。

金槌を手にして令市に迫る。

「手出しするな！」

堂林が特殊警棒を大きく振る。諸星の腹に当たる。

「てめえ！」

カッとした諸星が堂林に襲いかかる。

堂林の肩を金槌で殴る。堂林が床に膝をつきながら、諸星の向こう脛を特殊警棒で殴る。ぎゃっ、と叫んで諸星がうずくまる。

「誰も彼も、もたもたしやがって」

京介が踏み込み、堂林の腹を日本刀で突き刺す。ぐいっ、と押して、堂林を突き放す。

堂林が仰向けにひっくり返る。

「ちくしょう」

諸星が立ち上がり、堂林の頭を金槌で殴ろうとする。堂林が最後の力を振り絞って、諸星の鼻面をこれでもかというくらいに特殊警棒で殴る。鼻が砕け、特殊警棒が顔にめり込む。諸星が大の字にひっくり返る。

「おいおい、なめるんじゃねえよ」

京介の日本刀が一閃《いっせん》する。堂林の左の肩口から右の脇腹に向かって胸元を斜めに斬り下ろす。堂林は瞬時に絶命する。

「てめえらのせいで、みんな死んじまったよ」

京介は鬼の形相《ぎょうそう》である。

「桐野君は悪くない。殺すのなら、どうか、わたしだけを……」

「どけ」

京介が鈴音を突き飛ばす。

「てめえも殺す。だが、まずは桐野と女刑事を殺す。こいつらが余計な手出しをしたばかりに大事な手下を三人も殺されちまったんだからな。おまえらの命で償ってもらうぜ」

京介が日本刀を上段に振りかぶる。令市の首に日本刀が振り下ろされたとき、リビングに銃声二発が響き渡る。

「うっ……マジかよ……」

京介が胸を押さえる。血が噴き出している。背中から胸にかけて弾が貫通したのだ。京介が前のめりに倒れ、そのまま動かなくなってしまう。

令市も首から血を流して倒れている。京介に斬られたのだ。

しかし、それほどの出血量ではないから頸動脈は傷ついていないようだ。

「桐野君！」

鈴音が令市に取りすがって、わあわあ泣き叫ぶ。

「藤平……」

政岡の拳銃を両手で構え、瞬きもせずに体を硬直させている藤平に律子が声をかける。

銃口から白い煙が出ている。

巨木によじ登り、枝を伝って柵を乗り越えたのである。中庭に入って、リビングを覗き込むと、床は血まみれになり、何人も倒れている。ソファの近くには負傷した律子もいた。京介が令市を斬ろうとしているのを見て、何とか止めようと、リビングに入った。

しかし、武器は何もない。ふと足許を見ると、拳銃が落ちていた。それを拾って、無我夢中で発砲したのである。

「淵神さん、無事ですか？」

藤平が律子に駆け寄る。

「ひどい目に遭った。無事とは言えないかな」

「すぐに救急車を呼びます」

藤平が携帯を取り出す。

「そうしてちょうだい。ねえ……」

「何ですか？」

「頼りになる男になったじゃないの」

律子が笑う。

エピローグ

一〇月二九日（月曜日）

昼休み。第一七保管庫。

「しかし、ひどい顔をしとるなあ。入院せんでもええの？　せめて家で休むとか……。仕事なんかに出てこんでもええのに。こういうときこそ有休を使うべきやで」

板東が律子に言う。

確かに律子はひどい顔をしている。打撲の痕《あと》がいくつもあって顔が赤黒く腫れ上がっている。腕や足にも大きな痣がいくつもある。どこも骨折していないのが不思議なほどだ。

「見た目ほど、ひどくないんですよ」

律子が肩をすくめる。

「そんならええけど……」

さあ、遠慮せんで食ってくれ、と板東がテーブルを指し示す。そこには豪華な特上鰻弁当が四つ並んでいる。お吸い物付きである。律子、藤平、円、それに自分用だ。

「本当は、仕事の後に、どこかの店でごちそうしたいところなんやけど、事件が解決したとはいえ、何となく素直に喜べんところもあるしなあ」

割り箸を手にしながら、板東が言う。

「鷺沢さんは、まだ保釈されそうにないんですか？」

藤平が訊く。

板東が溜息をつく。

「駄目みたいやなあ」

「柏原が店の事務所で殺した客やけど、どうも鈴音ちゃんがその客の財布を盗んだらしいんや。それで柏原と客が揉めたのが騒動の発端らしい」

「窃盗罪に問われているわけですか？」

「そう単純な話やないな。そのときだけやなく、それ以外の客からのぼったくりにも関わっていたと疑われているようなんや」

「出来心で一度だけ盗むのと、何度もやっていたというのでは罪の重さが全然違うだろうからなあ」

円が言う。

「鈴音ちゃんは、そのとき一度だけしかやっとらんと言うとるんやけど、信じてもらえんらしいのや」

「柏原たちの悪事は、もう立証しようがないんじゃないですか？　柏原も諸星も、それに『プリンクラブ』の店長だった池田、副店長だった政岡……みんな死んでしまったわけですから」

藤平が首を捻る。

「それを裏返すと、鈴音ちゃん以外に手がかりがないということやろから、取り調べも厳しいんやないかと思うわ」

「すいません、ぼくのせいで」

藤平が肩を落とす。柏原を撃った二発の銃弾のうち一発が心臓に当たり、それが致命傷になったのである。柏原が生きていれば、鈴音だけが厳しい取り調べを受けることにはならなかった、と言いたいのであろう。

「藤平君のせいじゃないさ」

円が慰める。

「石峰先生も心配していらっしゃるんじゃないですか？」

律子が訊く。

「ああ、心労が祟ったのか、すっかり痩せてしまったわ。何しろ、鈴音ちゃんが殺人事件に関わってしまったんやからなあ。無理もない。大ショックだと思うで。わしかて、そうやもん」

板東がまた溜息をつく。

「彼女だって被害者だよ。巻き込まれてしまっただけさ。時間はかかるかもしれないが、いずれ真実が明らかになる。起訴されないことを期待しよう」

鰻弁当を食べながら、円が言う。

「そうだとええんやけど」

板東がうなずく。

「桐野は、まだ入院中ですよね？　桐野が罪に問われる可能性はないんですか」

藤平が訊く。

「どうなんやろ……」

板東が首を捻る。

「鈴音ちゃんを連れて逃げとっただけやから大丈夫なんやないかな。いずれ回復したら、参考人として、いろいろ話は訊かれるやろけど」

「桐野も危うく殺されるところでしたからね。助かってよかった」

「藤平のおかげよ。わたしと鷺沢さんが助かったのもね」

律子が誉める。

「そうかなあ。あれから五分も経たないうちに県警の捜査員が到着しましたからねえ」

「その五分の間に、桐野もわたしも鷺沢さんも柏原に殺されてたわよ」

「お手柄だったな、藤平君」

「素晴らしい」

板東が拍手する。

「そうでもないです」

藤平が恥ずかしそうに頭をかく。

「しかし、堂林も哀れな男だね。気持ちはわかるが、決してやってはいけないことをした。被害者の遺族が、今度は加害者になってしまった」

円が言うと、

「本当に悪いのは、堂林をそそのかした奴ですよ」

律子が厳しい顔になる。

「オペレイターかね？」

「はい」

「それ、ほんまなんやろか。都市伝説みたいなもんやないの？」

「いいえ、オペレイターは実在します。オペレイターが堂林に情報を流していたんです。そうでなければ、堂林が妻と息子を殺した犯人たち三人を殺すことができたはずがないし、葉山に現れたはずもないんです」

「警察情報にアクセスできる人間ということになりますよね？　ぼくたちとほとんど同時に別荘に着いたみたいでしたから」

藤平を背後から殴ったのが堂林だということはわかっている。柵から堂林の指紋が検出されたし、それに特殊警棒を分析した結果、政岡や律子の血痕だけでなく、藤平の皮膚も検出されたからである。藤平を殴ったときに付着したのだ。

「警察の関係者が犯罪の手助けをしているなんて信じたくもないね」

円が言う。

「わたしも同じ気持ちですが、放置はできません。オペレイターの正体を暴かないと」

自分に言い聞かせるように、律子は決然とした口調で言う。

律子は定時に退庁した。

律子のマンションの最寄り駅は世田谷線の西太子堂である。霞ケ関から西太子堂まで四〇分前後しかかからない。電車に乗っている時間は正味二〇分弱だが、乗り換えが二度もあるし、時間帯によっては、猛烈に電車が混み合うので大変だ。特に今は体のあちこちが痛いので、満員電車に乗るのは、わずかな時間でも辛い。西太子堂に着いたとき、律子はへとへとになっている。

まだ景子は仕事から帰ってないだろうから、何か買い物して帰ろうかと思っていたが、電車に乗っただけで体力を消耗してしまい、買い物する元気がなくなった。とりあえず、部屋に帰り、晩ごはんをどうするかは、風呂に入ってから考えようと決める。

玄関のドアを開けると、リビングに明かりがついている。

（あれ、景子さん、もう帰ってるのかな？）

首を捻りながら、律子がリビングに入る。

「ただいま」

「あ、律ちゃん」

景子が驚いた顔で律子を見る。

「そんなに驚かなくてもいいじゃないの。今日、早帰りの日だった？」

「う、うん……」

景子が曖昧にうなずく。

「晩ごはんだけど……」

と言ってから、律子は床にキャリーバッグが開いたまま置いてあることに気が付く。景子の下着や洋服が詰め込まれている。

「どうしたの、まさか、旅行……ってことはないよね？」

「ごめんなさい」

「何で謝るの？」

「ちゃんと話すつもりだったんだけど、このところ、ずっと事件のことで頭がいっぱいだったみたいだし、ここ何日かは怪我の治療とかで大変だったみたいだし……」

「ねえ、何の話なの？」

律子が怪訝な顔になる。

「そんなときに、わたしの話で律ちゃんを悩ませてはいけないと思ったのよ」

「ねえ、ちゃんと話してよ。いったい、どういうこと？」

「最近、矢代からよく連絡が来るの」

矢代耕助《こうすけ》は、景子の別れた夫である。離婚したとき、一人息子の拓也は矢代が引き取った。小金井《こがねい》の実家で耕介の母・芳江《よしえ》と三人で暮らしている。

「昨日も会ったんだよね？」

「うん、拓也も一緒だったの」

「拓也君にもしばらく会ってないなあ。元気だった？」

「遊園地に行って、三人でごはんを食べたんだけど、拓也がママと一緒に暮らしたいって泣くのよ」

「まだ小さいから、お母さんを恋しがるのはわかるけど……」

「矢代がね、やり直さないかって言うのよ」

「は？」

「再婚したいって」

「マジ？」

「血の繋がった親子なんだから、一緒に暮らすべきじゃないか、今のままでは拓也もかわいそうだって言うの」

「ちょっと待ってよ。まさか、そんな言葉を真に受けたんじゃないよね？　矢代と矢代の母親にどんな目に遭わされたか、まさか忘れたわけじゃないでしょう？」

「わたしも悪かったから」

景子が目を伏せる。

「で、何をするつもりなの？」

律子がキャリーバッグに視線を向ける。

「何日か、向こうに行こうと思うの」

「え」

「お義母《かあ》さんの具合が悪いらしくて、寝込んでいるみたいなのよ。だから、拓也の面倒を見る人もいないし、矢代は家事なんかできる人じゃないから」

「だから、景子さんが行くっていうの？」

「だって、他に誰もいないから」

「そのまま再婚する気なの？」

「そこまでは考えてないの。ただ、何日か手伝いに行くだけよ」

「そんな……急すぎるよ」

「突然のことで律ちゃんには悪いと思うけど、でも、わたしのことで仕事の邪魔をしたくなかったから……。わかってほしいの」

「景子さんは悪くないよ。わたしが悪いんだよ。自分のことばかり優先して、ちっとも景子さんの相談に乗ってあげられなかったからさ」

「そんなことないわよ」

景子が首を振る。

「わたしが自分勝手なのよ」

「景子さん……」

「本当はね、今夜にでもきちんと話して、明日か明後日に向こうに行こうかと考えていたの。でも、さっき拓也から電話があったの。電話の向こうで泣くのよ。うちの中が汚い、ごはんもカップ麺ばかりでおいしくない、昨日も今日も同じ服を着ている……ママに会いたい、助けに来てって」

「矢代が言わせてるに決まってるでしょうな」

「そうかもしれないけど、困っているのは本当だと思うのよ。だから、お願い。行かせてくれないかな？」

「もう行くって決めたんでしょう？」

「うん」

「じゃあ、何を言っても仕方ないじゃないの」

「ごめん、本当にごめん」

景子がまたキャリーバッグに荷物を詰め始める。

二〇分ほどで出かける支度が整う。

「何かあったら連絡してね。いや、何もなくても連絡してほしい」

「もちろん。ちゃんと連絡するから」

景子がキャリーバッグを引いて玄関に向かう。

律子が見送る。

「野菜炒めを作ってあるから、温めて食べてね。冷蔵庫にはサラダもあるから」

「じゃあ」

「うん」

律子が淋しげにうなずく。

景子が出て行く。

律子は力が抜けた様子でリビングに戻り、ソファに倒れ込む。頭の中が真っ白だ。

やがて、のろのろと起き上がると、着ているものを脱ぎ捨て、そのあたりに放り投げると、浴室でシャワーを浴びる。温水ではなく、わざと冷水でシャワーを浴びた。少しはすっきりして気分が変わるのではないかと期待したのだ。

しかし、何も変わらない。

食事をしようと台所に行く。景子が作ってくれた野菜炒めを温めて皿に盛り付ける。冷蔵庫からサラダを取り出して、テーブルに並べる。

「こんなに一人で食べられないよ……」

食べようとして、律子が箸を止める。涙が溢れている。箸を置き、指で涙を拭う。

ジャージに着替え、財布を手にして部屋を出る。

近くのスーパーに行く。缶ビールを一ダース、バーボンとスコッチのボトルを一本ずつ買う。

(駄目よ、こんなことをしては駄目よ……)

そんな景子の声が心の中に響くが、律子は必死に耳を塞ぐ。

ほんの何日か向こうに行くだけだという言い方をしていたが、一度でも向こうで暮らしたら、きっと景子は帰って来ないだろうと律子は泣きたくなる。帰らないでくれと拓也に泣きつかれたら、それを振り払ってまで出てくることはできないだろうと思うのだ。

(景子さん……)

重い足取りで、律子は部屋に戻る。

テーブルの上に買ってきた酒を並べる。

一度でも酒を口にしたら、今まで禁酒してきたことがすべて無駄になってしまうとわかっているし、また酒を飲んだことを知れば、どれほど景子が深く悲しむかということもわかっている。

しかし、素面では、とても景子がいないことに耐えられそうにない。酒の力を借りるしかないのだ。

「…………」

律子が缶ビールに手を伸ばす。冷たいビールが喉を伝い下りていくことを想像するだけで、体が火照ってくる。プルトップを引く。プシュッという音がして、白い泡が出てくる。ごくりと生唾を飲み込み、律子が缶ビールに口を付ける。

本書は文庫書下ろしです。
この作品はフィクションであり、実在する
個人や団体などとは一切関係ありません。

|著者| 富樫倫太郎　1961年、北海道生まれ。'98年第4回歴史群像大賞を受賞した『修羅の跫《あしおと》』でデビュー。「陰陽寮」「妖説　源氏物語」シリーズなどの伝奇小説、「SRO　警視庁広域捜査専任特別調査室」シリーズ、「生活安全課0係」シリーズ、『早雲の軍配者』『信玄の軍配者』『謙信の軍配者』の「軍配者」シリーズ、「風の如く」シリーズなど幅広いジャンルで活躍している。本書は「スカーフェイス」シリーズ4作目。

スカーフェイスⅣ　デストラップ　警視庁《けいしちょう》特別《とくべつ》捜査《そうさ》第三係《だいさんがかり》・淵神律子《ふちがみりつこ》

富樫《とがし》倫太郎《りんたろう》

2021年9月15日第1刷発行

発行者――鈴木章一
発行所――株式会社　講談社
東京都文京区音羽2-12-21　〒112-8001
電話　出版　(03) 5395-3510
　　　販売　(03) 5395-5817
　　　業務　(03) 5395-3615

Printed in Japan

講談社文庫
定価はカバーに
表示してあります

KODANSHA

デザイン―菊地信義
本文データ制作―講談社デジタル製作
印刷―――大日本印刷株式会社
製本―――大日本印刷株式会社

ISBN978-4-06-524986-4

講談社文庫刊行の辞

二十一世紀の到来を目睫に望みながら、われわれはいま、人類史上かつて例を見ない巨大な転換期をむかえようとしている。

世界も、日本も、激動の予兆に対する期待とおののきを内に蔵して、未知の時代に歩み入ろうとしている。このときにあたり、創業の人野間清治の「ナショナル・エデュケイター」への志を現代に甦らせようと意図して、われわれはここに古今の文芸作品はいうまでもなく、ひろく人文・社会・自然の諸科学から東西の名著を網羅する、新しい綜合文庫の発刊を決意した。

激動の転換期はまた断絶の時代である。われわれは戦後二十五年間の出版文化のありかたへの深い反省をこめて、この断絶の時代にあえて人間的な持続を求めようとする。いたずらに浮薄な商業主義のあだ花を追い求めることなく、長期にわたって良書に生命をあたえようとつとめるところにしか、今後の出版文化の真の繁栄はあり得ないと信じるからである。

同時にわれわれはこの綜合文庫の刊行を通じて、人文・社会・自然の諸科学が、結局人間の学にほかならないことを立証しようと願っている。かつて知識とは、「汝自身を知る」ことにつきていた。現代社会の瑣末な情報の氾濫のなかから、力強い知識の源泉を掘り起し、技術文明のただなかに、生きた人間の姿を復活させること。それこそわれわれの切なる希求である。

われわれは権威に盲従せず、俗流に媚びることなく、渾然一体となって日本の「草の根」をかたちづくる若く新しい世代の人々に、心をこめてこの新しい綜合文庫をおくり届けたい。それは知識の泉であるとともに感受性のふるさとであり、もっとも有機的に組織され、社会に開かれた万人のための大学をめざしている。大方の支援と協力を衷心より切望してやまない。

一九七一年七月

野間省一